Le petit chap[eron r]ouge
à Manhattan

Castor Poche
Collection animée par
François Faucher, Hélène Wadowski,
Martine Lang et Soazig Le Bail

Titre original:

CAPERUCITA EN MANHATTAN

Une production de l'Atelier du Père Castor

© 1990 by Carmen Martín Gaite
Published by arrangement with Ediciones Siruela
© 1998, Castor Poche Flammarion
pour la traduction française.

CARMEN MARTÍN GAITE

Le petit chaperon rouge à Manhattan

Traduit de l'espagnol par
MIREILLE DUPRAT-DEBENNE

Castor Poche Flammarion

Carmen Martín Gaite

L'auteur est née en 1925 en Espagne. Elle a publié son premier roman en 1955, suivi de nombreux essais et récits, dont certains ont obtenu des prix littéraires ; elle a également publié des histoires pour les enfants.

Mireille Duprat-Debenne

La traductrice a toujours aimé les livres à tel point que, dès l'école primaire, elle avait organisé autour de la « Bibliothèque rose » héritée de sa mère une bibliothèque tournante dont elle faisait bénéficier sa famille, ses amis et les voisins.

Faisant partie des heureuses personnes qui ont pu faire coïncider leur passion avec leur métier, Mireille Duprat-Debenne travaille depuis vingt-cinq ans dans une grande maison d'édition où elle a pour mission de faire connaître, grâce à la traduction, le maximum de livres à l'étranger.

Première partie
RÊVES DE LIBERTÉ

Quelquefois, mes rêves me semblent la réalité, et il me semble que j'ai déjà vécu en rêve les événements de ma vie... Par ailleurs, les événements qui n'ont pas été consignés finissent par s'oublier. Tandis que ce qui est écrit existera toujours.

Elena Fortun, *Celia au collège*

1. Repères géographiques à bien noter et présentation de Sara Allen

On a bien du mal à comprendre la configuration de la ville de New York sur les cartes des atlas. Elle est composée de plusieurs quartiers signalés par des couleurs différentes, mais le plus connu est le district de Manhattan, celui qui impose sa loi aux autres, les fait paraître plus étriqués et les éblouit. Les guides touristiques, le cinéma, les romans, le représentent habituellement par la couleur jaune. Beaucoup de gens croient que Manhattan c'est New York, alors que ce n'en est qu'une partie. Une partie bien spéciale, il est vrai...

On dirait une île en forme de jambon avec un plat d'épinards au milieu – qui s'appelle Central Park. C'est un grand parc tout en longueur où il est très excitant de se promener la nuit, caché derrière les arbres, de peur de rencontrer les voleurs et les assassins qui le sillonnent, et la tête tendue pour voir briller les étoiles des enseignes en haut des gratte-ciel alentour, telle une armée de bougies allumées pour l'anniversaire d'un roi millénaire.

Pourtant, aucune joie ne se lit sur le visage des grandes personnes que l'on voit traverser le parc à toute vitesse dans des taxis jaunes ou dans de grandes voitures aux couleurs métallisées, pensant à leurs affaires et regardant nerveusement l'heure à leur montre de peur d'arriver en retard à leur prochain rendez-vous. Quant aux enfants, ils sont collés devant la télévision qui leur diffuse toutes sortes d'histoires mettant en garde contre les périls de la nuit.

Ils ont beau zapper sur les différentes chaînes, ils ne voient que des gens courant et s'enfuyant. Ils bâillent et tombent de sommeil.

Manhattan est une île entre deux fleuves. Les rues qui partent à droite de Central Park se dirigent horizontalement vers un fleuve qui s'appelle l'East River car il est à l'est ; celles du côté gauche se dirigent vers un fleuve nommé Hudson. Les deux fleuves se rejoignent en haut et en bas de l'île. L'East River est traversée par de nombreux ponts plus compliqués et mystérieux les uns que les autres qui relient Manhattan aux autres districts de la ville, par exemple Brooklyn que l'on atteint par le fameux pont du même nom. Le pont de Brooklyn est le dernier, le plus au sud, animé d'un trafic incessant ; il est décoré avec des fils électriques qui forment un feston lumineux ressemblant de loin à des lampions de fête. On les allume quand le ciel se teinte de mauve, alors que les enfants rentrent chez eux à bord des bus scolaires.

Montant la garde en bas du jambon, à l'endroit où se rejoignent les deux fleuves, s'étend une petite île surmontée d'une énorme statue de métal verdâtre brandissant une torche; elle est le point de rencontre de tous les touristes du monde. C'est la statue de la Liberté; elle vit là comme un saint dans son sanctuaire et, nuit après nuit, lassée de s'être laissé photographier toute la journée, elle s'endort sans que personne ne le sache. Et il se passe alors des choses étonnantes.

Les enfants qui vivent à Brooklyn ne dorment pas tous la nuit. Ils pensent à Manhattan, si proche et en même temps si exotique, et leur quartier leur semble un village perdu dans lequel il ne se passe jamais rien.

Ils se sentent comme écrasés sous un nuage dense de ciment et de vulgarité. Ils rêvent de traverser sur la pointe des pieds le pont qui unit Brooklyn à l'île qui brille de l'autre côté et où ils s'imaginent que les gens passent la nuit à danser dans des salles tapissées de miroirs, à s'exercer aux tirs dans les fêtes, à s'échapper dans des voitures dorées et à vivre des aventures mystérieuses. Et il est vrai que lorsque la statue de la Liberté ferme les yeux, les enfants encore éveillés de Brooklyn s'emparent de son flambeau. Mais cela personne ne le sait, c'est un secret.

Sara Allen, une rouquine de dix ans qui vivait avec ses parents dans l'appartement 14 d'un bloc d'immeubles assez laids, au centre de Brooklyn, ne le savait pas non plus. Elle savait seulement qu'au moment où ses parents sortaient la poubelle, se lavaient les dents puis éteignaient la lumière, toutes les lumières du monde se mettaient à éclater dans sa tête comme un feu d'artifice. Et quelquefois ça lui faisait peur, car il lui semblait que la force qui l'habitait pourrait la soulever de son lit et la faire s'envoler par la fenêtre sans qu'elle pût y échapper.

Son père, M. Samuel Allen, était plombier, et sa mère soignait, tous les matins, les vieillards dans un hôpital de briques rouges ceint d'une grille de fer. Dès qu'elle rentrait à la maison, elle se lavait soigneusement les mains, parce qu'elles sentaient toujours un peu les médicaments et elle se mettait à confectionner des tartes, ce qui était la grande passion de sa vie. Celle qu'elle réussissait le mieux, c'était la tarte aux fraises, une vraie merveille. Bien qu'elle prétendît ne la réserver que pour les grandes occasions, elle y prenait un tel plaisir qu'elle saisissait n'importe quel prétexte pour mettre la main à la pâte. Et elle était si fière de sa tarte aux fraises, Mme Allen, qu'elle refusait d'en donner la recette à ses voisines. Quand elle ne pouvait pas faire autrement — car elles insistaient —, elle changeait toujours les proportions de farine et de sucre, afin que leurs tartes fussent manquées.

— Quand je mourrai, dit-elle un jour à Sara avec

un clin d'œil malicieux, j'indiquerai dans mon testament où j'ai caché la vraie recette pour que tu puisses faire de la tarte aux fraises à tes enfants.

«Je ne pense pas que je ferai jamais de la tarte aux fraises à mes enfants», pensa Sara en silence. Elle avait fini par détester cette saveur de tous les dimanches, anniversaires et autres jours de fête. Mais elle ne se risquerait pas à le dire à sa mère, tout comme elle ne lui révélerait pas non plus qu'elle n'avait nulle envie d'avoir des enfants pour les couvrir de hochets, tétines, bavoirs et dentelles.

Ce qu'elle voulait par-dessus tout, c'était être une actrice et passer ses journées à manger des huîtres et à boire du champagne, s'acheter des manteaux de fourrure ornés de cols d'hermine, comme celui qu'arborait sa grand-mère Rebecca sur une photo de l'album familial et qui semblait à Sara tout simplement fascinante.

Sur toutes les photos figuraient des tas de gens difficiles à distinguer les uns des autres, à la campagne assis autour d'une nappe à carreaux ou autour d'une table de salle à manger, venus célébrer on ne sait quelle fête oubliée aux relents de tartes aux fraises. Il y avait toujours, entre les plats, les restes d'une tarte aux fraises ou une tarte entière, et la fillette en avait par-dessus la tête de regarder tous ces convives souriants qui avaient eux-mêmes une face de tarte.

Rebecca Little, la mère de Mme Allen, s'était mariée plusieurs fois et avait été chanteuse de music-hall. Son nom d'artiste – Gloria Star –, Sara l'avait vu sur de vieux programmes qu'on conservait dans un petit meuble à la porte cannelée.

Mais maintenant elle ne portait plus de cols d'hermine. Maintenant elle vivait seule à Manhattan, en haut du jambon, dans un quartier assez miteux qui s'appelait Morningside.

Elle aimait bien la liqueur de poire, fumait du tabac et avait un peu perdu la mémoire. Non pas qu'elle fût très vieille mais, à force de ne plus pouvoir raconter les choses, la mémoire s'oxyde. Et Gloria Star, si bavarde en son temps, n'avait plus personne à qui raconter ses histoires, pourtant nombreuses, et certaines même de son invention.

Sa fille, Mme Allen, et sa petite-fille Sara allaient la voir chaque samedi et un peu ranger et nettoyer sa maison, ce qui n'était pas son fort. Elle passait sa journée à lire des romans et à jouer des fox et des blues sur un piano noir désaccordé ; et pendant ce temps, les journaux s'empilaient, les vêtements s'entassaient, les bouteilles vides, les assiettes sales et les cendriers remplis des cendres de la semaine s'amoncelaient.

Elle avait un chat blanc, flegmatique et paresseux, qui répondait au nom de Cloud* et n'ouvrait les yeux que lorsque sa maîtresse se mettait au piano ; le reste du temps il sommeillait, pelotonné dans un fauteuil de velours vert.

* *Cloud* : « nuage » en français.

Sara était sûre que sa grand-mère ne jouait plus du piano que pour réveiller son chat et lui faire plaisir.

La grand-mère ne venait jamais à Brooklyn et ne leur téléphonait jamais, et Mme Allen se lamentait qu'elle ne veuille pas venir vivre avec eux où elle aurait pu la soigner, comme elle le faisait avec les vieillards de l'hôpital.

— Ils me disent tous que je suis leur ange gardien, que personne ne pousse aussi doucement leur fauteuil roulant. Ah, que je suis triste! soupirait Mme Allen.

— Je ne te comprends pas! Ne me dis pas que tu aimes ce travail! lui disait son mari.

— Mais si.

— Alors, qu'est-ce qui te paraît si triste?

— Penser que des malades inconnus m'aiment plus que ma propre mère, qui ne veut rien de moi.

— C'est parce qu'elle n'est pas malade, répliquait M. Allen. De plus, ne t'a-t-elle pas dit de nombreuses fois qu'elle préfère vivre seule?

— Bien sûr qu'elle me l'a dit.

— Bon alors, laisse-la en paix.

— J'ai peur qu'elle se fasse voler, ou qu'il lui arrive quelque chose. Elle peut avoir une attaque cardiaque, laisser le gaz ouvert pendant la nuit, tomber dans le couloir… disait Mme Allen, toujours prête à imaginer des catastrophes.

— Que veux-tu qu'il lui arrive? Elle nous enterrera tous. Arrête de faire des histoires!

M. Allen ne portait pas sa belle-mère dans son cœur. Il la méprisait parce qu'elle avait été chanteuse de music-hall, et elle avait les mêmes sentiments à son égard parce qu'il était plombier.

Sara savait cela et bien d'autres choses, des histoires de famille, car sa chambre et celle de ses parents n'étaient séparées que par une mince cloison; et comme elle s'endormait plus tard qu'eux, elle les entendait souvent discuter le soir. Quand M. Allen haussait le ton, sa femme lui disait:

— Ne parle pas si fort, Sam, Sara pourrait nous entendre.

Cette phrase, Sara l'avait entendue dès sa plus tendre enfance. Déjà à cette époque (et même plus encore que maintenant), elle avait pris l'habitude d'épier la conversation de ses parents à travers la cloison. C'était surtout dans l'espoir d'entendre prononcer le nom de M. Aurelio. Et, dans les souvenirs confus de ses premières nuits de sommeil d'enfant, revenait souvent le nom de M. Aurelio.

2. Aurelio Roncali et le Royaume des Livres Les fabulettes

Sara avait appris à lire seule quand elle était toute petite et elle adorait ça.

— Vrai de vrai, disait la grand-mère Rebecca, je ne connais aucune fillette qui ait réussi à parler aussi bien qu'elle, avant même de savoir marcher. C'est un cas unique!

— Oui, c'est vrai! confirmait Mme Allen. Elle pose des questions étonnantes, que l'on n'attend pas d'une gamine de trois ans.

— Quoi, par exemple?

— Pourquoi meurt-on? Qu'est-ce que la liberté? Pourquoi se marie-t-on? Une de mes voisines prétend qu'on devrait l'emmener chez le psychiatre.

La grand-mère se récriait:

— Laisse tomber les psychiatres et les sottises de ce genre! Il faut répondre aux enfants qui posent des questions, et si tu ne veux pas leur dire la vérité ou si toi-même ne la connais pas, alors donne-leur une explication qui puisse paraître la vérité. Et amène-la-moi ici... En ce qui concerne le mariage et la liberté, j'aurais de quoi lui dire!

— Mon Dieu! Quand parleras-tu sérieusement, maman? À quel âge te viendra enfin la raison?

— Jamais. Être raisonnable doit être très ennuyeux. Par contre, amène-moi Sara un prochain dimanche ou nous irons la chercher car Aurelio veut la connaître.

Aurelio était l'homme qui vivait avec la grand-mère à cette époque. Mais Sara ne l'avait jamais vu. Elle savait qu'il tenait une boutique de livres et de jouets anciens, près de la cathédrale Saint-Jean-le-Divin et quelquefois il lui offrait un cadeau par l'intermédiaire de Mme Allen. Par exemple des livres tels que *Robinson Crusoé* à l'intention des enfants, *Alice au pays des merveilles* ou *Le Petit Chaperon rouge*. Ce furent les trois premiers livres que posséda Sara, avant même de savoir bien lire. Mais les illustrations étaient si belles et si détaillées qu'elles permettaient de comprendre les personnages et d'imaginer les paysages dans lesquels se déroulaient leurs aventures. Aventures qui avaient toutes un point commun: elles se passaient dans un monde créé spécialement pour les héros, sans une mère ou un père pour vous tenir la main, vous admonester ou vous interdire d'agir à votre guise. Ces héros évoluaient dans l'eau, dans l'air, dans un bois, tout seuls. Libres. Et naturellement ils pouvaient parler avec les animaux, ça paraissait logique à Sara. Tout comme le fait qu'Alice change de taille ; à elle aussi ça lui arrivait en rêve. Et que Robinson vive sur une île, comme la statue de la Liberté. Tout cela avait à voir avec la liberté.

Avant de savoir très bien lire, Sara ajoutait des choses de son cru aux histoires et leur inventait des fins différentes. L'illustration qu'elle préférait était celle qui représentait, sur toute une page, la rencontre du Petit Chaperon rouge avec le loup dans les bois ; Sara ne pouvait s'empêcher de la contempler longuement. Sur ce dessin, le loup montrait un visage si gentil, quémandant la tendresse, que le Petit Chaperon rouge n'avait d'autre solution que de lui faire confiance et de lui rendre un sourire charmeur.

Il inspirait confiance aussi à Sara, il ne lui faisait pas du tout peur ; il était impossible qu'un animal aussi sympathique puisse manger qui que ce soit. La fin de l'histoire ne pouvait qu'être une erreur. Pareil pour Alice, quand on raconte que tout n'avait été qu'un rêve parce qu'en fait on ne savait pas quoi dire. De plus, Robinson n'a aucune raison de revenir au monde civilisé s'il est si content sur son île. Ce que Sara aimait le moins dans ces histoires, c'était leur fin.

Un autre cadeau d'Aurelio apporté un jour par Mme Allen fut un plan de Manhattan plié à l'intérieur d'une couverture verte avec de nombreux dessins et explications. La première chose qu'elle comprit, en le dépliant avec l'aide de son père et en suivant ses explications, fut que Manhattan était une île. Elle le regardait sans cesse.

— Ça a la forme d'un jambon, dit-elle.

Et cette remarque amusa tellement son père qu'il la rapporta à tous ses amis. Tous trouvèrent cela très drôle, aussi l'expression devint monnaie courante entre eux : «Mais non, mon vieux, ça se trouve dans la partie avant du jambon, comme dit la gamine de Samuel.» Et quand son père l'emmenait avec lui certains dimanches, ceux qui la connaissaient déjà la présentaient aux autres comme «la petite qui a inventé le jambon». Mais Sara, qui avait eu cette idée naturellement, était vexée qu'elle les fasse tant rire.

La vérité est que les amis de son père riaient de tout et de rien et n'étaient pas bien malins. De plus, rien ne les intéressait à part le base-ball. Sara pensait qu'Aurelio était différent d'eux. Elle pensait à lui très souvent, avec ce mélange d'émotion et de curiosité qu'éveillent souvent en nous les personnages avec lesquels nous n'avons jamais parlé et dont l'histoire nous intrigue. Comme le chapelier d'*Alice au pays des merveilles*, comme la statue de la Liberté, comme Robinson arrivant dans son île. L'unique différence était que ces personnages n'étaient pas évoqués dans les conversations de ses parents, tandis qu'Aurelio l'était bien souvent.

— Mais qui est Aurelio ? demandait-elle à sa

mère sans grand espoir de recevoir une réponse satisfaisante, car sa mère n'en donnait jamais.

— Le mari de grand-mère.

M. Allen s'esclaffait en entendant ces mots :

— Oui, oui, son mari. Voilà le mot qui convient !

— Donc c'est mon grand-père.

Mme Allen donnait un coup de coude à son mari et le regardait en fronçant les sourcils, ce qui signifiait qu'il était temps de changer de conversation.

— Ne monte pas la tête à la petite, Sam ! protestait-elle.

— Alors, c'est mon grand-père ou pas ?

— En tout cas, il traite ta grand-mère comme une reine, disait-il. Comme une vraie reine. Les rois de Morningside !

— Ne fais pas attention à ce que dit ton père, il plaisante toujours, comme tu le sais, intervenait Mme Allen.

Ça, Sara le savait bien. Mais les plaisanteries des grandes personnes n'étaient pas de son goût : elles n'avaient ni queue ni tête. Ce qui lui plaisait le moins, c'était qu'elles en usaient pour répondre à des questions qui pour elle ne donnaient pas matière à plaisanterie. De toute façon, l'information selon laquelle Aurelio traitait sa grand-mère comme une reine fut très importante pour alimenter les fantasmes de Sara. Bien : c'était un roi ! Et cela était très clair pour Sara. Puisqu'on ne lui permettait pas d'y aller, elle préférait inventer à sa manière le pays sur lequel il régnait.

La boutique de livres d'occasion d' Aurelio Roncali s'appelait *Bookskingdom*, c'est-à-dire le Royaume des Livres, et la marque, imprimée sur la première page de chaque livre, représentait une couronne de roi au-dessus d'un livre ouvert.

Sara mourait d'envie d'aller dans ce magasin, mais jamais on ne l'y emmenait car on prétendait que c'était très loin. Elle se l'imaginait comme un pays minuscule, plein d'escaliers, de recoins et de maisons naines, cachées entre des étagères colorées et habitées par des êtres tout petits, coiffés de bonnets pointus. M. Aurelio savait qu'ils vivaient là, mais il savait aussi qu'ils ne sortaient que la nuit quand lui-même était parti et avait éteint toutes les lumières. Eux-mêmes, ils n'avaient pas besoin de lumière car ils étaient phosphorescents dans l'obscurité, comme des vers luisants. Ils sécrétaient une sorte de toile d'araignée lumineuse et se suspendaient aux fils brillants pour s'élancer d'une étagère à l'autre, d'un quartier du royaume à l'autre. Ils s'insinuaient entre les pages des livres et racontaient les histoires qui y étaient imprimées. Leur langage était comme le bourdonnement susurré d'une musique de jazz. La seule condition pour vivre au Royaume des Livres était de savoir raconter des histoires.

En même temps qu'elle imaginait cette histoire et rêvait de vivre elle aussi au Royaume des Livres – bien qu'elle sût que ça l'obligerait à rapetisser comme Alice –, Sara regardait les murs de la maison où elle vivait à Brooklyn et d'où elle ne sortait presque jamais. Et c'était comme si elle se réveillait, comme si elle tombait des nuages du Pays des Merveilles. Tant de questions sensées se bousculaient dans son esprit. Par exemple, pourquoi le roi de cette tribu de conteurs nains et phosphorescents lui envoyait-il des cadeaux? Et pourquoi ne pouvait-elle pas le connaître alors que ses parents parlaient de lui comme d'une connaissance? Pourquoi ne venait-il pas lui-même lui offrir les livres? Était-il grand ou petit? Jeune ou vieux? Et par-dessus tout, était-il son ami ou pas?

— Ce n'est pas ton grand-père, mets-toi bien ça dans la tête, lui dit sa mère, un jour où elle l'avait à nouveau saoulée avec ses questions.

Et pour qu'elle en soit bien convaincue, elle était allée chercher l'album familial et lui avait montré une photo très floue où l'on voyait une belle et grande femme vêtue de blanc, tenant le bras d'un homme beaucoup plus petit qu'elle et qui regardait l'appareil photo avec un air effaré.

— Regarde bien! Ceci est ton grand-père Isaac qui repose en paix. C'était mon père. Et ça, c'est maman. Tu as compris?

— Pas bien, répondit Sara avec une certaine indifférence.

— Bon, c'est fini. Ce sont tes grands-parents, un point, c'est tout!

La question de sa famille, aussi intéressante fût-elle, ne passionnait pas Sara et ne l'intriguait pas outre mesure, et même, dans le fond, ça commençait à lui être égal qu'Aurelio ne fût pas son grand-père.

Morningside est un quartier de Manhattan, coincé au nord, dans le haut du jambon. Avant la naissance de Sara, sa grand-mère vivait déjà à Manhattan mais au sud, de l'autre côté, au bord de l'East River. Sara avait l'habitude d'entendre sa mère parler avec beaucoup de nostalgie de cette maison où elle avait vécu quand elle était encore jeune fille. Elle l'appelait «la maison de l'avenue C». Et elle semblait beaucoup la regretter car elle était plus proche de Brooklyn et ç'aurait été moins long pour s'y rendre. Mais elle n'ajoutait jamais rien d'autre qui aurait permis de savoir si elle était jolie ou laide.

À l'époque de la naissance de Sara – trois ans après le mariage de ses parents –, grand-mère Rebecca habitait déjà avec son mystérieux mari, ou celui qu'on appelait ainsi, dans le quartier de Morningside, près de sa boutique de jouets et livres anciens. C'est la seule maison de sa grand-mère que Sara ait connue, encore que bien peu dans sa première enfance. Parce que du temps d'Aurelio on n'y emmenait jamais la fillette et Mme Allen, non plus, n'y allait pas. Et comme c'est pendant les années où l'enfant apprend à lire et à rêver que son imaginaire se teinte le plus de magie, le quartier de Morningside paraissait à Sara très lointain et irréel, la cathédrale de Saint-Jean-le-Divin un château enchanté et la maison de Manhattan aux nombreuses fenêtres un parc immense et solitaire, une maison de roman.

À cette époque, Sara, aussi futée fût-elle, n'avait jamais lu de roman, mais plus tard, quand elle les eut dévorés, elle se souvint de ce que représentait pour elle la maison de Morningside quand elle était toute petite, une véritable maison de roman.

Ses premiers fantasmes d'enfant, elle les avait tissés autour de ce nom – Morningside – qui lui paraissait merveilleux rien qu'en le prononçant, léger comme un vol d'oiseau, et aussi parce qu'il signifiait « à côté du matin », ce qui est très joli. Mais également parce que c'était là, « à côté du matin », que vivaient Aurelio et Rebecca, deux personnes si différentes de ses parents qu'elle avait beaucoup de mal à imaginer qu'ils étaient de la même famille.

Ils étaient des personnages de roman. Parce que dans les romans – comme l'apprit Sara plus tard – il n'y avait que des gens hors de l'ordinaire. Alors que la grand-mère vivait avec le roi-libraire de Morningside, même M. Allen, qui plaisantait souvent à leur sujet, leur manifestait malgré tout plus de sympathie que sa femme. Et c'était étrange. Au moins il respectait leurs manières d'être, ne les jugeait pas et ils ne l'énervaient pas ; il les laissait vivre leur vie. Il se contentait de les appeler « ceux de Morningside ».

— Ceux de Morningside m'ont téléphoné ce matin à l'atelier, disait-il un soir, pendant le dîner.

Mme Allen, par contre, était prise d'un tic nerveux qui lui faisait froncer les sourcils trois fois de suite dès qu'elle entendait mentionner ceux de Morningside.

— Mais enfin! Pourquoi n'appellent-ils pas ici?

M. Allen poursuivait son repas bien tranquillement ou regardait la télévision ou les deux à la fois.

— Qu'est-ce que tu me racontes là! Ils m'ont appelé et nous avons parlé. C'est ta mère! Demande-lui! Tu l'embêtes à toujours vouloir lui donner des conseils, comme si elle était un enfant.

— Elle est comme un enfant.

— Mais moi pas, et pourtant tu me traites ainsi. Tes conseils nous embêtent tous.

— Très bien. Et que voulaient-ils?

— Nous dire qu'elle va chanter ce soir à Nyack. Et qu'elle y est déjà partie; elle y restera deux jours.

Le nom de Gloria Star était encore connu dans certaines salles de troisième catégorie et on l'y invitait de temps en temps à venir chanter du blues, accompagnée au piano.

— Mon Dieu, soupirait Mme Allen, c'est sûr que ce n'est pas à moi qu'elle dirait ça, parce qu'elle sait ce que j'en pense...

— Mais pourquoi toutes ces réflexions? Qu'est-ce que ça peut te faire? répondait M. Allen. Laisse-la chanter si ça lui plaît et qu'on ne peut l'en empêcher. C'est son droit tout de même!

— Jusqu'à ce qu'on se lasse d'elle... Comment vivra-t-elle la chose ? À ce moment, elle ne sera plus en âge de retrouver une compensation. J'ai peur de la vieillesse de ma mère, Samuel, je te le dis en toute franchise.

— Mais pourquoi ? Chacun vit sa vie à sa manière. Laisse ceux de Morningside en paix !

Durant toutes ces années, Sara se souvenait n'être allée que trois ou quatre fois dans la maison de Morningside. Le chat Cloud n'existait pas et dans l'entrée se trouvait un portemanteau rehaussé de têtes de lions dorées. Une domestique noire de grande taille, toujours en manches courtes même en hiver, ouvrait la porte de la maison. Elle s'appelait Sally.

Sara se souvenait bien de sa grand-mère quand elle l'avait vue pour la première fois à Morningside. Ce qui l'avait le plus impressionnée ce jour-là, c'est qu'elle lui avait semblé plus jeune que sa mère. Elle portait un costume de soie verte et était assise devant une table de toilette ornée de trois miroirs, couverte d'accessoires brillants. En se maquillant devant son miroir, la grand-mère chantonnait les paroles d'une chanson italienne qui tournait sur le pick-up :

Parlez-moi d'amour
Marius
Toute ma vie
Je serai tienne

Elle était tout autre à ce moment-là, la grand-mère. La maison de Morningside aussi.

Plus tard, quand il arrivait à son père de surnommer la grand-mère «Petit lézard», Sara était sûre qu'il l'évoquait ainsi vêtue de soie verte.

Avant le plan de Manhattan et les livres de contes, le premier cadeau que Sara avait reçu du roi-libraire de Morningside – quand elle avait seulement deux ans – avait été un grand puzzle. Chaque côté des cubes présentait une lettre différente, illustrée en couleurs par une fleur, un fruit ou un animal dont le nom commençait par cette lettre.

Grâce à ce puzzle, Sara s'était familiarisée avec les voyelles et les consonnes et s'était prise à les aimer, avant même de comprendre à quoi elles servaient. Elle alignait les cubes, les retournait et combinait à son gré les lettres qu'elle distinguait les unes des autres grâce à des repères aussi amusants qu'originaux. Le «E» était un peigne, le «S» un serpent, le «O» un œuf, le «X» une croix inclinée, le «H» une échelle pour les nains, le «T» une antenne de télévision, le «F» un drapeau déchiré.

Son père lui avait donné un grand cahier avec une couverture cartonnée comme celui qui lui servait de livre de comptes à l'atelier de plomberie. Il était en papier quadrillé avec une marge rouge à gauche et Sara le recouvrit aussitôt de dessins imitant les lettres ou représentant des meubles ou des ustensiles de cuisine, des nuages ou des toits. Elle ne voyait aucune différence entre dessiner et écrire.

Et même plus tard, quand elle sut lire et écrire couramment, elle ne faisait toujours pas de différence ; ou elle ne voyait pas de raison d'en faire. C'est la raison pour laquelle elle aimait beaucoup les enseignes lumineuses qui faisaient alterner images et annonces ; Marilyn Monroe s'éteignait pour laisser la place à une marque de dentifrice sur le toit du même gratte-ciel, illuminant la nuit d'un clignotement qui passait sans répit de l'or au vert. Lettres et dessins étaient issus du même père et de la même mère : le père étant le crayon affûté et la mère l'imagination.

Les premiers mots que Sara écrivit sur le cahier à couverture cartonnée que lui avait donné son père furent *rivière*, *lune* et *liberté* et quelques autres plus étranges formés par hasard, entremêlant voyelles et consonnes à la grâce de Dieu. Les paroles qui naissaient sans qu'elle le veuille, comme les fleurs des champs qui poussent sans qu'on les arrose, étaient ses préférées, celles qui la mettaient en joie car elle était seule à les comprendre. Elle les répétait souvent, à voix basse, pour entendre leurs sons et elle les appelait des « fabulettes ». La plupart du temps, elles la faisaient rire.

— Mais qu'est-ce qui te fait rire ? Pourquoi remues-tu les lèvres ? lui demandait sa mère en la regardant avec inquiétude.

— Pour rien. Je parle tout bas.

— Mais avec qui ?

— Avec moi, c'est un jeu. J'invente des « fabulettes », je me les raconte et je ris parce que je trouve qu'elles sont très plaisantes.

— Tu inventes quoi?

— Des fabulettes.

— Mais qu'est-ce que ça veut dire?

— Rien. Presque toujours ça ne veut rien dire. Mais quelquefois si.

— Mon Dieu, cette gamine est folle!

Sara fronçait les sourcils.

— La prochaine fois, je ne dirai rien, voilà!

Certains soirs, Mme Allen montait au dix-septième étage, appartement F, pour se confier à sa voisine Mme Taylor.

— On dirait toujours qu'elle me cache quelque secret; ou qu'elle pense à autre chose. Tu ne trouves pas ça bizarre? Et elle est si renfermée. Elle ressemble à ma mère...

C'était Mme Taylor qui avait suggéré à Mme Allen d'emmener sa fille chez un psychiatre. Elle était abonnée à une revue de vulgarisation scientifique et friande des programmes de télévision où l'on débattait des complexes des enfants.

Selon elle, Sara était une enfant surdouée.

— Mais tu dois en choisir un très renommé, ajoutait-elle d'un air entendu, sinon les enfants risquent d'être traumatisés.

— D'accord, mais un psychiatre renommé coûte très cher. Plombier-Express ne rapporte pas assez d'argent. Et d'ailleurs, Samuel ne sera pas d'accord.

Plombier-Express était le nom de l'entreprise que

M. Allen avait montée avec un associé plus jeune que lui. Et justement, cet associé était le mari de Mme Taylor. Il s'appelait Philippe, était toujours vêtu de cuir noir, avait une grosse moto et faisait partie du groupe des joyeux amis de M. Allen. Mme Allen le trouvait très beau garçon.

Les Taylor avaient un fils très gros, un peu plus vieux que Sara, et qui était descendu jouer deux ou trois fois avec elle. Mais il ne savait pas jouer, il disait toujours qu'il s'ennuyait et il passait son temps à sortir de ses poches bourrées des caramels, des sucettes et des bonbons, enveloppés dans des papiers collants qu'il jetait par terre. Il s'appelait Rod, mais dans le quartier on l'appelait Carambar.

Rod n'était pas le moins du monde un enfant sur-doué. Tout ce qui avait à voir avec l'écriture l'as-sommait et il ne serait jamais venu à l'esprit de Sara de partager avec lui le langage des fabulettes qui, dès les quatre premières années de sa vie, com-portaient des mots aussi inoubliables que *amelva*, *tariudo*, *maldor* et *miranfu*. Celles-ci lui restaient en mémoire. D'autres lui traversaient l'esprit comme une chanson sans queue ni tête, puis elles s'éva-poraient aussitôt telle la fumée d'une cigarette.

Mais certaines étaient si profondément gravées dans sa mémoire qu'elles ne pouvaient s'effacer. Et, avec le temps, elles finissaient par acquérir un sens bien précis. Par exemple, «miranfu» voulait dire «il va se passer quelque chose» ou «je vais avoir une surprise».

La nuit ou Sara inventa cette fabulette, elle n'arrivait pas à s'endormir. Elle se leva plusieurs fois et alla sur la pointe des pieds ouvrir la fenêtre et admirer les étoiles. Elles lui semblaient appartenir à un monde aussi merveilleux que le Royaume des Livres, où habitaient des gens très spéciaux et très savants qui la connaissaient et comprenaient le langage des fabulettes.

Ils la contemplaient de si loin, et lui envoyaient des messages d'espérance et d'aventure. «Miranfu», répétait Sara entre ses dents, comme une prière. «Miranfu.» Et ses yeux se remplissaient de larmes.

Quelques jours plus tard, surprenant une conversation téléphonique entre sa mère et Mme Taylor, elle fut suffoquée d'apprendre qu'Aurelio Roncoli avait vendu sa librairie, qu'il était parti en Italie et qu'il ne vivait plus avec sa grand-mère. Mme Allen parlait sur le ton de la confidence, d'une voix plaintive. Soudain, elle vit sa fille qui était en arrêt depuis un bon moment à la porte de la cuisine et elle lui cria, très en colère :

— Qu'est-ce que tu fais là, à écouter ce qui ne te regarde pas ? Va dans ta chambre !

Mais Sara était pâle comme un linge, les yeux perdus dans le vague, sans bouger. Sa mère vit qu'elle se cramponnait au battant de la porte et qu'elle ouvrait les yeux comme si elle allait se trouver mal. Et elle s'affola un peu.

— Je te rappelle dans un instant, Lynda, dit-elle. Non ce n'est rien, ne t'inquiète pas, et elle raccrocha.

Elle se rapprocha de sa fille et voulut l'embrasser mais celle-ci la repoussa.

— Mais qu'est-ce que tu as, Sara? Dis-le-moi... Tu es toute tremblante!

La fillette, en effet, tremblait comme une feuille. Mme Allen approcha un tabouret afin de s'asseoir. Puis elle se prit la tête entre les mains et se mit à pleurnicher.

— Mais dis-moi quelque chose, dis-moi, suppliait Mme Allen, es-tu malade? As-tu mal quelque part?

— Miranfu, Miranfu, balbutiait la fillette entre deux hoquets, pauvre Miranfu...

Elle tomba malade avec une forte fièvre pendant plusieurs jours et, dans son délire, elle appelait Aurelio Roncali, déclarant qu'elle voulait aller au Royaume des Livres, qu'il était son ami et qu'il devait revenir.

Mais Aurelio Roncali ne revint jamais et on ne reparla plus jamais de lui devant elle.

Sara comprenait qu'elle devait garder le silence. Ces fièvres lui avaient appris le silence. Elle devint obéissante et résignée. Elle avait compris que les rêves ne peuvent se cultiver qu'en secret et dans l'obscurité. Et elle attendait. Un jour viendrait – elle en était sûre – où elle pourrait crier triomphalement: «Miranfu!» En attendant, elle survivrait sur son île comme Robinson Crusoé. Et comme la statue de la Liberté.

Sara avait quatre ans à l'époque des événements et maintenant, au seuil de ses six ans, il lui semblait en fait que cela n'avait été qu'un rêve.

Aurelio Roncali, le dernier fiancé de sa grand-mère, avait enterré Gloria Star.

Et Sara les rangerait tous deux dans un monde habité par des loups qui parlaient, des enfants qui ne voulaient pas grandir, des lièvres à gilet et montre, et des naufragés qui apprenaient la solitude et la patience sur une île. Elle n'avait rien vu de semblable mais les choses qu'on imagine en rêve sont plus vraies que celles que l'on touche.

Et ce roi-libraire de Morningside, dont elle ne savait presque rien, avait existé. Et il avait été le premier à lui inculquer ses deux passions fondamentales : celle du voyage et celle de la lecture. Et les deux se fondaient en une seule, puisqu'en lisant on peut voyager en imagination ou rêver qu'on voyage.

3. Voyages routiniers
à Manhattan
La tarte aux fraises

Connaître Manhattan était devenu une obsession pour Sara.

Elle avait gardé l'habitude de tendre l'oreille chaque soir pour écouter ce que disaient ses parents en se mettant au lit. Elle savait reconnaître le ton plus énervé de la voix de sa mère qui annonçait la tempête tout aussi bien que le font les nuages noirs.

Les propos n'étaient pas toujours intéressants. Le plus souvent, il s'agissait de se comparer au couple Taylor. M. Allen trouvait que Lynda Taylor était douce, jeune et gaie. Mme Allen répondait qu'elle n'avait pas de mal parce que son mari la couvrait de cadeaux et ne vivait que pour elle. Il la mettait sur un piédestal. Elle louait également la capacité de travail de Philippe Taylor, qui pendant ses heures libres réparait des radios, des télés et tout ce qui se présentait. Et il lui restait encore du temps pour emmener sa femme au cinéma. Il venait de lui acheter une machine à laver toute neuve et un four à micro-ondes. Voilà un homme! Et en plus il n'était jamais sale et utilisait du déodorant.

— Comment le sais-tu?

— Lynda me l'a dit.

— Voilà bien les sottises dont parlent les femmes! Du déodorant! Est-ce que je sens mauvais?

Sara allumait la lumière, sortait du tiroir de sa table de nuit le plan de New York que lui avait donné M. Aurelio quelques années avant et se mettait à le contempler.

Elle se prenait alors à rêver les yeux ouverts et la discussion de ses parents se transformait en une musique de fond sur laquelle se déroulaient les images de ses excursions fantastiques à travers les rues, les places et les parcs qu'elle ne connaissait pas.

Une fois elle volait à la cime des gratte-ciel, une autre fois elle y allait à la nage par le fleuve Hudson, une autre fois en patins ou en hélicoptère.

Et en apothéose à cette randonnée somnambulique, les paupières lourdes, Sara se voyait pelotonnée dans une espèce de nid qu'on avait construit pour elle seule tout en haut de la statue de la Liberté entre les pics de sa couronne verte. Elle se posait là comme un oiseau fatigué de voler et, bien qu'elle se sentît envahie par le sommeil, elle adressait une prière à la statue qui, en fin de compte, était une déesse. Elle inventait des prières de son cru, formulées dans un style précieux. C'étaient comme des télégrammes envoyés à la représentante de la liberté pour la supplier de la délivrer des liens qui l'empêchaient d'être libre. Elle lui demandait que sa grand-mère s'habille de nouveau en vert comme lorsqu'elle avait fait sa connaissance, parce que le vert est la couleur de l'espérance.

La fillette avait collé une étoile dorée tout au sud du plan, là où se rejoignent les deux fleuves et où se trouve l'île de la statue de la Liberté, et une étoile argentée au nord, près du parc de Morningside, plus ou moins à l'emplacement de la maison de sa grand-mère Rebecca, qui n'avait pas repris son nom de Gloria Star. L'étoile argentée et la dorée se lançaient des clins d'œil sur l'énorme plan de New York que Sara Allen étendait chaque nuit sur son lit. Le plan était en piteux état à force d'avoir été plié et déplié de nombreuses fois par Sara qui voulait apprendre par cœur le nom des rues de Manhattan, des lignes de métro et d'autobus qui s'entrecroisaient et se rejoignaient entre elles. Elle avait fini par connaître leur réseau aussi bien que les lignes de sa main et elle était sûre de pouvoir s'orienter sans faute dans l'île de ses rêves, de la sillonner d'une extrémité à l'autre, d'explorer sans peur ses moindres recoins bien qu'elle n'ait jamais eu l'occasion de s'y essayer ; son expérience en effet se limitait à la traversée du pont de Brooklyn une fois par semaine, le samedi en compagnie de sa mère et toujours à la même heure et selon le même chemin. Un chemin qui prenait fin à l'emplacement de l'étoile argentée, c'est-à-dire au septième étage de la maison où vivait sa grand-mère depuis qu'elle la connaissait.

Là, le temps passait très vite dans la maison du piano noir, du chat Cloud, des armoires en désordre et des cendriers pleins de mégots. L'appartement de grand-mère Rebecca l'enchantait car c'était le seul qu'elle connaissait à Manhattan, et les histoires que lui racontait sa grand-mère, quand elle était de bonne humeur, étaient les plus intéressantes qu'elle ait jamais entendues sortir de la bouche d'une grande personne.

Elle rêvait – Miranfu! – qu'un jour elle irait vivre à Manhattan avec sa grand-mère; elle renverrait Sally, la femme de ménage noire, et elle tapisserait de miroirs les murs de la maison.

La virée hebdomadaire à Morningside était comme du petit bois pour alimenter le feu de son rêve.

En revanche, ces visites attristaient fort Mme Allen qui saisissait toujours n'importe quel prétexte pour pleurer et compatir sur les malheurs de ses semblables; quand elles revenaient de Brooklyn par le métro, la nuit tombée, elle séchait souvent ses larmes avec un grand mouchoir tiré de la poche de sa veste. Sara regardait autour d'elle nerveusement, craignant d'attirer la curiosité, mais elle comprit vite que personne ne faisait attention à elles car les gens qui voyagent dans le métro de

New York ont toujours les yeux dans le vide tels des oiseaux empaillés.

— Elle se meurt… Pas un jour sans que je pense qu'elle se meurt, pleurnichait Mme Allen.

— Mais pourquoi va-t-elle mourir, maman, si elle n'est pas malade? Et je l'ai vue très en forme!

Il semblait à Sara que le seul bon moment que ces voyages à Manhattan procuraient à sa mère était celui qu'elle passait la veille dans la cuisine à préparer la tarte aux fraises qu'elle apportait chaque samedi à sa grand-mère. Elle la confectionnait le soir, après avoir desservi la table du dîner, pendant que M. Allen lisait son journal ou regardait un match de base-ball à la télévision.

— Regarde comme elle sent bon, Samuel! disait Viviane Allen, chaque vendredi, avec le même enthousiasme, en sortant la tarte du four. Elle me semble meilleure que jamais!

Après l'avoir laissée refroidir, elle l'enveloppait soigneusement dans un papier d'argent et la disposait au fond d'un panier. Elle en suffoquait et ses yeux brillaient.

— Et elle sera encore meilleure demain, ajoutait-elle avec satisfaction. Pour qu'elles soient vraiment bonnes, on doit faire les tartes la veille. Elle va être très contente. Elle s'en léchera les doigts.

— Mais si ta mère n'aime pas la tarte aux fraises? demandait M. Allen, qui était las d'entendre la même rengaine tous les vendredis.

— Qu'en sais-tu?

Alors Sara remarquait bien que, tandis qu'elle disposait la tarte dans le panier et qu'elle se mettait à nettoyer le four, l'exaltation qui avait illuminé son visage et fait briller ses yeux disparaissait en même temps qu'un nuage voilait son regard.

Le lendemain, après avoir déjeuné plus tôt que d'habitude, elles se préparaient à partir. L'appartement était propre et bien rangé.

— Et maintenant, qu'on n'oublie pas le sandwich de ton père, disait Mme Allen.

La boutique Plombier-Express, propriété de Allen et Taylor, faisait les dépannages d'urgence et ouvrait le samedi. À cette époque, d'après ce que Sara avait entendu dire par sa mère, le commerce marchait très bien.

Quand M. Allen revenait du travail à six heures, Sara et sa mère n'étaient pas rentrées mais il trouvait un petit mot de sa femme et un sandwich aux concombres. Il ne lisait jamais le petit mot. Il le jetait à la poubelle avec le sandwich, prenait une douche et descendait dîner au restaurant chinois de la rue voisine.

Malgré cela, Mme Allen n'omettait jamais de préparer le sandwich, ni d'écrire le petit mot. Elle s'installait devant le comptoir de l'arrière-cuisine, assise sur un tabouret haut de plastique rouge, près du téléphone jaune. Là, elle hésitait avant d'écrire, semblant chercher l'inspiration, les yeux dans le vague, alors qu'elle rédigeait toujours le même texte :

«Samuel, comme c'est samedi, je vais voir ma

mère avec la petite pour lui faire un peu de ménage et lui apporter la tarte aux fraises. Je t'ai laissé un sandwich. »

Elle poussait toujours un profond soupir à la fin de la rédaction.

Elle s'asseyait ensuite sur la banquette de la salle de bains, attirait Sara entre ses jambes et commençait à la coiffer avec nervosité, lui tirant souvent les cheveux en pariant qu'elles allaient être en retard.

— Ça n'a pas l'air, mais ça fait un bout de chemin. Un voyage de plusieurs kilomètres. Et qui ça préoccupe? Si au moins elle vivait toujours dans l'avenue C!

Sara en profitait pour demander à sa mère si la maison de l'avenue C était plus belle que celle de Morningside. Elle se renfrognait aussitôt et répondait qu'elle ne s'en souvenait pas bien.

— Comment peux-tu ne pas t'en souvenir puisque tu y vivais quand tu étais jeune fille!

— Bon, je ne sais pas. Il y avait un grand salon. Et de la fenêtre de la chambre on voyait l'East River. Et figure-toi que d'ici ça aurait fait une vingtaine de stations de métro en moins.

— Et pourquoi a-t-elle quitté cette maison? Elle aimait mieux celle de Morningside? Aïe! maman, ne me tire pas les cheveux comme ça!

— C'est ta faute, tu bouges sans arrêt! Tu me rends nerveuse.

— Mais réponds-moi!

— Eh bien, elle est partie parce qu'elle en avait envie. Tu sais que ta grand-mère est capricieuse et qu'on doit toujours faire comme elle. Comme toi!

Mais de Aurelio Roncali, pas un mot!

Mme Taylor – toujours guidée par les consultations sentimentales de la télévision, ou par ses lectures sur les complexes – lui avait dit qu'il n'était pas bon de parler aux enfants des choses qui risquaient de les traumatiser.

Et malgré le temps passé, Viviane Allen ne pouvait oublier la maladie dont avait souffert Sara, quand elle avait appris la séparation de sa grand-mère et du libraire. Mais la fillette avait remarqué que l'épais manteau de silence qui était tombé sur le nom de M. Aurelio était plus pénible pour sa mère que pour elle.

Parce que les choses et les personnes que l'on n'a vues qu'avec les yeux de l'imagination peuvent rester vivantes et sont immuables même si elles cessent d'être dans la réalité. Quand on les a vraiment vues et qu'elles disparaissent, alors le changement est plus grand.

— Je te le dis, ma fille, affirmait Mme Allen en parlant très vite, c'est une folie que ta grand-mère vive trop loin de nous. Il n'y a pas moyen de lui mettre en tête qu'elle serait mieux avec nous!

Sara restait pensive. Cette idée lui paraissait complètement absurde et elle était sûre que sa grand-mère ne l'accepterait jamais.

— Nous aussi, nous pourrions aller vivre avec elle. Il y a de la place, ça ne serait pas mieux?

— Qu'est-ce que tu peux dire comme bêtises! Et ton père? Tu ne vois pas qu'il a son travail ici?

— Il pourrait travailler là-bas, il y a des fuites d'eau partout!

Sara songeait qu'aucun travail à Brooklyn n'aurait pu l'empêcher d'aller vivre avec sa grand-mère à Manhattan. Elle ne se serait pas risquée à le dire, mais cela lui paraissait la solution idéale. Elle se voyait très bien dégager des vieilleries qui l'encombraient une grande pièce située à droite du corridor en entrant et la décorer avec des posters d'actrices de cinéma, de cow-boys, de trains et d'enfants en train de patiner. Elle communiquerait avec ses parents par téléphone et ceux-ci viendraient la voir le vendredi. Mais elle était bien consciente qu'elle ne pouvait pas le leur dire, même avec toutes les précautions possibles. Et elle restait tristement silencieuse.

— Allez, en route, lançait sa mère. À quoi penses-tu? Tu ne vois pas qu'il se fait tard! Ça n'a pas l'air, mais c'est un voyage, un voyage de plusieurs kilomètres!

Elle lui mettait un ciré rouge, qu'il pleuve ou pas, et lui donnait le panier recouvert d'une serviette à carreaux rouges et blancs. Sous la serviette, il y avait la tarte.

— Allez, ma fille, porte ça! Ça fait plaisir à ta grand-mère que ce soit toi qui la portes.

— Elle s'en fiche, grand-mère!

— Ne réponds pas! Je crois que nous n'avons rien oublié…

Et Mme Allen, après avoir vérifié qu'elle avait bien fermé le robinet du gaz, que le petit mot pour son mari se trouvait bien sur le réfrigérateur et qu'aucun robinet ne coulait, se mettait à faire l'inventaire de son sac, nommant chaque chose entre ses dents.

— Voyons! Les clés, les lunettes, le porte-monnaie… Attends, tiens-moi un instant le parapluie.

Elle fermait soigneusement les trois serrures de la porte et elle appelait l'ascenseur. À partir de ce moment, elle serrait fortement la main de la fillette et ne la lâchait que lorsqu'elles étaient parvenues chez la grand-mère.

Sara se regardait dans le miroir de l'ascenseur puis dans toutes les vitrines jusqu'à la bouche du métro. Ça ne lui plaisait pas que sa mère la tienne tant serrée mais elle savait qu'il était inutile d'espérer être lâchée. Elle regardait le ciel entre les immeubles.

— Pourquoi m'as-tu mis un imperméable, alors qu'il ne va pas pleuvoir? demandait-elle en colère.

— On ne sait jamais, répondait Mme Allen. J'ai aussi pris mon parapluie, tu vois, il faut être prudent. N'oublie pas qu'il s'agit d'un voyage, mine de rien. Nous ne rentrerons qu'à la nuit, et à la météo ils ont dit que le temps était nuageux. Ils ont annoncé qu'un orage se prépare sur les côtes de

Floride, qu'il y a cinq routes départementales inondées au Minnesota, que l'anticyclone se déploie en Europe de l'Est et dans l'ouest de la Méditerranée et que...

Sara ne l'écoutait plus et se mettait à regarder les gens, un Noir qui vendait des bananes dans une petite charrette, un gosse sur une moto avec des écouteurs sur les oreilles, une blonde aux talons hauts, un vieux qui jouait de la flûte assis sur des escaliers ; elle contemplait les enseignes lumineuses, toujours agrippée à la main de sa mère. Une fois dans le métro, au milieu de la foule, elles passaient les tourniquets en forme de croix qui ne s'ouvrent que si on introduit dans la fente placée à cet effet les deux jetons dorés que Mme Allen avait achetés après avoir fait la queue au guichet. Derrière, protégé par des vitres épaisses, se tenait un homme de couleur chocolat qui distribuait les jetons dorés comme un pantin mécanique en les faisant passer par une soucoupe ovale en métal. Quand il devait répondre aux questions des clients, il approchait de ses lèvres la tige flexible d'un micro dont l'extrémité ressemblait à un de ces champignons que l'on voit dessinés dans les livres de contes de nains et de sorcières. Mme Allen lâchait un instant la main de Sara pour récupérer les jetons et la monnaie.

— Tiens mon parapluie ! disait-elle.

C'étaient toujours quelques secondes intenses et excitantes pour Sara. Parce qu'elle avait en permanence dans sa poche deux de ces jetons dorés. Ils étaient tombés de la poche de son père sur le siège de sa chaise et elle les avait ramassés. Elle regardait la fente dans laquelle on les introduisait, elle s'écartait un instant de sa mère et se sentait envahie par la tentation de se mettre à courir avec son imperméable rouge, son parapluie et son panier, de passer le portillon et de se perdre seule dans la foule se dirigeant vers Manhattan. Mais elle ne le fit jamais ni même n'esquissa le geste.

Elles descendaient sur le quai. Mme Allen jetait des regards soupçonneux et serrait plus fort que jamais la main de sa fille. Certains voyageurs qui attendaient sur le quai éveillaient ses soupçons plus que d'autres et elle choisissait le wagon dans lequel elles montaient en fonction du voisinage quand le métro arrivait enfin, si vite qu'on avait l'impression qu'il ne s'arrêterait pas.

Mille pensées tenaient Sara en éveil quand elle montait dans le wagon et regardait à la ronde; sa mère essayait de lui changer les idées et déboutonnait son imperméable pour qu'elle ne prenne pas froid en ressortant. Mme Allen était très calée en froid, en chaud, en tornades, car c'était son principal sujet de conversation avec les vieux dont elle s'occupait et qui, disait-elle en soupirant, l'aimaient plus que sa propre mère.

Elle écoutait toutes les émissions météorologiques de la télévision et les commentaient avec eux. Par contre, les films d'amour et d'aventures l'ennuyaient beaucoup. C'est ce qu'elle affirmait aux anciens de l'hôpital, qui lui donnaient raison, soit parce qu'ils étaient du même avis, soit parce qu'ils voulaient lui faire plaisir.

— Qui peut croire à ça? leur disait-elle en leur servant un bouillon de poule ou en couvrant leurs épaules d'un châle. A-t-on déjà vu un homme sautant d'un toit à l'autre ou une femme à la figure de serpent?

— À Manhattan, on voit des choses comme ça et même pire, madame Allen, lui répondaient certains avec le plus grand sérieux.

Alors, si c'était vrai, Mme Allen n'aimait pas que Sara voie ces histoires à la télévision ni qu'elle tourne la tête pour regarder tel ou tel dans le métro quand elles allaient rendre visite à la grand-mère.

— Pourquoi regardes-tu cet homme?

— Parce qu'il parle seul.

— Laisse-le. Tu vois bien que personne ne le regarde!

— Ben oui, le pauvre, c'est pour cela que je le regarde.

— Et toi, qu'est-ce que ça peut te faire? C'est son problème!

Il y avait beaucoup de gens qui parlaient tout seuls dans le métro de New York, quelques-uns entre leurs dents, d'autres plus fort, d'autres enfin comme s'ils faisaient une conférence. Ces derniers, les vêtements dépenaillés et les cheveux luisants, apostrophaient parfois à voix tonitruante l'assistance par un «mes frères» ou «citoyens», se heurtaient à une mer de silence et d'indifférence. Personne ne les regardait.

— Avance un peu dans le coin, Sara, une place assise va se libérer, avertissait Mme Allen, en la poussant avec sa hanche, quand elle voyait sa fille fascinée par un de ces extravagants personnages.

Sara était en colère à cause des bavardages incessants de sa mère qui l'empêchaient de penser. C'était un endroit où elle aimait bien méditer, justement parce qu'elle côtoyait tant de personnes différentes et inconnues les unes des autres alors qu'elles faisaient ensemble le même voyage au même moment.

Elle aimait imaginer leurs vies, comparer leurs gestes, leurs visages, leurs vêtements! Et ce qui l'amusait le plus était de remarquer que les différences étaient plus nombreuses que les ressemblances. Comment se pouvait-il que sur une si faible surface, entre les cheveux et les pieds, il existe tant de variations qu'il soit impossible de confondre un voyageur avec un autre?

Elle n'avait pas le temps de bien les examiner, parce que Mme Allen lui bouchait la vue comme si elle avait craint que, rien qu'en les regardant, ils lui transmettent quelque maladie contagieuse.

— Laisse-moi, maman, ne me déboutonne pas, je n'ai pas chaud!

— Bien sûr, tu crois toujours tout savoir. Reste tranquille!

— Je sais mieux que toi si j'ai chaud.

— Oui, mais après, en sortant, avec la différence de température, tu attraperas un rhume, voilà !

— Mais si je n'attrape pas de rhume...

— Ah, mon Dieu ! quelle enfant raisonneuse ! Et pourquoi tu prends une tête de martyre maintenant ?

— Pour rien, maman, tais-toi, laisse-moi !

— Tu tiens bien le panier ?

— Oui, maman, tais-toi maintenant, je t'en prie, suppliait la fillette.

— Mais qu'est-ce qui t'arrive ? Pourquoi fermes-tu les yeux ? Tu as mal au cœur ?

— Laisse-moi. C'est parce que nous passons sous le fleuve.

— Et alors ? En voilà une nouveauté ! Ma parole, ma fille, tu es plus bête chaque fois que je t'écoute...

Au début du voyage, en effet, le métro passait sous l'East River. Et cette partie coïncidait précisément avec le moment où les commentaires de Mme Allen se déversaient comme une pluie sans fin. Et si Sara fermait les yeux, ce n'est pas parce qu'elle avait mal au cœur ou peur, c'est parce qu'elle ne pouvait pas supporter que des élucubrations aussi insignifiantes viennent occuper l'esprit de sa mère et interrompre ses propres pensées alors même qu'elles étaient en train de vivre le miracle de voyager dans un tunnel sous des tonnes d'eau. La rame de métro circulait maintenant dans le tunnel de Brooklyn Battery, ainsi nommé parce qu'il débouchait près de Battery Park, le plus au sud de

Manhattan, où se rejoignent l'Hudson et l'East River. Sara l'avait étudié, elle connaissait la date du début des travaux – en 1905 –, mais ce qui primait était l'émotion qui vous saisissait à l'idée qu'on avait de telles masses d'eau au-dessus de la tête. Aboutir à Manhattan en passant sous un fleuve était bien la preuve que tout pouvait arriver dans cette île. Dans la tête de Sara, cent questions tournaient comme les ailes d'un moulin et qu'elle poserait à sa grand-mère aussitôt parvenue chez elle.

4. Souvenirs de Gloria Star
Sara gagne son premier argent

Près de chez grand-mère Rebecca se trouvait un parc sombre et mystérieux qui portait le même nom que le quartier, Morningside.

S'étendant le long d'un terrain en pente, il commençait au pied de la cathédrale Saint-Jean-le-Divin et on y accédait par des escaliers de pierre. Il avait la réputation d'être très dangereux.

Quelques années auparavant, un inconnu que l'imagination populaire avait baptisé «le vampire du Bronx» y avait élu domicile pour excercer ses crimes nocturnes, tous aux dépens de victimes féminines. Cinq cadavres de femmes furent découverts en quelques mois à Morningside et, depuis lors, il y avait bien longtemps que nul ne se risquait à traverser le parc de jour comme de nuit, ni même à descendre les escaliers de pierre couverts de mousse qu'encadraient de solides balustrades.

Sara aimait beaucoup regarder le parc abandonné par la fenêtre de la salle de séjour, la plus grande pièce de l'appartement où trônait le piano de la grand-mère. Son aspect romantique et solitaire l'attirait beaucoup.

La grand-mère avait installé son fauteuil préféré devant cette fenêtre, il était un peu vieux et les ressorts dépassaient sous le siège.

Pendant que sa mère descendait faire quelques courses ou balayait les cafards morts dans la cuisine, Sara s'asseyait sur une petite chaise basse près de sa grand-mère pour lui tenir compagnie et écouter ses histoires, tout au moins quand elle était d'humeur à en raconter. Parfois elle était somnolente ou triste, elle fermait les yeux et n'avait pas envie de parler. Mais tôt ou tard Sara finissait par la dérider et son regard alors retrouvait un certain éclat.

Elles avaient l'habitude de parler très bas, presque en chuchotant, et cette complicité avec sa grand-mère ravissait Sara qui adorait les secrets.

— Grand-mère, c'est joli à l'intérieur de Morningside?

— Bah! comme ci, comme ça! Central Park, à côté, est bien plus beau. J'aimerais avoir de l'argent et vivre près de Central Park Sud. Les beaux immeubles sont là... Morningside, si tu veux mon avis, son seul atout c'est le mystère qui l'entoure avec l'histoire du vampire du Bronx. Rien d'autre. Il est dans un état d'abandon qui fait peine.

— Comment le sais-tu?

— Ben, parce que j'y suis allée de nombreuses fois !

— Tu entres à l'intérieur ?

— Bien sûr. J'aimerais mieux me promener dans Central Park en calèche. Faute de grives, on mange des merles. Au moins on n'est pas gêné par qui que ce soit.

— Mais tu n'as pas peur ?

— Et pourquoi j'aurais peur ! C'est un des endroits les plus sûrs de Manhattan. Tu ne vois pas que c'est désert ? Dans les films, on voit bien que ni les gangsters ni les vampires ne sont des idiots. Pourquoi perdraient-ils leur temps cachés à guetter leurs proies dans un endroit où ils savent qu'il ne passe jamais personne ?

— On l'a attrapé, le vampire du Bronx ?

— Non, en tout cas aucun des journaux que j'achète ne le mentionne. Je crois qu'il court toujours. Je me l'imagine, je ne sais pas pourquoi, comme un beau garçon. Pas toi ?

— Je ne sais pas, répondait Sara un peu effrayée, je n'ai aucune idée sur le sujet.

Mme Allen devenait folle quand elle s'apercevait que sa mère et sa fille étaient en train de parler du vampire du Bronx.

— Mère, ne racontez pas des histoires qui font peur à Sara, ensuite elle ne dort pas, protestait-elle.

— Et pourquoi ne dormirait-elle pas ? J'ai vu pire

façon de perdre son temps… Qu'est-ce que c'est que ces journaux que tu jettes à la poubelle ?

— Ceux-là justement, mère. Ce sont des torchons. Des journaux dévoyés, qui ne parlent que de crimes et de bêtises !

— Un crime n'est pas du tout une bêtise, ma fille. Montre-les-moi avant de les jeter, il y a sûrement encore des choses intéressantes à lire. Quelle manie de tout jeter ! Chaque fois que tu viens ici, c'est comme si déferlait une armée de sauterelles.

— Et cette manie de ne rien jeter, de ne rien réparer ! Vous ne pouvez pas garder ce fauteuil défoncé ! La semaine prochaine, je vous enverrai un tapissier.

— Tais-toi ! Il me plaît ainsi, un peu défoncé. Il a la forme de mon corps. Il est mon unique compagnon.

— Parce que vous le voulez bien. Parce que vous vous entêtez à ne pas vouloir venir avec nous à Brooklyn.

Cette conversation fatiguait la grand-mère.

— Ne sois pas pénible, Viviane, laisse-nous avec ça. Et ne me vouvoie pas ! Je te l'ai dit maintes fois !

— J'essaie mais je n'y arrive pas. J'ai l'habitude de vous vouvoyer. Papa, qu'il reste en paix, disait que tutoyer ses parents était un manque de respect.

— Mais tu n'as aucun respect pour moi, bien que tu me vouvoies. Et d'ailleurs je ne veux pas que tu me respectes. De plus, ma fille, ton père était vieux jeu.

Un samedi après-midi, au début du mois de décembre, personne ne répondit à leur coup de sonnette quand elles arrivèrent comme de coutume à l'appartement de la grand-mère.

— Elle est un peu sourde par moments, dit Mme Allen en soupirant.

— À moins qu'elle ne soit sortie faire un tour, répliqua Sara. Nous sommes arrivées plus tôt que d'habitude.

— Où a-t-elle pu aller avec un froid pareil? Tiens mon parapluie, je vais chercher les clés.

Elles entrèrent dans la maison et n'y trouvèrent que le chat Cloud dormant sur le fauteuil de la grand-mère.

Mme Allen était très inquiète. Elle savait que sa mère était un peu portée sur la boisson. Ça, elle ne le disait pas à Sara. Elle pensa qu'il lui serait facile de la retrouver dans un des cafés du coin, où on la connaissait bien. En fin de compte, comme elle devait descendre faire quelques courses, elle se décida à sortir.

— Toi, dit-elle à Sara, tu vas rester ici. Et si ta grand-mère rentre avant moi, tu lui prépareras un thé et lui donneras une part de tarte. Ça ne te fait pas peur de rester un moment toute seule?

— Bien sûr que non, répondit la fillette.

— Bon, à tout de suite! Je ne serai pas longue. Et si le téléphone sonne, tu réponds.

— Bien sûr, maman, quelle idée! Je ne vais pas le laisser sonner!

— Ne me réponds pas. Si ton grand-père Isaac pouvait te voir! Enfin... Et puis balaie un peu la cuisine.

— D'accord.

Mais quand sa mère eut disparu, au lieu de balayer la cuisine, elle se mit à parcourir toute la maison en faisant de grands sauts. «Miranfu!» C'était la première fois qu'elle se retrouvait seule dans la maison de Morningside et cela lui procurait une émotion fabuleuse.

C'était merveilleux! – «Miranfu» – d'imaginer qu'elle était chez elle et qu'elle s'appelait Gloria Star.

Il y avait un disque posé sur l'électrophone. Elle le mit en marche et monta le volume.

C'était cette chanson italienne que sa grand-mère écoutait le soir où elle l'avait vue vêtue de vert se mirant dans les trois miroirs de sa coiffeuse. Depuis, elle ne l'avait jamais réentendue mais elle la reconnut aussitôt et resta saisie de surprise, comme si elle était victime d'un enchantement.

Parlez moi d'amour
Marius
Toute ma vie
Je serai tienne

Cloud ouvrit les yeux. Puis il fit le gros dos, descendit du fauteuil et commença à tourner autour de Sara en ronronnant.

— Non, tu n'existes pas, Cloud. Tu n'étais pas

là ce jour-là. Laisse-moi. Tu ne fais pas partie de mes souvenirs. Je suis Gloria Star, la fameuse chanteuse Gloria Star. Le sais-tu?

Le chat la regardait avec ses yeux vert émeraude. Il miaulait doucement et essayait en vain d'attraper le bord de sa robe.

— Non, c'est inutile, tu ne fais pas partie de ma mémoire puisque tu ne me connaissais pas encore. Tu n'as pas connu non plus Aurelio. Laisse-moi, vilain chat, tu vas filer mes bas de soie! Tu ne comprends pas que j'attends Aurelio? Il va arriver du Royaume des Livres pour m'emmener danser, et je dois me préparer et me faire belle. Il aime que je me fasse belle...

Elle sortit dans le couloir et ouvrit la porte de la chambre de sa grand-mère. Elle était dans l'ombre. Se dirigeant dans le noir à la recherche de l'interrupteur, elle prit soudain peur. Et si elle découvrait sa grand-mère dans son lit, étranglée par le vampire du Bronx?

La première chose à faire serait de ne toucher à rien et d'appeler la police, comme elle l'avait vu faire dans les films! Le chat Cloud, qui l'avait suivie, se frotta contre ses jambes, ce qui la fit crier.

Elle alluma la lumière et le chat sortit en sifflant.

— Ah! comme tu m'as fait peur, Cloud! s'exclama Sara. Tu ne peux pas me laisser en paix! Au moins, me dire quelque chose – même si ce n'est que «Comment va la reine?» comme le dit le chat de

Cheshire à Alice. Mais c'est vrai, que sais-tu d'Alice ? Tu ressembles à Rod Taylor, en chat. Un chat bête et muet. Je gâche ma salive en m'adressant à toi !

Tout en parlant, elle regardait autour d'elle. Ses peurs s'étaient envolées avec la lumière et, à dire vrai, la chambre était une véritable catastrophe. Elle était dans un tel état qu'il se révélait bien difficile de continuer à jouer à être Gloria Star au temps de sa splendeur.

Elle puait le mégot froid, le renfermé, la sueur et le parfum bon marché. Un monceau de vêtements de toutes sortes étaient répandus sur le sol ou sur le dossier des chaises, et sur le lit une multitude de cartes, photographies ou articles de presse étaient éparpillés.

Sara essaya d'allumer la lumière de l'applique à trois branches avec des tulipes de cristal qui ornaient la coiffeuse aux trois miroirs, mais les ampoules étaient mortes. Sur le marbre noir veiné de rose, au milieu des pots de crème sans couvercle et des bâtons de rouge à lèvres à moitié usés, traînaient des verres sales, des épingles à cheveux, des bobines de fil, des petites cuillères, des cendriers et un ensemble de tubes de médicaments, quelques-uns quasiment pleins, d'autres vides.

Le chat sauta sur le lit et se coucha sur les papiers qui étaient dispersés sur les draps défaits.

— Descends, Cloud ! Je n'ai jamais vu un tel manque de respect ! s'écria Sara sur un ton affecté en s'approchant du lit d'un pas languide. Mon Dieu !

Mes cartes d'amour! Mes pétales de fleur! Mes photos chéries! Je suis Gloria Star! Tu entends! Ouste, vilain chat!

Elle chassa le chat et se mit à classer avec soin tous les papiers, distinguant selon leur format les cartes, les articles de presse et les photographies.

Une des plus grandes représentait un assez bel homme de taille moyenne, avec des moustaches fournies, des cheveux poivre et sel séparés par une raie. Un cigare à la main, il était appuyé contre une bibliothèque chargée de livres et souriait à la caméra.

Sara regarda longuement la photographie puis la retourna. Elle portait une dédicace écrite avec de grandes lettres: «Tu es ma gloire. A.» La même écriture recouvrait quelques-unes des cartes qu'elle venait de trier.

Le disque était terminé. Sara se dirigea vers le salon en emportant tous les papiers. Elle ne savait pas pourquoi, mais elle ne voulait pas que sa mère les vît quand elle rentrerait et se mettrait à faire le ménage. Elle aurait été capable de les jeter à la poubelle, comme les journaux. Et puis même, c'étaient les secrets de sa grand-mère. Sara ne jouait plus à être Gloria Star, elle était Gloria Star en personne. D'un autre côté, elle était sa complice et elle ne voulait pas que l'on fouille dans ses souvenirs intimes. Même si elle-même n'y prenait pas garde.

Elle se dirigea vers le petit meuble à porte cannelée qui était toujours fermé. Mais elle savait où sa grand-mère cachait la clé : à l'intérieur d'un vase de Chine représentant un panier au pied duquel deux oiseaux se disputaient les morceaux d'un haricot, tirant chacun d'un côté. Elle monta sur un tabouret pour atteindre l'étagère où il était rangé, l'agita et comprit au bruit que la clé était bien à l'intérieur. Mais à ce moment le téléphone se mit à sonner et la fit sursauter si fort que le vase lui échappa des mains et tomba. Son cœur battait à tout rompre tandis qu'elle attrapait le téléphone.

C'était sa grand-mère. Sa voix était très gaie. Elle était descendue faire un tour dans le parc de Morningside et, en revenant, elle s'était arrêtée un petit moment pour jouer au Bingo ! Elle avait gagné cent cinquante dollars ! D'ailleurs, avaient-elles lu le petit mot qu'elle avait laissé sur le piano ? Sara lui répondit par la négative et la prévint que sa mère était descendue à sa recherche, un peu préoccupée.

— Bienheureuse Viviane, dit la grand-mère. Si on ne s'occupe pas un peu, on ne vit plus. Je remonte tout de suite, je suis au bar du coin en train de boire un petit verre d'alcool. Bon, tu n'as pas besoin de parler du Bingo à ta mère, je sais que tu peux garder un secret... À tout de suite ! On aura le temps de bavarder ensemble, ma fille... Ah, d'ailleurs je voulais te demander une faveur, maintenant que j'y pense...

— Dis-moi, grand-mère.

— Tu es toute seule... J'ai laissé ma chambre en

plein désordre. Peux-tu ramasser les papiers que j'ai laissés sur mon lit et les enfermer dans le petit secrétaire? Tu sais où je garde la clé?

— Oui, grand-mère, répondit Sara en souriant tendrement, dans le vase aux oiseaux.

Quand elle raccrocha le téléphone, Sara était très excitée et elle s'empressa de remettre le disque. Cette chanson l'enchantait même si elle n'en comprenait pas les paroles. Mais elle disait «Mariu», qui devait être une espèce de «Miranfu» en italien. Puis elle alla ramasser le vase, craignant le pire.

Heureusement – «Miranfu!» – il était tombé sur le fauteuil et ne s'était pas cassé. Elle eut du mal, par contre, à trouver la petite clé qui s'était glissée entre le coussin et le dos du fauteuil. Elle l'introduisit dans la serrure et remonta la glissière du meuble qui s'appelait secrétaire parce que c'était un meuble à secrets. Il s'en échappa une odeur fade de vieux papiers, de fleurs séchées.

Elle regarda une fois encore le portrait d'Aurelio et l'embrassa.

— Merci, souffla-t-elle.

Et elle se mit à pleurer. Mais pas comme le jour où elle avait appris qu'il était parti. Les six années écoulées depuis ce jour lui avaient appris que l'on pouvait pleurer de trois façons bien distinctes: de colère, de chagrin ou d'émotion. Aujourd'hui, elle pleurait d'émotion. Plus encore, d'émotion et de joie. Un sentiment très rare. Miranfu.

Après cela, avant de refermer le meuble, elle eut la curiosité de regarder dans un petit tiroir à droite qui était entrebâillé. Elle y vit une enveloppe cachetée et reconnut l'écriture de sa mère.

VÉRITABLE RECETTE DE LA TARTE AUX FRAISES TELLE QUE ME L'ENSEIGNA DANS MON ENFANCE REBECCA LITTLE, MA MÈRE.

Elle ne put s'empêcher de rire. Toutes ces histoires pour la recette de la tarte aux fraises, alors que sa grand-mère savait la faire !

Celle-ci revint de fort bonne humeur. Au bruit de la clé dans la serrure, Sara avait couru l'accueillir, suivie par le chat.

Elle n'avait aucune idée du temps qui s'était écoulé depuis le départ de sa mère – mais elle allait vite être renseignée. Sa grand-mère venait juste de jeter en l'air l'argent gagné au Bingo, que sa petite-fille ramassait ; elles étaient toutes deux mortes de rire, quand le téléphone sonna. La grand-mère décrocha.

— Allô… Ah ! Viviane, c'est toi… Bien sûr, je suis là, tu ne m'entends pas ? Ben non, je suis désolée de te priver de ce plaisir mais je n'ai pas été enlevée par le vampire du Bronx. Je crois qu'il aime la chair plus fraîche.

Sara avait fini de ramasser les billets et s'était

assise dans le fauteuil de sa grand-mère. Songeuse, elle regardait le parc abandonné de Morningside, au-dessus duquel s'étiraient quelques nuages violets qui perdaient peu à peu leur couleur.

Cloud grimpa sur ses genoux en ronronnant et elle se mit à le caresser. Elle se sentait bien, comme elle ne l'avait encore jamais été de sa vie.

— Je vous avais laissé un petit mot sur le piano, disait sa grand-mère. Et je suis là depuis plus de dix minutes.

Sara la regarda. Et elle lui rendit son regard avec un clin d'œil malicieux. Ça amusait beaucoup Sara que sa grand-mère mente comme une petite fille pour se défendre des sermons de sa propre fille et elle lui envoya un baiser du bout des doigts.

Les réponses de sa grand-mère lui fournirent une indication sur le temps passé.

— Mais si, Viviane... Pourquoi c'est pas possible?... Que dis-tu? Il y a dix minutes tu étais encore en haut!... Ma fille, quel détective tu fais, ce sera quelques minutes en plus ou en moins. On se sera croisées dans les ascenseurs... Ah, ne sois pas casse-pieds, Viviane, tu fais un fromage de tout!... Oui, la gamine va bien... et le chat. Et les cafards, bien vivants et toujours en nombre. Tout est pour le mieux!... Et puis maintenant, on va manger la tarte... C'est ça, à tout de suite. Je regrette de te donner tant de peine.

Sara se pencha vers le chat et lui dit à l'oreille:

— Tu as entendu grand-mère, Cloud? Ces dix

minutes sont passées comme un rien. C'est incroyable ce que l'on peut faire en dix minutes. Si tu n'étais pas si bête, si tu étais le chat de Cheshire, nous pourrions parler de la façon dont le temps s'étire quelquefois. Tu ronronnes? Hein? Bon, tu es bête mais caressant. Et en plus tu as le poil bien doux, ça c'est vrai.

— Avec qui parles-tu? Avec Cloud? demanda la grand-mère d'une voix joviale en reposant le téléphone. Je croyais que tu n'aimais pas les chats...

— Les chats muets, pas beaucoup, répondit la fillette. Mais j'ai l'impression que Cloud me comprend cet après-midi.

— Viens, fillette, nous allons goûter. Ta mère m'a dit qu'il y avait du monde au supermarché et qu'elle en avait pour une demi-heure. On respire!

Cette demi-heure, au contraire, parut incroyablement courte à Sara. Sa grand-mère, très en forme, décida de préparer elle-même le goûter. Elle emporta les plats sales à la cuisine, fit bouillir l'eau du thé et mit la table en chantonnant. Elle ouvrit aussi une boîte de nourriture pour le chat et la versa dans une assiette en aluminium placée en bas du réfrigérateur.

— Tu veux que je t'aide, grand-mère?

— Non, je n'ai pas besoin d'aide, reste assise. Je vais sortir une belle nappe. C'est jour de fête!

La gaieté de la grand-mère gagnait Sara. Et elle était fort étonnée de la voir si active et efficace.

— Je croyais que tu n'y connaissais rien en travaux ménagers, dit la fillette.

— Mais si! Il n'y a rien de plus facile. Mais c'est très ennuyeux quand aucune occasion ne nous y pousse. Tu vas voir comme la tarte va nous sembler bonne aujourd'hui!

Sara lui demanda si elle savait aussi faire la tarte.

— Oui, mais j'ai oublié. Ça m'embête de faire la cuisine. Je garde la recette je ne sais où. Ta mère me l'a apportée, comme si c'était un testament. Elle a peur que ses voisines la lui chipent. La fameuse tarte aux fraises, j'en ai une indigestion. Je crois que cet après-midi je l'apprécierai vraiment pour la première fois depuis bien longtemps. Je la donne à un pauvre presque chaque semaine. Aujourd'hui, c'est différent...

— Que fête-t-on aujourd'hui, grand-mère?

— Je ne sais pas, n'importe quoi. Ton anniversaire! Ce n'est pas ton anniversaire dans quelques jours?

— Si, vendredi prochain. Je croyais que tu ne t'en souvenais pas. Ça me fait plaisir que tu t'en souviennes. Je vais avoir dix ans.

La grand-mère retourna dans le salon et rapporta l'argent qu'elle avait gagné au Bingo. Elle en fit deux tas égaux.

— Prends, dit-elle, moitié pour toi, moitié pour moi. C'est mon cadeau d'anniversaire.

— Mais c'est beaucoup trop. Je n'ai jamais eu autant d'argent, grand-mère!

— Garde-le sans en parler à personne. Tu pourras en avoir besoin un jour. Voilà, tu pourras le dépenser quand tu voudras. Regarde si ta mère ne revient pas. Va dans ma chambre. Ouvre l'armoire et dans un des tiroirs de droite, celui d'en bas, tu trouveras plusieurs petits sacs que je portais quand je sortais le soir. Choisis celui que tu préfères pour y mettre ton premier argent. Ça fera un cadeau complet.

Sara apprécia plus que jamais la tarte aux fraises ce jour-là. Elle avait l'impression d'en manger pour la première fois.

— Il n'y a rien de mieux qu'une bonne conversation et de prendre son temps pour enrichir les choses, lui dit sa grand-mère.

Elles retournèrent ensuite dans le salon pour attendre Mme Allen.

Sara serrait contre son cœur un petit sac de satin bleu brodé de paillettes, caché sous sa petite chemise où elle avait enfermé ses soixante-quinze dollars.

— L'argent appelle l'argent, dit la grand-mère. Trouverai-je un riche fiancé? Cherche pour moi! Est-ce que je te semble trop vieille? Où crois-tu que je puisse encore trouver un fiancé?

La fillette, qui avait vu la robe verte pendre dans l'armoire en allant chercher le petit sac, lui répondit:

— Tu ne me parais pas vieille. Tu es très jolie, surtout quand tu mets ta robe verte.

Cette remarque attrista aussitôt sa grand-mère. Sara comprit qu'il valait mieux ne pas parler d'Aurelio. Elle décida d'aller à la recherche d'un nouvel ami pour sa grand-mère. Mais comment pourrait-elle faire puisqu'elle ne sortait jamais seule ?

Elles continuèrent à parler de la solitude et de la liberté. La grand-mère raconta à Sara que la statue de la Liberté avait été amenée de France cent ans plus tôt. Et que le sculpteur, un artiste alsacien, avait pris le visage de sa mère, une femme très belle, comme modèle pour réaliser celui de la déesse. Elle lui donna un petit livre qui expliquait tout cela en détail et qu'elle pourrait lire chez elle, car on entendait le pas de Mme Allen qui revenait.

— Ma fille, nous n'avons rien eu le temps de faire, dit la grand-mère.

Ce fut une demi-heure qui passa comme un songe. Comme le temps des rêves – Miranfu !

5. Anniversaire
au restaurant chinois
La mort de l'oncle Joseph

Le vendredi, jour de son anniversaire, Sara étrenna un ensemble jupe plissée et pull en jersey rouge que lui avait offert sa mère.

M. Allen avait décidé d'aller au restaurant chinois pour célébrer l'événement. Les Taylor étaient invités.

— Et puis tu sais, Rod viendra aussi, lui annonça Mme Allen avec un sourire complice sur le chemin de l'atelier où elles allaient retrouver son père. Comme la fête est en ton honneur, il fallait un petit garçon. Tu ne trouves pas?

Sara ne répondit pas. Rod était maintenant moins gros mais toujours aussi empoté. Et en plus, il se donnait des airs de matador avec les filles du quartier. Sara décida de l'ignorer.

— Je ne l'avais pas dit plus tôt pour te faire

une surprise, ajouta Mme Allen. Et à la fin, il y aura une autre surprise. Tu vas voir comme on va passer du bon temps.

Les autres peut-être, mais pas Sara. Le restaurant était assez obscur et les murs étaient couverts de grandes peintures noir, rouge et doré qui représentaient des canards déambulant au milieu des fleurs sur des étangs, l'ensemble ayant plutôt triste mine. Sur les tables habillées de nappes en papier, quelques petites lampes rouges. Tout ça baignant dans l'odeur aigre-douce typique de la cuisine chinoise. Sara connaissait déjà les lieux car le propriétaire, M. Li-Fu-Chin, était un ami de son père et bien des soirs, quand il tardait à rentrer, elle était allée le chercher avec sa mère. Le trajet de retour était alors assez animé.

On réunit deux tables, on les décora au centre de fleurs en papier et on assit Sara à côté de Rod, qui était tellement occupé à s'empiffrer qu'il ne trouvait pas le temps de parler, ni même d'en avoir envie. Il se contentait de répondre oui en hochant la tête et d'émettre une espèce de grognement de satisfaction, la bouche pleine, chaque fois que sa mère lui demandait si c'était bon ou s'il voulait autre chose. La table était tellement recouverte de plats différents qu'il était presque impossible de faire un geste sans bousculer une assiette ou tremper sa manche dans la sauce. Tous les plats offraient la même saveur, ce qui n'empêchait pas la conversation des grandes personnes de tourner principalement autour de la comparaison entre les mets et en commentaires admiratifs sur l'habileté de M. Allen à manger avec des baguettes, sans s'aider de la cuillère ni de la fourchette. De temps en temps, M. Li-Fu-Chin s'approchait de la table en souriant et leur demandait s'ils appréciaient cette nourriture.

— Certainement, un banquet, mon ami, un vrai banquet, répondait très satisfait M. Allen. Apportez-nous encore un peu de riz des trois délices et du porc à la sauce aigre-douce.

— Ça va faire trop, Samuel, protestait Mme Allen à voix basse.

— Trop! Quelle idée! C'est jour de fête, pas vrai, ma petite Sara?

— Mais la reine de la fête, manger peu, comme un oiseau, disait M. Li-Fu-Chin en fixant avec désapprobation Sara qui portait une fourchette à sa bouche. Ça ne te plaît pas, ma jolie?

— Si monsieur, merci beaucoup, répondait Sara, tout est très bon.

Elle ne pouvait pas s'empêcher de penser à sa grand-mère.

La vérité est que manger l'avait toujours ennuyée et parler de ce qu'on mangeait où allait manger, encore plus. Enfin, quoi qu'il en soit, cette réunion était organisée pour fêter son anniversaire, ses parents semblaient contents et de bonne humeur, on lui avait offert des vêtements pas trop mal, encore que le pull-over la picotât un peu et lui tint trop chaud.

Elle aurait dû se sentir heureuse de son sort. À cette pensée, elle décida de s'animer, de se montrer aimable. Mais à la vue des mâchoires de Rod s'agitant sans trêve, au bruit des couverts s'entrechoquant dans les assiettes et des rires, elle se figea tels les échassiers aux pattes et becs dorés peints sur les murs et ne comprit pas pourquoi elle avait soudain envie de pleurer.

On apporta le dessert, constitué de bâtonnets durs qui contenaient une surprise. On cassait le gâteau en deux et s'en échappaient de petits papiers larges comme des serpentins, de toutes les couleurs, porteurs d'un message. Les convives les lurent à tour de rôle, chacun demandant à son voisin : « Que dit le tien ? », et ils riaient beaucoup quand la phrase semblait à propos.

Le petit papier de Sara était mauve. En le lisant, elle devint toute rouge et, malgré l'insistance générale, ne voulut le montrer à personne. Il disait : « Mieux vaut être seul, que mal accompagné. » Elle avait peur que l'on imagine qu'elle l'avait inventé de toutes pièces. Le fait de voir écrit exactement ce qu'elle était en train de penser lui donnait mauvaise conscience. Qui était le lutin qui était capable de lire dans ses pensées ? Elle restait immobile, les yeux dans le vague, indifférente à tout ce qui se déroulait autour d'elle.

Elle se revoyait avec sa grand-mère, se souvenant du temps qui avait passé si vite quand elle était chez elle, et de toutes les choses dont elles avaient oublié de parler.

Mme Allen, qui ne la perdait pas de vue, donna un coup de coude à Mme Taylor.

— Regarde! murmura-t-elle. Voilà la tête qu'elle fait à tout bout de champ sans qu'on sache pourquoi. Ça m'inquiète. À quoi pense-t-elle? Je crois que c'est ma mère qui lui met des fantaisies en tête.

Mme Taylor, souriante, lui donna une petite tape amicale sur le bras, pour la consoler.

— Nous sommes tous passés par cet âge. C'est l'âge de la fantaisie, dit-elle magnanime. En tout cas, elle devient de plus en plus jolie.

— Mais ça aussi, ça m'inquiète. Avec le monde d'aujourd'hui...

— Ma parole, Viviane, tout t'inquiète. Relaxe-toi, ma belle, et profite de la soirée.

— Tu as raison Lynda; que deviendrais-je sans tes conseils...? Mais je ne sais pas pourquoi, quand tout semble bien, c'est plus fort que moi, j'ai toujours peur qu'il arrive quelque chose de mal.

— Calme-toi, ma fille, ne sois pas si anxieuse!

À ce moment, M. Li-Fu-Chin arriva de la cuisine en portant une tarte décorée de dix bougies allumées.

M. Allen, très en forme, se leva et se mit à chanter à haute voix *Happy birthday to you*, rejoint en chœur non seulement par toute la table, y compris Rod, mais aussi par les autres clients du restaurant.

M. Allen prodiguait des sourires à tous ces chanteurs, faisait des gestes très amples avec les mains, comme un chef d'orchestre. Morte de honte, Sara baissa les yeux.

— Allez, ma fille, ne sois pas sotte! À quoi penses-tu? Souffle tes bougies, dit Mme Allen avec un air de reproche. Tu dois faire un vœu aussi.

Sara se concentra: « Que je puisse revoir ma grand-mère vêtue de vert », se dit-elle en elle-même tandis qu'elle se plantait les ongles dans la paume des mains. Puis elle souffla les bougies le plus fort possible, presque avec rage, comme si elle voulait en finir avec cette cérémonie. Elle éteignit les dix d'un seul coup. Tout le monde l'applaudit.

— Bonne chance! Cela veut dire bonne chance, affirma Mme Taylor. Tu n'as pas oublié de faire un vœu, dis-moi?

— Non, répondit Sara.

— Et c'est un secret, n'est-ce pas?

— Oui, dit Sara.

M. Li-Fu-Chin apporta un couteau, et les applaudissements redoublèrent.

— Toi couper tarte, moi aider.

— À moi en premier! Une grosse part! s'exclama Rod en avançant son assiette d'un coup de coude.

— Quelle belle tarte! remarqua M. Taylor.

Mme Allen souriait d'un air entendu.

— Voilà l'avantage de venir dans un restaurant tenu par des amis. Ailleurs on n'aurait pas accepté cela, déclara-t-elle.

M. Li-Fu-Chin fit un clin d'œil à Mme Allen. Les Taylor les regardaient sans comprendre.

— C'est Viviane qui a fait la tarte, expliqua M. Allen, une tarte aux fraises, c'est sa spécialité. Pas vrai, ma petite femme? Elle peut concurrencer celles du Loup gourmand.

Mme Allen eut un geste de fausse modestie, comme pour minimiser l'importance des propos de son mari. Le Loup gourmand était une pâtisserie située à Central Park, la plus réputée de Manhattan. Elle proposait plus de soixante-quinze tartes différentes et, malgré ses deux grands salons de thé, il était impossible d'y trouver une place libre pour goûter.

— N'exagère pas, mon ami, fit remarquer Mme Allen. Qu'ils goûtent d'abord. Je crois que je l'ai vraiment bien réussie, mais c'est à eux de juger.

Ils la goûtèrent, en prirent une deuxième part, excepté Sara, et il ne resta plus une miette.

— On dirait une tarte du Loup gourmand, commenta M. Taylor. J'en fais le pari, et pour le prouver nous allons réserver une table ici pour la fin de la semaine; on commandera la tarte aux fraises et on la comparera avec celle de Viviane. N'est-ce pas une bonne idée?

— Je suis d'accord, très bien, acquiesça M. Allen.

Et Sara remarqua que c'était la première fois qu'il était fier de la tarte aux fraises devant ses voisins. Il regardait sa femme avec satisfaction.

— Et comme elle sera moins bonne, poursuivit

M. Taylor, nous appellerons le propriétaire et nous lui dirons : « C'est vous qu'on appelle le roi de la tarte ? Eh bien, mon vieux, la reine est ici, c'est nous qui avons la vraie reine de la tarte. » Et il n'aura qu'à se taire, tout loup gourmand qu'il soit !

Tous s'étouffaient de rire et Mme Allen faisait les yeux doux à Philippe Taylor.

Le repas se termina donc sur ses bonnes paroles, en chantant les louanges de la tarte aux fraises.

En rentrant du restaurant, bien que fatiguée, Mme Allen fit une nouvelle tarte aux fraises, car le lendemain elles rendaient visite à la grand-mère, comme chaque samedi.

Au moment où Mme Allen la sortait du four, Sara s'étant déjà retirée dans sa chambre pour lire le petit livre sur la statue de la Liberté que lui avait donné sa grand-mère, le téléphone sonna et M. Allen alla dans le salon pour répondre. De la cuisine et de la chambre de Sara, on entendait des bribes d'une conversation animée et entrecoupée de silences.

Mme Allen tendait l'oreille. « Ce n'est pas possible ! Ce n'est pas possible ! » s'exclamait M. Allen entre deux hoquets.

Sara sortit de sa chambre et buta contre sa mère dans le couloir.

— Qu'est-ce qui se passe ? demanda la fillette.

— Je n'en sais rien, ma fille. Ça semble être une mauvaise nouvelle...

Sara retourna dans sa chambre mais laissa la

porte ouverte. Soudain elle entendit des pleurs. Puis le téléphone qu'on raccrochait. Ses parents s'avançaient dans le couloir en pleurant et en s'embrassant. Elle les suivit à la cuisine. Sa mère sanglotait :

— Je l'ai toujours dit, Samuel, il faut payer avec des larmes. Je le disais encore tout à l'heure à table à Lynda Taylor. Et elle me répondait que j'étais une angoissée. Oui, oui, angoissée... Pauvre Joseph !

Au bout d'un moment, Sara comprit qu'un frère de son père, qu'elle ne connaissait pas – l'oncle Joseph –, avait eu un accident de voiture près de Chicago et qu'il avait été tué.

Mme Allen, qui n'aimait rien tant que les catastrophes, se montra plus caressante que jamais avec son mari. Elle s'assit sur ses genoux et l'embrassa comme un enfant. Puis, tandis qu'elle lui préparait une tisane, ils se mirent à étudier les détails du voyage à Chicago. M. Allen alla chercher dans sa chambre les horaires d'avion et de train.

— Ça ne me paraît pas une bonne idée que tu viennes aussi, Viviane. Ça fera le double de frais. Et en plus tu le connaissais très peu, dit-il en consultant les horaires et en faisant des calculs à l'aide de sa calculette.

Mais il ne parvint pas à la dissuader. Dans un moment critique comme celui-là, comment pourrait-elle le laisser seul ? Et elle n'était pas folle, elle savait bien quelle était la priorité. Et de plus, que dirait la famille si elle le voyait venir seul à l'enterrement ? Elle serait capable de croire qu'elle était fâchée.

— Pauvre Sara, dit M. Allen au bout d'un moment, regarde-la ! Quelle triste fin d'anniversaire !

À part ce commentaire, ils ne lui dirent pas un mot ni ne lui demandèrent son avis. Elle retourna donc dans sa chambre et se remit à lire avec l'impression que tout ce remue-ménage ne la concernait pas. Par contre, le livre que lui avait donné sa grand-mère était passionnant. Il avait une couverture bleue illustrée par un grand dessin représentant le portrait de la statue. Son titre était : *Construire la Liberté*.

Après diverses conversations téléphoniques, conciliabules, allées et venues d'une pièce à l'autre, ses parents se dirigèrent vers la chambre de Sara.

Elle était allongée tout habillée sur son lit. C'était en France qu'était née l'idée de construire la statue de la Liberté : on en avait demandé la matérialisation à un sculpteur alsacien nommé Frédéric Auguste Bartholdi. Il avait commencé son travail en 1874, se servant de sa mère comme modèle et réalisant une première maquette d'un peu moins de trois mètres de haut. Sara avait poursuivi sa lecture à moitié endormie, fascinée à l'idée que Mme Bartholdi fût une femme avant d'être une statue. L'arrivée de ses parents la fit sursauter. Ils étaient accompagnés par Lynda Taylor.

Au début elle ne comprit rien, cachant le livre

sans savoir pourquoi. Ils venaient lui dire qu'ils partaient pour Chicago dans trois heures par un avion de nuit. Le lendemain, samedi, aurait lieu l'enterrement de l'oncle Joseph. Ils seraient de retour dimanche dans la soirée. Tout ce temps, elle resterait chez les Taylor.

— Mais on devait aller porter la tarte chez grandmère! L'avez-vous prévenue?

— Tu penses à tout, ma fille, dit M. Allen, nous allons l'appeler tout de suite.

— Allez, ma jolie, prends tes affaires et suis-moi, lui signifia Mme Taylor sur un ton protecteur.

— Tiens, voici les clés de l'appartement si tu avais besoin de quelque chose, lui dit Mme Allen. Tu viens d'avoir dix ans, tu as l'âge de te prendre en charge, j'espère que tu te conduiras bien...

— Bien sûr qu'elle se conduira bien, intervint Lynda d'une voix aiguë et artificielle. N'est-ce pas que tu es une fille responsable?

Sara ne la regarda pas ni ne lui répondit.

Seconde partie
L'AVENTURE

À qui tu dis ton secret, tu donnes ta liberté.

(Tragi-comédie de Caliste et Melibes)

6. Présentation de Miss Lunatic
Visite au commissaire O'Connor

Quand le jour finissait et que les enseignes lumineuses au sommet des buildings commençaient à s'allumer, on voyait passer par les rues et les places de Manhattan une très vieille femme vêtue de haillons et coiffée d'un chapeau à larges bords qui lui couvrait presque tout le visage. Certains jours, son abondante chevelure blanche comme la neige tombait librement sur ses épaules, d'autres jours, elle était ramassée en une lourde tresse qui descendait jusqu'à sa taille. Elle poussait un landau vide, un modèle ancien, très haut, avec de grandes roues et une capote un peu déglinguée.

Les antiquaires et les brocanteurs de la 90ᵉ Rue qu'elle avait l'habitude de fréquenter lui en avaient offert jusqu'à mille cinq cents dollars, mais elle n'avait jamais voulu le vendre.

Elle savait lire les lignes de la main, trimballait

dans son sac des flacons remplis d'onguents destinés à soulager toutes sortes de douleurs et rôdait inévitablement partout où étaient susceptibles de se produire incendies, suicides, éboulements de murs, accidents de voiture et bagarres. Ce qui faisait dire qu'elle parcourait tout Manhattan à une vitesse incroyable pour son âge. Certains assuraient l'avoir vue la même nuit circulant à la même heure dans des quartiers aussi éloignés que le Bronx ou le Village, impliquée dans deux conflits différents et cela vérifiable grâce à des photos parues dans les journaux. Ce qui ne laissait aucun doute.

Car sur la photo, même au second plan et avec une image floue, elle offrait une silhouette si particulière que nul ne pouvait la confondre avec une autre mendiante. C'était elle, vraiment, c'était la fameuse Miss Lunatic. On la connaissait sous ce surnom depuis toujours, et ses extravagances étaient à l'origine d'une popularité proche de la légende.

Aucun document n'attestait son existence réelle, et elle n'avait ni famille ni domicile connus. Elle avait l'habitude de se déplacer en chantant des ballades ou des berceuses quand elle se promenait perdue dans ses pensées ou des marches militaires quand elle devait marcher rapidement. On la rencontrait aussi bien devant les luxueux magasins de la 5e Avenue que dans les décharges d'ordures de la périphérie avec sa canne à pommeau doré représentant un aigle bicéphale. Quand elle trouvait un meuble ou n'importe quoi en bon état, elle le chargeait dans son landau et l'apportait à quelque brocanteur de sa connaissance. Et tout ce qu'on lui donnait en échange, c'était une assiette de soupe chaude.

La vérité est qu'elle avait de nombreux amis un peu partout. Les gens l'aimaient surtout parce qu'elle ne tombait pas dans ce travers qu'ont beaucoup de personnes âgées de parler sans s'arrêter, à tort et à travers, à tout le monde et à personne, si bien qu'à les écouter on meurt d'ennui ou on ne pense qu'à fuir. Elle observait beaucoup les gens avec qui elle parlait. Elle était parfois bavarde mais ne racontait pas ses histoires au premier venu. Elle préférait attendre qu'on les lui demande et en général aimait mieux écouter qu'être écoutée. Elle disait que, de cette façon, elle acquérait de l'expérience.

— Et pourquoi voulez-vous acquérir plus d'expérience encore, Miss Lunatic? lui demandait-on. Vous ne savez pas déjà tout?

Elle haussait les épaules.

— Des gens, non. Les gens changent tout le temps. Et chaque personne est un monde, répondait-elle. J'adore que l'on me raconte des choses.

Ainsi, elle parlait avec les vendeurs ambulants de bijoux fantaisie et de saucisses, africains, indiens, portoricains, arabes, chinois, avec les voyageurs égarés dans les longs couloirs du métro, avec les portiers d'hôtel, avec les patineurs, avec les ivrognes, avec les cochers de fiacre qui attendaient le long de Central Park. Et tous avaient une histoire à raconter, un coin d'enfance à revivre, une personne aimée à évoquer, un conseil à demander.

Et ces histoires tenaient compagnie à Miss Lunatic quand elle se retrouvait seule ; elle les gardait accrochées à ses frusques pendant un moment comme des petits serpents d'or qui nimbaient sa silhouette et l'empêchaient de s'effacer dans l'oubli.

Elle recueillait aussi les chats sans maître et s'évertuait à leur trouver une famille d'accueil.

Personne ne savait comment elle s'y prenait pour établir le contact, vu la méfiance habituelle des habitants de New York, mais le fait est qu'il n'était pas rare de la rencontrer à la sortie de l'Hôtel Plaza ou de quelque bijouterie de Lexington Avenue en train de bavarder avec des gens luxueusement habillés.

Elle était très amie avec les pompiers. Bien que ce fût parfaitement illégal, on la voyait parfois monter avec eux dans leur voiture rouge et pimpante.

Là, elle s'amusait à tirer sur la corde de la cloche en nickel. À chaque tintement, ses joues parcheminées se coloraient d'émotion et de joie.

Mais les endroits qu'elle fréquentait le plus étaient les logements de marginaux, et sa vocation première, était d'essayer de redonner confiance aux désespérés, de les aider à trouver la cause de leur malaise et à faire la paix avec leurs ennemis. Elle obtenait peu de résultats mais ne se décourageait pas et bien souvent se faisait insulter en se mêlant des affaires de ceux qui n'avaient rien demandé, ou chasser à coups de pied d'un local de Harlem où elle défendait un Noir qui était attaqué par quatre gaillards bien plus costauds que lui.

— Laissez tomber, Miss Lunatic, lui conseillait la teinturière de la boutique voisine en la voyant ainsi jetée sur le trottoir. Tout cela, c'est donner de la confiture aux cochons !

— Pas du tout, répondait-elle en se relevant et en ramassant son chapeau. Je vais y retourner et ils m'écouteront cette fois. J'ai dû mal m'expliquer… ils avaient l'air vraiment offusqués.

Si on lui demandait où elle vivait, elle répondait que le jour elle demeurait en état de léthargie à l'intérieur de la statue de la Liberté et que la nuit elle résidait justement là, dans le quartier où la question lui était posée.

Elle tenait compagnie aux solitaires comme elle, à tous ceux qui pullulent dans les lieux de mauvaise vie et dorment sur les bancs publics, dans les maisons en ruine et les passages souterrains. Elle prétendait avoir cent soixante-quinze ans, ce qui n'était bien sûr pas vrai, mais elle forçait l'admiration par sa connaissance de l'histoire universelle à dater de la mort de Napoléon et par la familiarité avec laquelle elle évoquait des artistes et des hommes politiques du XIXe siècle avec lesquels elle assurait avoir entretenu d'étroites relations.

Il y avait des gens qui se moquaient d'elle, mais en général on la respectait, non seulement parce qu'elle ne faisait de tort à personne, était discrète et s'expliquait avec beaucoup d'assurance – toujours avec un léger accent français – mais aussi parce que, sous ses habits de mendiante, elle conservait, dans sa façon de se mouvoir et de marcher la tête haute, un air de supériorité et d'indépendance qui écartait d'elle tout sentiment de mépris ou de compassion. Elle était toujours maîtresse de ses actes et ne s'impliquait que dans les affaires de son choix.

À cause du penchant qu'elle avait de se mêler à des rixes entre ivrognes ou délinquants, essayant de rabibocher les parties rivales par la raison, il lui arriva d'être suspectée dans certaines histoires louches.

Plus d'une fois, entraînée comme complice de quelque mauvais coup, elle fut poignardée sans considération pour son âge. Mais, d'après les divers témoins de ces affaires, elle semblait être invulnérable. Car, bien que le coup de couteau eût été assené de façon brutale, nul ne vit jamais aucune goutte de sang jaillir du corps chétif de Miss Lunatic.

Et la police, qui l'avait arrêtée plusieurs fois, n'eut jamais aucune preuve pour l'inculper.

Un commissaire du quartier de Harlem, fasciné par la vaillance de Miss Lunatic, ses multiples contacts avec les gens de la pègre et son talent de négociatrice dans les cas difficiles, la convoqua un soir d'hiver pour lui proposer un marché. Il lui offrait une somme assez importante si elle acceptait de collaborer avec la police comme indicatrice. Cela l'indigna. Entre prévenir les autorités qu'un incendie s'était déclaré, qu'une gouttière était tombée ou qu'il fallait envoyer d'urgence une ambulance, et dénoncer des gens, il y avait un monde. Elle n'était pas devenue folle. Et quant à l'argent, merci beaucoup, mais ça ne la tentait pas.

— À quoi sert l'argent, monsieur O'Connor ? demanda-t-elle. Dites-le-moi !

Elle avait les mains croisées sur le bureau et le commissaire contemplait ses doigts déformés par les rhumatismes et gercés par le froid.

— À assurer votre vieillesse, répondit-il.

Miss Lunatic se mit à rire.

— Pardon, monsieur, mais je suis arrivée à Manhattan en 1885. Vous ne croyez pas que j'ai déjà donné assez de preuves que je pouvais m'en sortir toute seule ?

Assis de l'autre côté du bureau, le commissaire O'Connor la contemplait avec curiosité.

— En 1885 ? L'année où ils amenèrent ici la statue de la Liberté ? demanda-t-il.

Un sourire nostalgique courba les lèvres de Miss Lunatic.

— Exactement, monsieur. Mais je vous prie de ne me poser aucune question.

— Répondez à une seule chose, la pria-t-il. J'ai entendu dire que vous n'avez aucune source de revenus. Et que parfois vous demandiez l'aumône...

— C'est vrai. Et alors ?

— Tranquillisez-vous, je vous assure qu'il ne s'agit pas d'un interrogatoire. Je veux seulement vous aider. L'argent ne vous intéresse pas?

— Non, parce qu'il est devenu un but et qu'il nous oblige à dévier de notre route. Et il a perdu la beauté d'autrefois quand on le manipulait comme un bijou.

Le commissaire remarqua que, tout en parlant, Miss Lunatic caressait avec tendresse quelques pièces très rares qu'elle avait sorties d'une bourse de velours vert. Assez petites, elles lançaient un éclat verdâtre et paraissaient très anciennes. Il était sur le point de lui demander d'où elles venaient car il n'en avait jamais vu de semblables, mais il se retint de peur de perdre sa confiance. Il préférait continuer à l'écouter parler du passé. Il y eut une pause et elle remit les pièces dans sa bourse.

— Maintenant c'est fini, dit-elle avec un soupir. L'argent n'est que du papelard froissé. Et quand j'en ai, j'ai hâte de le dépenser.

— C'est peut-être du papelard, interrompit le commissaire, mais il en faut pour vivre.

— C'est ce qu'on dit, oui. Pour vivre... Mais que signifie vivre? Pour moi vivre, c'est prendre son temps, contempler les choses, prêter attention aux peines d'autrui, éprouver de la curiosité et de la compassion, ne pas mentir, partager avec quelqu'un un verre de vin ou un morceau de pain, se souvenir avec détermination des leçons des morts, ne pas permettre qu'on vous humilie ou vous trompe, ne pas répondre oui ou non sans avoir tourné cent fois sa langue dans sa bouche...

« Vivre, c'est savoir être seul pour apprendre des autres, et vivre, c'est comprendre et pleurer... et vivre c'est rire de soi... J'ai connu bien des gens au cours de ma vie, commissaire, et croyez-moi, beaucoup prennent tellement au sérieux le fait de gagner de l'argent qu'ils en oublient de vivre.

« Hier justement, en passant par Central Park à peu près à la même heure, j'ai rencontré un homme immensément riche qui habite près de là, et nous avons engagé la conversation. Eh bien, il était désespéré et ne savait pas pourquoi. Il ne tirait partie de rien et ne trouvait aucun agrément à la vie. Et, vraiment, il était obsédé par des sottises. Au bout d'un moment, c'était moi la millionnaire et lui le mendiant. Nous sommes devenus amis. Il m'a avoué n'en avoir aucun. Enfin, un seul, mais qui s'était lassé de lui.

— Quelle histoire intéressante ! dit M. O'Connor.

— Oui, c'est dommage que nous n'ayons pas le temps de l'écouter en détail. Enfin, j'ai fini par aller chez lui pour lui lire les lignes de la main. Bien que je ne sache pas si ça servira à grand-chose, comme je l'en ai averti hier, parce que moi, l'avenir, je le lis toujours ouvert, jamais fermé.

— Qu'est-ce que vous voulez dire ?

— Je ne donne jamais de réponse précise, je me contente de signaler les chemins qui se croisent et je laisse aux gens la liberté de choisir ce qu'ils préfèrent. Et M. Woolf voulait des réponses précises, j'ai bien peur qu'il ait besoin qu'on lui en donne. Et surtout parce qu'il en a assez de se faire obéir. Il s'appelle Edgar Woolf. Il gagne de l'argent à profusion. Il a une patisserie très réputée.

Le commissaire la regardait avec des yeux arrondis par la surprise.

— Edgar Woolf? Le roi de la tarte? Vous êtes reçue chez Edgar Woolf? Il vit dans un des appartements les plus luxueux de Manhattan, vous le saviez? Mais il a la réputation d'être inaccessible, de ne recevoir personne.

— Eh bien, je suis tombée au bon moment. Croyez-vous que je n'aie d'autres relations que les déshérités? Bien qu'en y pensant, rectifia-t-elle, M. Woolf aussi est un déshérité. Pour moi, l'unique fortune, je vous l'ai déjà dit, est de savoir bien vivre, d'être libre. Et l'argent ne libère pas, cher commissaire. Regardez autour de vous, lisez les journaux. Pensez à tous les crimes, guerres ou mensonges causés par l'argent. Liberté et argent sont des concepts opposés. Comme le sont aussi liberté et peur. Mais je vous fais perdre votre temps. Je ne suis pas venue pour vous faire un discours et, quant à votre proposition, je vous ai déjà répondu sans ambiguïté, n'est-ce pas? Par conséquent, oubliez-moi, si vous pouvez.

Le commissaire O'Connor la regardait, perplexe.

— Donc, vous n'avez ni argent ni peur... reprit-il.

— Moi non. Et vous ?

Le visage du commissaire s'assombrit.

— J'ai souvent peur, je l'avoue.

— Mais c'est très mauvais dans votre fonction ! Par-dessus le marché, la peur appelle la peur. Où la sentez-vous ? Au ventre ?

Le commissaire réfléchit et se palpa la zone sensible, sous son gilet.

— Oui, c'est là, plus ou moins...

— Bon. C'est le plus courant. Attendez un instant.

Devant le commissaire O'Connor ébahi, Miss Lunatic se mit à fouiller dans son sac et en sortit plusieurs petits flacons qu'elle aligna sur la table.

— Bon Dieu, je regrette ! J'avais un élixir assez efficace contre la peur, mais je n'en ai plus. C'est celui que l'on me demande le plus.

En rangeant ses flacons, elle ajouta :

— Je connais un autre moyen de lutter contre la peur ; ce n'est pas à proprement parler une recette parce que le patient doit y mettre beaucoup du sien. Il consiste à penser : «Ce qui me fait peur ne m'atteindra jamais», et de ne se représenter que de très loin ce qui effraie – jusqu'à le voir s'estomper.

— Ça, je ne peux pas le croire !

— Comme presque tout le monde ; c'est pourquoi il est quasi inutile de le recommander. Au mieux, c'est quelque chose qu'on ressent soudain un beau jour et que l'on comprend enfin... Bon, puis-je partir?

Le commissaire O'Connor acquiesça. Mais quand il la vit se lever, empoigner son landau et se diriger vers la porte, il ressentit une grande tristesse, comme s'il craignait de ne plus jamais la revoir. Et il la rappela. Elle se retourna étonnée.

— Miss Lunatic, dit-il, vous êtes merveilleuse.

— Merci, monsieur. C'est ce que me disait toujours mon fils, qu'il repose en paix. Un grand artiste, vraiment, bien que la mémoire inconstante des gens ait oublié son nom... Vous vouliez me dire autre chose?

— Oui, je voudrais bien que vous ne souffriez ni de faim ni de froid.

— Ne vous inquiétez pas. Je ne les sens pas.

— Ça me semble incroyable, permettez-moi de vous le dire. Comment faites-vous pour les surmonter?

Miss Lunatic s'arrêta au milieu de la pièce. Elle releva le bord de son chapeau avec un geste solennel et regarda M. O'Connor. Ses yeux noirs, brillant au milieu de son visage pâle et tout ridé, paraissaient des charbons ardents. Et elle-même, au centre de cette pièce aux murs dénudés, semblait une statue de cire.

— J'y arrive par la force de la volonté, monsieur, pour reprendre les paroles du Chevalier Inconnu.

— Un autre de vos amis? demanda le commissaire.

94

— Mais oui. Bien que ce soit un personnage inventé. Vous aimez les romans ?

— Beaucoup, mais j'ai peu de temps pour en lire.

— Quand vous aurez un moment, je vous recommande *Le Chevalier inconnu*. C'est pas très long. J'en ai vu une traduction de l'italien cet après-midi, en passant devant la vitrine de Doubleday*.

— Vous êtes allée jusqu'à Manhattan ! Vous ne vous arrêtez pas un instant.

— C'est vrai, vous avez raison. Je ne comprends pas les gens qui disent s'ennuyer. Moi, je n'ai jamais assez de temps pour faire tout ce que je voudrais... Et maintenant je dois vous laisser. J'ai rendez-vous avec M. Woolf, et avant je dois faire un petit tour en fiacre dans Central Park. Gratuit, bien sûr ! C'est un cocher angolais qui me l'a promis. Il est mon obligé car j'ai empêché une de ses filles de se suicider. Bon, allons-y. Adieu, commissaire !

Le commissaire O'Connor se leva pour lui ouvrir la porte et lui serra chaleureusement la main.

— J'espère que nous nous reverrons, dit-il. La vie est longue, Miss Lunatic. Et réserve bien des surprises.

— Ça, je le sais. Et c'est à moi que vous dites ça..., répondit-elle en souriant.

— Eh bien, salut. Et couvrez-vous bien, le temps se met à la neige.

— Je le sais bien, nous sommes en décembre.

* Librairie de New-York.

Dehors, il soufflait un vent glacial, qui souleva la blanche chevelure de Miss Lunatic. Elle pressa le pas jusqu'à la 125ᵉ Rue. Elle avait décidé de prendre le métro jusqu'à Columbus Circle.

En chantonnant un hymne alsacien, elle se prit à penser à Edgar Woolf, le roi de la tarte.

7. La fortune du roi de la tarte
Le très patient Greg Monroe

Edgar Woolf possédait tout le gratte-ciel où il habitait, étage après étage, ascenseur après ascenseur, fenêtre après fenêtre, couloir après couloir. Et les trois mille personnes qui, du sous-sol au quarantième étage, travaillaient dans cet immeuble étaient sous les ordres du roi de la tarte. Nulle autre entreprise n'occupait les pièces encores vides. Celles-ci se remplissaient au fur et à mesure que le négoce de M. Woolf croissait, qu'il requérait des installations plus modernes, des décorations au goût du jour et des matériels en constante amélioration.

Et le moins que l'on puisse dire est que M. Woolf s'acharnait à faire croître son négoce car, comme on le sait, la seule préoccupation des riches est d'augmenter leur richesse, leur perspective unique étant la course au profit permanente. Dans ses moments libres, il visitait les pièces encore vides, les parcourait d'un bout à l'autre, les mains derrière le dos, méditait, tirait un mètre-ruban de sa poche, prenait les mesures d'une paroi. Et au-dessus de sa tête allongée, auréolée d'une tignasse rouquine, surgissaient comme des bulles de bandes dessinées les images des nouvelles installations qu'il projetait pour agrandir les départements de publicité, d'expérimentation culinaire, de documentation, les ateliers de réparation du matériel, les bureaux administratifs, l'étage consacré aux recherches scientifiques, celui des exportations, les trois étages qui abritaient les fours et les cuisines.

Nul ne pouvait le convaincre qu'il se montait la tête avec des projets inutiles ; aussitôt imaginés, ils devenaient pour lui une entreprise de première nécessité. Et il ne vivait plus que dans l'idée de contacter les architectes et les décorateurs de grand renom qui allaient entreprendre les travaux de rénovation. Il ne vivait que pour ça.

Ce commerce lucratif, chaque année plus prospère et célèbre, avait débuté, il y a bien longtemps, dans une modeste pâtisserie de la 14e Rue, dirigée tout d'abord par le grand-père d'Edgar Woolf, puis par son père. L'unique lien qui reliait l'entreprise multinationale d'aujourd'hui avec la petite boutique oubliée était le nom dont l'avait baptisée le premier propriétaire de la pâtisserie. En effet, en l'honneur du patronyme familial*, on l'avait appe-

---

* En anglais, loup se dit «Wolf».

lée *The Sweet Woolf*, c'est-à-dire Le Loup gourmand. En dépit de l'avis contraire de certains publicitaires d'Edgar Woolf qui lui déconseillaient de garder ce nom jugé ringard et peu commercial, il avait tenu bon et n'avait voulu le changer contre aucun des autres noms proposés.

Et bien des années après, alors que tout Manhattan savait qu'il fallait réserver sa table à l'avance dans l'un des deux vastes salons de thé de l'entresol ou faire la queue devant les comptoirs de la luxueuse pâtisserie qui occupait les mille mètres carrés du rez-de-chaussée, Edgar Woolf convoqua dans son bureau ces fameux conseillers et les congédia sans autre forme de procès, bien qu'avec une généreuse indemnité, parce qu'il était tout sauf radin !

— Je n'ai pas besoin d'incapables à mes côtés, leur déclara-t-il.

— Pourquoi nous dites-vous ça, M. Woolf ? lui demanda le moins timide et le plus flatteur.

— À cause du nom qui n'était pas commercial. Sortez, ou je m'en charge !

Sur tous les murs des salons de thé, sur toutes les portes-tambour à l'entrée était gravé un logo qui représentait un loup doré se léchant les babines, logo qui personnalisait aussi le papier d'emballage et les serviettes de table.

Les enfants restaient bouche bée devant les vitrines marquées par les initiales E.W. du Loup gourmand ; on y exposait avec un goût exquis, sur des présentoirs de satin et de velours – plus habituels dans les vitrines de bijoutiers –, la plus grande variété de gâteaux jamais vue et une bonne odeur s'échappait par la porte d'entrée.

Les enfants n'en décollaient plus et il était fréquent d'assister aux pleurs inconsolables ou aux crises de rage de ceux que leurs mères éloignaient de force.

L'odeur dégagée par les tourtes, tartes ou gâteaux fraîchement sortis du four qui envahissait la rue était si alléchante et évocatrice qu'un auteur anonyme avait inventé un slogan qui circulait parmi les malheureux qui ne profitaient que de l'odeur.

Rien qu'en sentant,
On déjeune ou on goûte
À la pâtisserie du Loup gourmand

L'immeuble, de forme octogonale, était bordé de deux allées de sécurité pour prévenir les vols et les incendies. Dans la partie basse, étaient installés la grande pâtisserie et les deux salons de thé, Le Loup gourmand I et Le Loup gourmand II, constituant une large et solide base renforcée par seize imposantes colonnes de marbre couleur chocolat. Au-dessus s'élançaient des blocs de cinq étages, chaque fois plus étroits, jusqu'à atteindre le quarantième étage.

Ce rétrécissement de la façade de l'immeuble formait un effet d'optique voulu par l'architecte pour le faire ressembler à une pièce montée. D'autres détails décoratifs accentuaient la ressemblance avec un gâteau gigantesque, telles les bordures des fenêtres qu'on aurait dit sculptées dans de la meringue ou l'alternance de couches de couleurs baba au rhum, noisette, crème fouettée, nougat, fraise, caramel ou chocolat qui recouvraient les murs jusqu'à la terrasse octogonale du sommet de l'édifice.

Cette terrasse, élément le plus spectaculaire de tout le gratte-ciel, était entourée d'une rambarde constituée de gros fruits polychromes aux couleurs d'un réalisme saisissant: bananes, groseilles, citrons, pommes, cerises, poires, oranges, prunes, raisins, figues et fraises. Tous ces fruits étaient énormes afin que l'on puisse bien les voir de la rue.

À la nuit tombante, un système électrique commandé du quarantième étage illuminait les fruits de l'intérieur et produisait un effet si magique qu'il n'était pas rare de voir des groupes de touristes et de curieux massés sur le trottoir d'en face pour les admirer ou les photographier. Les touristes, comme on le sait, ne cherchent pas à voir les choses, ils veulent surtout les photographier.

Les différents fruits de la terrasse s'allumaient, puis s'éteignaient alternativement, puis tous s'éteignaient en même temps. À l'obscurité totale succédait un embrasement intense qui les illuminait tous à la fois tandis que, de chacun d'eux, s'échappait, telle une couronne, un jet de confettis d'or qui montaient dans le ciel puis retombaient lentement en une cascade brillante et silencieuse. C'était vraiment spectaculaire. Pour finir, s'élevaient des colonnes blanches surmontées d'une lanterne illuminée, telles les bougies qui décorent un gâteau d'anniversaire. Pour que l'illusion soit complète, on avait inventé un système très original : les flammes montaient, baissaient ou oscillaient selon le souffle du vent. Tous ces effets de pyrotechnique étaient manœuvrés depuis un grand tableau de bord installé au dernier étage. S'y trouvaient aussi les machines à air conditionné, celles d'épuration de l'eau, les cheminées qui évacuaient la fumée, les chaudières – un vrai royaume bardé de tuyaux, de robinets, de boutons, de clés, de leviers, de circuits internes de télévision et de toutes sortes d'engins qui permettaient le fonctionnement de toute l'entreprise.

C'était là, dans la nef du quarantième étage, qu'étaient situés «le ventre et le cerveau du commerce», comme avait l'habitude de le dire avec humour Greg Monroe, un vieil employé de M. Woolf qui avait en charge la bonne marche et la révision de toute cette machinerie, si sophistiquée qu'elle était cause de nombreux maux de tête.

— Et encore ! À peine la moitié de ceux que tu m'occasionnes, Edgar, quand tu inventes des problèmes qui n'existent pas et que tu me demandes de les résoudre, fulminait-il parfois en s'adressant à son patron avec impatience. Vraiment, je ne peux pas faire face à tout et je te l'ai déjà dit : un de ces jours, la coupe sera pleine !

— Ça fait je ne sais combien d'années que tu me menaces !

— Ça c'est vrai, avoue que j'ai plus de patience que Job. Mais il arrivera bien un jour où je serai trop épuisé pour continuer.

De tous les employés du roi de la tarte, Greg Monroe était le seul qui le tutoyait et se permettait de lui parler sur ce ton.

Il était entré à l'âge de dix ans comme apprenti dans la pâtisserie de la 14e Rue, juste une semaine avant que la belle-fille du vieux patron mette au monde Edgar Woolf, qui n'eut jamais de frères et grandit malingre, gâté et capricieux.

Greg l'avait pris en affection tout bébé et le connaissait mieux que personne.

Il fut son premier grand ami et le seul qu'Edgar eût jamais. Il lui avait appris à dessiner, à monter à bicyclette, à fabriquer des lance-pierres, à chasser les rats, à tailler du bois et à réparer les machines cassées. Plus tard, il s'était fait casser la figure pour lui dans les batailles de rue, il avait couvert ses fautes dans les querelles familiales, il lui avait conté ses expériences amoureuses avec les filles. En fin de compte, il avait été à la fois son complice, son confident et son conseiller sentimental.

Mais un jour, ce garçon intelligent, tenace et imaginatif avait eu d'autres ambitions. Ses différents emplois l'avaient éloigné de New York et de son ami, mais il ne perdit jamais totalement le contact avec Edgar (par lettre ou par téléphone). Greg Monroe avait été dessinateur industriel, machiniste, cameraman, inventeur d'appareils électriques qui portaient son brevet et aussi des effets spéciaux sonores et lumineux les plus réputés de Manhattan.

Jusqu'au jour où, le volume des affaires d'Edgar Woolf rendant indispensable l'assistance d'un homme de confiance, il pensa à Greg et lui offrit le poste de second de bord selon des conditions financières bien établies. Greg, veuf depuis peu de temps et ses enfants mariés, accepta l'offre de son vieil ami. Pas seulement pour des raisons économiques mais parce qu'il se sentait seul et fatigué. Et Edgar sut faire vibrer sa corde sensible, toujours plus facile à atteindre dans la vieillesse et le malheur.

Mais il n'imaginait pas combien Greg allait devenir indispensable au Loup gourmand.

Non seulement au «ventre et à la tête» de l'affaire, mais aussi à ceux du patron, qui, n'ayant pas d'amis et ne se fiant à personne, en vint à tellement apprécier la compagnie du vieux Monroe qu'il avait besoin de le voir et de le consulter pour tout.

— Vraiment, mon garçon, tu exagères! Ceci n'est pas mon rayon, lui répondait-il quand Edgar Wolf lui demandait son avis quant à la qualité des gâteaux. Tu ne crois pas que je vais descendre aux cuisines pour goûter tous les produits sortis du four aujourd'hui. Je mourrais d'une attaque. De plus, pour cela, tu as les maîtres pâtissiers, pour lesquels tu as inventé cet uniforme si ridicule imprimé de fraises et de pommes. Ils doivent avoir honte de monter dans l'ascenseur avec un tel costume!

Le vieux Monroe avait un caractère si doux et si sincère et une philosophie de la vie tellement pleine d'humour qu'il était impossible de prendre mal ses affectueuses critiques. Et puis Edgar Woolf avait besoin des deux: de l'affection et du sens critique.

— Mais ils ne m'aiment pas comme toi. Ils me trompent. Vois le coup de la tarte aux fraises. Si tu ne me dis pas la vérité, qui me la dira...?

— Qui, qui? Et si je ne disais rien! S'il te plaît, Edgar, ne reviens pas sur la tarte aux fraises! rétorquait Greg, très nerveux.

— Tu vois, tu veux minimiser l'affaire parce que tu es gentil. Mais ça fait des mois que tout Manhattan dit que ma tarte aux fraises est une vraie rigolade, qu'elle déprécie mon affaire, qu'elle a un goût de sirop. Quelle honte! Mon Dieu, quelle honte pour le Loup gourmand. Et si ce n'était pas toi...

— Assez, je t'en prie, cria le vieux Monroe très excité. Si ça te plaît de souffrir, soit! Moi, je n'ai rien dit, c'est toi qui en fais une obsession! La seule chose que j'ai dite, c'est qu'un jour où j'avais invité un de mes petits-fils à goûter en bas, il n'avait pas fini sa part de tarte, parce qu'elle lui paraissait sèche...

— Non, tu as dit aussi que tu l'avais goûtée et que...

— Moi, je ne me souviens pas d'avoir dit ça ! Maudite tarte aux fraises ! Peut-être que ce n'est pas ta plus grande réussite, mais de là à te mettre dans ces états ! Qu'est-ce qui m'a pris de te parler de cette tarte ? Je ferais mieux de ne plus ouvrir la bouche devant toi !

— Mais le malheur, c'est que le problème n'est pas résolu. C'est ça, le malheur.

— Problème, problème ! marmonna Greg Monroe. On voit que tu n'as jamais eu de vrais problèmes !

En effet, depuis plusieurs mois, la tarte aux fraises était devenue pour Edgar une véritable obsession. Il avait demandé à plusieurs détectives de se cacher parmi les clients du Loup gourmand I et du Loup gourmand II pour qu'ils lui communiquent fidèlement tous les commentaires défavorables qu'ils entendraient au sujet de la tarte aux fraises, et il semblait bien qu'à beaucoup de tables on disait que non seulement la qualité avait baissé mais même qu'elle n'avait jamais été bonne.

Edgar Woolf, chaque jour plus touché par ces informations confidentielles, avait perdu le sommeil, en devenait hystérique et ne savait pas comment remédier à ce coup du sort qui venait pour la première fois entacher la réputation de son commerce.

Il avait eu recours aux compétences de plusieurs pâtissiers et, selon lui, aucun n'avait su apporter la recette idéale. Le fait de modifier tous les quinze ou vingt jours le goût de la tarte aux fraises du *Loup gourmand* ne faisait que déconcerter davantage les consommateurs.

Il faut savoir qu'aux États-Unis le public est très conservateur et peu enclin aux innovations. Ces changements incessants ne laissaient pas aux clients le temps de s'habituer à une nouvelle saveur. Et la rumeur courait, c'était vrai. La tarte aux fraises de cette pâtisserie si fameuse et si chère n'était plus ce qu'elle avait été.

Les détectives ne pouvaient rien faire d'autre que de communiquer à Edgar Woolf le résultat de leurs patientes et subtiles investigations. Les habitués du Loup gourmand goûtaient la tarte aux fraises avec une certaine appréhension et la prudence caractéristique de ceux qui connaissent déjà le résultat.

— Je crois bien qu'aujourd'hui elle était un peu meilleure, disait une dame, alternant une bouchée de tarte avec une gorgée de thé.

— C'est vrai, mais ne crois-tu pas, Barbara, que dans une maison d'une telle renommée on devrait être sûr de la qualité…? répliquait sa compagne.

— Absolument! On doit être certain d'un bon résultat!

— Oui, ma chère! Le moins que l'on puisse attendre du Loup gourmand c'est la perfection tous les jours, n'est-ce pas? La qualité n'est pas plus garantie ici que dans une quelconque gargote de Brodway.

À l'encontre de ses habitudes, Edgar Woolf

avait commencé à sortir de son quartier pour fréquenter incognito diverses cafétérias du Village, de Lexington et de la 5ᵉ Avenue.

Un feutre enfoncé jusqu'aux yeux, des lunettes noires sur le nez, il sillonnait la ville d'un bout à l'autre dans l'une de ses limousines. Il demandait à Pierre, son chauffeur de confiance, de s'arrêter dans les endroits les plus invraisemblables au fur et à mesure qu'il repérait par la vitre des boutiques où son intuition lui disait que l'on pouvait trouver un échantillon du gâteau recherché. À force de goûter toutes sortes de tartes aux fraises, il en avait le palais ravagé et ne pouvait plus distinguer un goût d'un autre.

Certains soirs, rentrant chez lui, il se sentait si déprimé qu'il demandait à Pierre de le laisser à Central Park où il se promenait solitaire et pensif. Ses lunettes noires et son pas agité et nerveux lui donnaient davantage l'allure d'un repris de justice que d'un patron milliardaire.

Il avait fini par mettre des annonces dans les plus grands journaux de Manhattan, offrant une fortune à qui lui fournirait la recette authentique, traditionnelle, de la vraie tarte aux fraises maison. Et il était fou de rage quand il entendait son chef de publicité répondre à certains appels téléphoniques : «Oui, oui, vous ne vous trompez pas, vous avez bien affaire au Loup gourmand.»

Edgar Woolf se sentait on ne peut plus frustré.

— Mais tu as cinquante ans, que diable ! le houspillait son ami, las d'entendre sa litanie de plaintes habituelles. Profite de la vie et dépense l'argent que tu as gagné honorablement. Fais un voyage, va au cinéma, cherche-toi une femme qui t'aime, est-ce que je sais?!

— Oui, une femme qui m'aime, comme si c'était facile à trouver!

— Pourquoi pas? Tu es dans le bel âge et si tu t'en occupais un peu, ça serait sûrement très intéressant. As-tu déjà été sérieusement amoureux?

— Et pourquoi, si toutes m'abandonnent?

— J'imagine la scène. Si tu invites une femme à danser et que tu passes la nuit à lui parler de la différence entre la tarte aux fraises et le gâteau au chocolat, rien d'étonnant à ce qu'elle te dise qu'elle va aux toilettes remettre du rouge à lèvres et qu'elle ne revienne jamais. J'en ferais autant!

— N'enfonce pas le clou, Greg! Tu sais très bien qu'aucune femme n'a jamais été amoureuse de moi!

— Parce que tu es un raseur. Les femmes aiment qu'on ait des égards, qu'on se consacre à elles. Quand as-tu aimé quelqu'un, toi? Je te le dis: tomber amoureux, c'est ce qui te manque. Tombe amoureux d'une belle fille, qui occupera toutes tes pensées, qui sache jouir des plaisirs de la vie et qui te communiquera sa joie de vivre… En un mot, une fille qui te fasse oublier tes obsessions irraisonnées. Crois-tu que ce soit normal que je doive endurer chaque jour les mêmes refrains?

— Eh bien, si je suis aussi raseur que tu le dis, monte à ton appartement et laisse-moi en paix.

— Toi aussi, laisse-moi en paix !

Chaque fois, ils se quittaient fâchés, mais leur brouille ne durait jamais longtemps.

Greg Monroe avait des goûts simples, il était toujours vêtu d'une blouse grise et toute sa vie se passait au quarantième étage. Quand il n'était pas occupé à la révision de la machinerie, pour rentrer chez lui, il lui suffisait d'ouvrir une petite porte de bois sombre avec une poignée nickelée, située dans le mur de droite, qui conduisait à son modeste appartement. Là, il s'adonnait à ses trois passions : dessiner, lire ou écouter de la musique. Quelquefois, il recevait la visite d'un de ses petits-fils.

Mais il était rare qu'il pût profiter de ses moments de repos sans être interrompu. La chambre d'Edgar Woolf occupait une surface exactement semblable sous son appartement. Et comble de tout, de retour d'un récent voyage en Californie dans sa famille, Greg Monroe avait trouvé un curieux ascenseur cylindrique destiné à faire communiquer les deux étages. Il avait été fort vexé de ne pas avoir été consulté pour la mise en œuvre d'une telle installation et, en plus, d'être taxé d'ingrat.

— Mais c'était pour te faire une surprise ! gémissait Edgar. On prend soin des corbeaux et ils vous arrachent les yeux...

— Je n'ai nul besoin de tes surprises. J'en ai

marre et de toi aussi! Vas-tu enfin me laisser vivre? Tu es un égoïste.

— Je ne suis pas un égoïste, je suis seulement très seul. Je n'ai que toi. Pourquoi me traites-tu aussi durement?

Et Greg n'avait plus qu'à le consoler.

Il savait bien qu'on avait installé cet ingénieux appareil afin qu'à n'importe quelle heure du jour et de la nuit il puisse plus efficacement se déplacer et répondre aux avances et aux sautes d'humeur du roi de la tarte.

En cette soirée de décembre, Edgar Woolf était particulièrement nerveux. Il allait et venait dans son grand bureau comme un ours en cage, allumait cigarette sur cigarette et regardait sans cesse sa montre.

Au bout d'un moment, il monta d'un pas décidé jusqu'à sa chambre, par l'escalier en colimaçon. C'était une pièce très grande, séparée de la salle de bains par un mur de marbre vert. Le plafond et les autres murs étaient recouverts de miroirs, excepté la porte de verre qui donnait sur la terrasse. Il ouvrit la porte et sortit.

Dépassant les hauts lauriers et les statues qui entouraient la piscine, il monta les trois marches qui menaient à la grande balustrade circulaire. En bas, la masse obscure des arbres de Central Park formait un immense rectangle quadrillé de chemins sombres et mystérieux. Il ferma les yeux pour ne pas se laisser envahir par le vertige, pour ne pas voir les lumières des fruits géants qui clignotaient dans son dos formant la frise de sa propre annonce lumineuse, une de celles qui illuminaient le parc avec splendeur. Il se mit à frissonner. Il faisait très froid.

Il regarda à nouveau sa montre. Il était passé sept heures et demie. Il était clair que Miss Lunatic ne viendrait pas. Et elle lui manquait furieusement, comme un rêve évaporé, disparu, absurde.

Cela faisait près d'une heure qu'il attendait cette femme étrange et fascinante qu'il avait rencontrée la veille au soir dans les allées du parc. De quoi avaient-ils parlé? Par quoi avait commencé la conversation? Et comment s'y était-elle prise pour lui insuffler cette espèce de foi oubliée en l'amour, la vie, le hasard? Que lui avait-elle réellement dit?

Il avait été incapable de l'expliquer à Greg Monroe. Tout comme il ne pouvait dire comment elle était vêtue, ni parler du landau qu'elle poussait devant elle. Alors qu'il aurait dû être subjugué par une expérience si rare, si extraordinaire, Greg avait fini par s'échapper pour aller au cinéma et ne plus entendre le récit de cette histoire qui lui semblait celle d'un halluciné. Cette fois d'ailleurs, l'était-il vraiment? Était-il devenu complètement fou à cause de la tarte aux fraises?

Chaque fois qu'elle quittait quelqu'un, surtout s'il s'agissait de personnes menant une vie à cent lieues de tout mystère, Miss Lunatic laissait derrière elle comme une trace, une impression ambiguë, comme celles que font naître aussi les mirages.

Edgar Woolf ressentait le poids de son absence comme une peine d'amour romantique. Ce n'était pas possible ! Il n'avait jamais attendu quelqu'un plus de cinq minutes.

Il était presque huit heures et elle ne venait toujours pas. Il avait téléphoné cinq fois à la réception. De plus, deux détectives privés étaient postés en bas. Non, vraiment, nul n'avait vu dans les environs du Loup gourmand quelqu'un ressemblant à sa description.

Il fallait qu'il sorte. Il la rencontrerait à nouveau dans le parc. Une angoisse extrême l'envahit, mêlée cependant d'une certaine sérénité. Rien de concret ne l'incitait à cette promenade.

Et cependant une force impérieuse le poussait à aller dans le parc, le faisant vibrer d'espoir.

Il retourna dans sa chambre et se regarda dans la glace. Les éclairs des annonces lumineuses se réfléchissaient dans les miroirs de la luxueuse habitation et arrachaient des étincelles rougeoyantes à la chevelure de M. Woolf.

Son visage lui semblait mystérieux et intéressant. Il prit son manteau et son chapeau et se dirigea vers le petit couloir qui conduisait à son ascenseur particulier ultrarapide.

8. La rencontre de Miss Lunatic et de Sara Allen

Dans le métro, Miss Lunatic avait installé dans son inséparable landau un petit garçon d'environ un an dont elle avait soulagé sa mère, une jeune femme très maigre, encombrée de paquets, qui ployait sous sa charge. Arrivée à la station de Columbus Circle, sa destination, elle les accompagna jusqu'à leur correspondance, le bébé riant aux éclats, enchanté par le balancement du landau tandis qu'accroché aux bords il essayait de se mettre debout. Il ne voulait pas sortir du véhicule et, quand Miss Lunatic le prit dans ses bras pour le rendre à sa mère, il se mit à pleurer.

— Merci pour tout, madame, dit la mère. Allons, Ray, ne pleure pas... On dirait qu'il veut rester avec vous.

L'enfant s'agrippait de toutes ses forces à un collier garni de multiples pendentifs de toutes sortes et de toutes tailles que Miss Lunatic arborait parmi de nombreuses écharpes décolorées.

— En fait, répondit-elle, c'est parce qu'il s'est entiché de cette petite cloche. Tu aimes comme elle sonne, n'est-ce pas ?... Attends.

Pendant que la mère reprenait son enfant qui pleurait de plus en plus fort et qu'elle récupérait quelques paquets dans le landau, Miss Lunatic sortit une petite paire de ciseaux de son sac et détacha habilement la clochette de son collier. Puis elle l'agita joyeusement devant les petites mains de l'enfant qui s'en empara prestement.

Comme par enchantement, aux pleurs succédèrent immédiatement des cris de triomphe.

— Non, s'il vous plaît, il ne faut pas, protesta la mère. Rends ça, Ray ! C'est à la dame... Merci, madame, mais les enfants ne savent pas ce qu'ils veulent.

— Là, je ne suis pas d'accord avec vous. Pour ma part, je crois que les enfants sont les seuls à savoir ce qu'ils veulent, répondit Miss Lunatic.

La jeune femme la regarda avec curiosité et ajouta :

— En plus, je suis sûre qu'il s'agit pour vous d'un souvenir.

— C'est vrai, mais je garderai ce souvenir en mémoire tout pareillement. Tiens, voilà votre train. Prenez, il y a encore un paquet. Adieu, mon joli ! Embrasse-moi !

Elle les vit entrer dans le wagon, pressés dans

la cohue. Puis elle contempla leurs visages souriants, entre les portes entrouvertes couvertes de graffitis. Elle savourait l'idée que dans ce troupeau d'inconnus il y avait un petit garçon appelé Ray qui portait un objet à elle.

Derrière la vitre, tout en essayant de ne pas faire tomber ses paquets, la jeune femme brandissait le bras grassouillet de Ray qui agitait la clochette avec ses petits doigts maladroits en signe d'adieu à Miss Lunatic.

Il fit tomber la clochette par terre! Mon Dieu! Et sa mère était maintenant en train de se pencher pour la rattraper. Miss Lunatic ne put connaître la fin de l'histoire car le train démarra.

Elle regarda un moment le métro disparaître englouti par le tunnel, puis elle se dirigea vers la sortie. Elle allait courbée, traînant les pieds, prise d'un soudain découragement.

Qu'adviendrait-il de sa clochette au cours des années? Que deviendrait Ray quand il serait grand? Elle se mit à penser à la transformation incessante des gens et des choses, à leur disparition, aux fardeaux que le temps dépose implacablement sur nos épaules. Et elle ressentit une espèce de vertige. «Comme je suis vieille! pensa-t-elle. Comme j'aimerais me décharger de mes fardeaux les plus secrets sur quelqu'un de plus jeune, digne d'en hériter! Mais qui...? Allons, on voit bien que la conversation avec le commissaire m'a rendue sentimentale. Mais non, je ne dois pas me laisser aller.»

Une voix intérieure l'avertissait qu'il fallait qu'elle prenne garde. Elle ne devait pas se laisser envahir par un sentiment de dégoût de vivre ni glisser sur la pente des idées noires. «Si tu tombes au fond du puits, tu es perdue, lui disait cette voix intérieure. Une fois là, tu ne verras plus personne, tu le sais depuis toujours.» Oui, elle le savait. Tout comme elle savait que de ne voir personne, c'était cesser de vivre. Elle possédait une méthode qui réussissait toujours : obtenir que la tête prenne le contrôle de la situation et ordonne au corps de se redresser. Et au regard d'être bien affirmé.

Elle avançait dans un de ces grands passages souterrains qui conduisent vers la sortie. Elle avait très peu envie de rendre visite au roi de la tarte. Bon, elle verrait bien, une fois dans la rue. Tout ce qu'elle avait à faire pour le moment, c'était se presser. Et trouver où elle devait aller.

Elle accéléra le pas, redressa la tête et, à cet instant, son regard fut attiré par une scène qui écarta immédiatement de son esprit sa propre peine au profit de celle d'une autre personne.

Au milieu de l'incessant va-et-vient des voyageurs qui s'approchaient les uns des autres, se bousculaient et se croisaient sans se regarder, une fillette, totalement ignorée par la foule, pleurait silencieusement, les yeux baissés et le dos appuyé contre le mur du passage souterrain. Elle avait environ dix ans. Elle portait un imperméable rouge à capuche et, suspendu à son bras, un panier d'osier recouvert d'une serviette à carreaux.

Miss Lunatic l'observa et comprit aussitôt pourquoi elle était tant émue par cette surprenante apparition. Elle lui rappelait énormément le Petit Chaperon rouge dessinée sur une édition des *Contes* de Perrault qu'elle avait offerte à son fils quand il était petit.

Elle s'approcha d'elle, se frayant un passage parmi la foule. À la vue des vieux souliers de Miss Lunatic, la fillette leva ses yeux emplis de larmes. Et la regarda. Mais n'accusa ni surprise ni peur de se trouver en face d'un personnage aussi extravagant. Au contraire, dans ses yeux passa une lueur de soulagement et de confiance. Miss Lunatic, qui n'avait pas vu depuis bien longtemps un regard aussi transparent, sentit son vieux cœur se réchauffer comme aux flammes d'un feu de joie inespéré.

— Qu'est-ce qui t'arrive, ma jolie? Tu es perdue? lui demanda-t-elle doucement.

D'un mouvement de la tête, la fillette répondit négativement. Puis elle sortit un mouchoir de la poche de son imperméable, sourit et sécha ses larmes.

— Cette station est bien la plus proche de Central Park, n'est-ce pas?

— Oui. Tu sors du métro ou tu entres?

— Je sors... ou plutôt... je croyais être sortie, rectifia-t-elle d'une voix boudeuse.

— Moi aussi. Si tu veux, je t'accompagne.

— Merci. Je ne veux pas vous déranger. J'ai un plan.

— Ah, tu as un plan! Alors, pourquoi pleures-tu? insista Miss Lunatic, remarquant que la fillette faisait à nouveau la moue.

— C'est long à raconter, répondit-elle avec une petite voix et en baissant les yeux de nouveau. Très long…

— Mais ça n'a pas d'importance. Ce qui en vaut la peine est toujours long à raconter. Ce qui importe est de savoir si tu veux le raconter ou pas. C'est la seule chose importante.

La fillette la contempla avec émerveillement. Des éclairs d'enthousiasme illuminèrent son visage, ses yeux scintillèrent et Miss Lunatic crut y voir les rayons du soleil jaillissant des nuages pendant l'orage. C'était sûr, d'un moment à l'autre, un arc-en-ciel allait apparaître.

— Si je veux? Bien sûr, je ne veux que ça! s'exclama la fillette. Mais à qui?

— Ben à moi par exemple…

— C'est vrai?

— Bien sûr. Ça te semble bizarre? Vraiment! Tu vis ici?

— À Manhattan, non. Je vis à Brooklyn. Et maintenant je vais vers le nord, chez ma grand-mère, à Morningside. Plutôt, j'y allais… Je me suis arrêtée ici parce que… bon, je ne suis jamais sortie toute seule… je voulais voir Central Park… Mais voilà… je ne sais pas, maintenant, je regrette.

— Tu regrettes, ma fille, vraiment. Quel vilain mot!

Miss Lunatic saisit la fillette par les épaules avec autorité.

— Avance, sortons! dit-elle d'un ton ferme et persuasif. Ici on se fait bousculer. Je connais un café très agréable près du Lincoln Center, où nous pourrons parler tranquillement. Tu veux poser ton panier dans mon landau?

— Oui, dit la fillette en le tendant à Miss Lunatic.

— Bon, allons-y, donne-moi la main.

Elles ne se parlèrent plus jusqu'à l'extérieur. Il soufflait un vent glacial. Elles débouchèrent sur une place avec au centre la statue de Christophe Colomb. Et, plus loin, la grille d'un grand jardin. Sans lâcher la main de Miss Lunatic, la fillette s'arrêtait à chaque instant. Elle consultait une boussole qu'elle avait sortie de sa poche et respirait très fort. Elle regardait partout avidement, comme si elle ne voulait perdre aucun détail. Les vitrines des magasins et des bars luisaient comme des bijoux. Un gros camion jaune chargé d'un orchestre de jazz passa près d'elles.

Les musiciens jouaient *Let it Be*. Avant que vous les ayez vus, ils avaient déjà disparu et vous pensiez avoir rêvé.

Face à elles, se trouvait la façade d'un cinéma devant lequel des gens bien habillés faisaient la queue. Une grande automobile noire, silencieuse, avec trois portes et des rideaux de tulle aux fenêtres arrivait lentement et se gara à la hauteur du cinéma. Un chauffeur mulâtre vêtu d'un habit gris avec des galons dorés en sortit et ouvrit la portière à son occupant.

Une longue jambe de femme terminée par une chaussure de cristal précieux apparut.

— C'est Cendrillon? demanda la fillette.

— Non, répondit Miss Lunatic. Je crois que c'est Kathleen Turner. Elle ne vaut pas Gloria Swanson.

— On va la voir? la pressa la petite en tirant sa compagne dans cette direction.

Miss Lunatic ne répondit pas, mais se laissa faire.

— Vous êtes bien gentille, dit la fillette. Quand je suis avec ma mère, elle ne me laisse rien regarder.

Une nuée de photographes grouillait, attentive aux moindres gestes de la femme qui s'apprêtait à sortir de la voiture. Elle était vêtue d'une robe argentée et elle était accompagnée par un homme blond et grand portant un habit noir. Il y avait tellement de monde que l'on n'y voyait pas grand-chose.

— Quelle belle voiture, n'est-ce pas? s'extasia la fillette.

— Elles appartiennent à des millionnaires. On en voit pas mal à Manhattan. Ça s'appelle des limousines et elles ont le téléphone, la télévision, un bar, enfin tout. Partons d'ici, si ça ne te fait rien, sinon on va me prendre en photo et on croira que je suis venue là pour crâner.

La fillette la regarda.

— Vous avez été une artiste? Ma grand-mère a été une artiste.

— Moi pas, dit Miss Lunatic. Mais j'ai été la muse d'un artiste.

— Je ne sais pas très bien ce que c'est qu'une muse. C'est pas quelqu'un qui a des ailes?

Miss Lunatic sourit et serra affectueusement la petite main si confiante dans la sienne.

— Il se peut que certaines muses aient des ailes, oui. Mais dans mon cas, de toute façon, c'est particulier et c'est long à raconter. Traversons dans cette direction, allez, on dirait que ces gens croient que la rue leur appartient.

De minuscules flocons de neige commençaient à tomber. La fillette levait les yeux vers le ciel, vers le sommet des immenses édifices couronnés de jardins en terrasse, de balustrades et de statues, surmontés par les annonces lumineuses qui clignotaient sans cesse: lettres et dessins se succédaient à une vitesse vertigineuse, s'emmêlant les uns aux autres, apparaissant et disparaissant dans une débauche de fantaisie. La fillette lâcha la main de Miss Lunatic et sauta en l'air les bras tendus vers le ciel.

— Oh! je suis libre! s'exclama-t-elle. Libre, libre, libre!

Et les larmes surgirent de ses paupières rougies par le froid.

— Allons, ma fille, tu ne vas pas encore pleurer, lui dit Miss Lunatic. Aurais-je trouvé une amie en coton ?

— En coton, non, mais une amie, oui. Une bonne amie ! Maintenant je ne pleure pas de chagrin, mais d'émotion. C'est que jamais... C'est que depuis que je suis toute petite... Je ne sais pas, se sentir libre, c'est quelque chose que l'on a en soi et qu'on ne peut décrire. Vous comprenez ?

— Un peu, oui, répondit Miss Lunatic. Mais ne t'arrête pas tout le temps, avance, le vent est très froid. On va bientôt arriver au café dont je t'ai parlé et tu me raconteras tout ce que tu veux.

— Tout ce que je veux ? répéta la fillette, incrédule. C'est trop, et vous êtes pressée, vous avez autre chose à faire.

Miss Lunatic se mit à rire.

— Pressée, moi ? Non. Et je ne l'ai jamais été. Rien n'est plus important pour moi que d'écouter des histoires.

— Quel hasard ! s'écria la fillette. C'est la même chose pour moi.

— Bon, eh bien on s'en racontera à tour de rôle. Nous avons de la chance, toutes les deux !

— Ça veut dire que vous allez aussi me raconter des histoires ? Je voudrais que vous m'expliquiez l'histoire de la muse.

Un coup de vent plus fort emporta le chapeau de Miss Lunatic et le fit rouler en bas de la rue. La fillette courut après et parvint à le rattraper au bord d'une bouche d'égout. Un taxi manqua la renverser et le chauffeur, très en colère, sortit la tête par la portière pour lui crier des insultes qu'elle ne comprit pas.

En rendant le chapeau à Miss Lunatic, elle s'étonna de ne pas se faire gronder, comme l'aurait fait n'importe quelle grande personne dans un cas semblable. Elle attendait la réprimande, impassible, au bord du trottoir. Miss Lunatic paraissait plus vieille sans chapeau, mais aussi plus jeune. C'était difficile à dire. Les muses étaient comme ça? Soudain, son visage parut à la fillette celui d'une femme fatiguée et triste.

— Merci, fillette. Quels pieds légers tu as, lui dit-elle en remettant son chapeau et en l'attachant solidement à l'aide de l'une des écharpes qui entouraient son cou. À propos, comment t'appelles-tu?

— Sara Allen. Et vous?

— Tu peux m'appeler Miss Lunatic pour le moment.

— Et vous allez me raconter l'histoire de la muse?

— Peut-être. Mais tu vois, je n'aime pas savoir à l'avance de quoi nous allons parler. Ce qui doit être dit le sera. Tu vois, là, le New York Theater Center, on y donne des concerts et des spectacles de ballets. On doit passer devant pour aller au café dont je t'ai parlé. Allons, Sara, ma fille, marche plus vite, on dirait une tortue!

— C'est que tout est si beau.

— Bon, on va accompagner la marche, une, deux, une, deux...

Et, pressant le pas, elles empoignèrent toutes deux la barre du landau, laissant derrière elles la statue de Dante Alighieri, nichée dans un petit triangle au pied de l'escalier monumental du théâtre où de nombreux drapeaux flottaient au vent. Miss Lunatic avait repris le refrain du vieil hymne alsacien qu'elle chantait à la sortie du commissariat. Et Sara, sous le charme, la regardait de côté pendant qu'elles attendaient que le feu passe au vert.

9. Madame Bartholdi
Un tournage de cinéma loupé

Les serveuses de ce bar avaient des rubans dans les cheveux et circulaient d'une table à l'autre en patins à roulettes. Cela ne les empêchait pas de porter en équilibre le plateau chargé de verres, de bouteilles et de coupes de crème glacée. Elles étaient vraiment d'une formidable habileté, d'autant plus que les salles du bar s'étendaient sur plusieurs niveaux. Elles sautaient avec agilité les escaliers menant d'un étage à l'autre comme si elles n'avaient pas de patins aux pieds. Sans tomber, ni faire tomber leurs plateaux, qui semblaient bien lourds, elles freinaient au moyen d'une légère torsion de la cheville puis reprenaient aussitôt leur élan pour glisser sur les dalles noires et blanches du comptoir aux tables qui étaient éclairées par des petites lampes de cristal recouvertes d'un abat-jour rouge.

Ce jour-là, on tournait un film dans le bar et cela

avait attiré un monde fou. Parmi les curieux qui se pressaient à la porte se tenait un jeune homme près d'un gros camion métallique d'où sortaient de gros rouleaux de câbles noirs.

Il portait une casquette à carreaux, agrémentée d'une visière. Il regarda avec curiosité cette vieille femme portant une capeline et cette fillette vêtue en rouge qui prétendaient entrer dans les lieux avec un drôle de landau.

— Vous êtes des figurantes pour le tournage? leur demanda-t-il.

Elles ne lui répondirent pas tout de suite. Puis elles se regardèrent et se mirent à chuchoter.

— Qu'en dis-tu? demanda la vieille dame en se penchant au-dessus du landau.

— Je veux entrer, s'il vous plaît, Miss Lunatic! implora la petite en se dressant sur la pointe des pieds pour mieux se faire entendre de sa compagne. Il y a des patineuses! Je les vois par la vitrine! C'est formidable, je veux entrer!

— Vois-tu, Sara, lui répondit la vieille dame à voix basse, quand on désire beaucoup une chose, il ne faut pas trop le montrer. Fais semblant.

— Mais ce garçon a dit...

— Qu'est-ce que ça peut te faire ce que dit ce garçon? On l'a mis là pour qu'il croie avoir de l'importance, mais il n'en a aucune. Tu veux entrer, n'est-ce pas?

— Oh oui! j'en ai vraiment envie! Pas vous?

— Il me semble que nous n'allons pas pouvoir

parler, avec tout ce boucan, déclara Miss Lunatic d'un air boudeur. Mais ça ne fait rien, si ça te fait oublier ton chagrin.

Sans cesser d'admirer l'intérieur du café, Sara regarda Miss Lunatic avec surprise.

— Quel chagrin? demanda-t-elle.

— Quelquefois, ma petite, les questions contiennent l'exacte réponse, répondit la vieille en souriant. Mais ça ne fait rien. N'oublie seulement pas ce que je t'ai dit: fais semblant.

Et, se dirigeant vers le jeune à casquette à visière qui les observait avec perplexité, elle fit un geste théâtral de la main pour écarter le gêneur de son chemin.

— Voyons, jeune homme, nous ne sommes pas du tout des figurantes. Nous sommes les interprètes principales.

— Que voulez-vous dire? demanda-t-il bouche bée.

— Exactement ce que je dis: sans nous il n'y a pas d'arguments, ni d'histoire. Vous comprenez? C'est nous qui venons raconter l'histoire. J'espère que le décor est prêt et qu'on ne va pas nous embêter avec des petits détails aussi fatigants qu'inutiles. Allons-y, Sara, avance!

— Attendez un moment, madame, s'interposa le garçon, embarrassé. Pouvez-vous me montrer votre convocation?

— La convocation? Quelle convocation?... Je vous prie de ne pas m'offenser. J'exige une explication. Je suis madame Bartholdi. Et vous, quel est votre nom ?

— Norman, madame.

— Norman… ? Je ne vous connais pas. Il doit y avoir une erreur.

— Peut-être, dit le jeune homme que l'air altier de son interlocutrice déconcertait complètement. Dans ce cas, excusez-moi. Si cela ne vous fait rien, je vais m'informer auprès du metteur en scène.

— Faites ce que bon vous semble. Les ignorants ont du toupet ! Viens, Sara !

Après avoir sorti de sa poche un petit talkie-walkie et essayé sans succès d'établir le contact avec un certain M. Clinton, Norman jeta un dernier regard aux étranges visiteuses, soupira, regarda sa montre et entra en hâte dans le café tout en murmurant : « Il se fait tard. »

Elles le suivirent.

« On dirait le lapin blanc d'Alice », pensa Sara.

Norman ne se rendait pas compte qu'il leur ouvrait un passage parmi la foule. Il marchait très vite, jetant des coups d'œil à droite et à gauche, comme à la recherche de quelqu'un.

— Qu'est-ce que c'est drôle ! remarqua Sara. Il nous a dit de ne pas entrer et nous sommes entrées.

— Bien sûr ! On ne doit jamais tenir compte des interdictions, répondit Miss Lunatic. Elles n'ont aucun fondement. Marche avec naturel. Comme ça, en me parlant. Et fais attention au landau.

— Ils sont en train de tourner un film ! s'exclama

la fillette, folle de joie. Regardez ces rails et l'élévateur avec le monsieur qui monte en haut...! On dirait un pantin, pas vrai?

— Oui, ma fille, tout à fait. Attention à tous ces câbles. Mon Dieu, quelle armée de gens pour si peu! Regarde, là-bas il y a une petite table libre. Allons-y!

Pendant ce temps, Norman était arrivé au bout des rails, là où se trouvait le fauteuil métallique sur lequel était hissé l'homme que Sara avait qualifié de pantin.

C'était un homme très maigre, avec des lunettes et des cheveux gris bouclés. Son assistant l'avait descendu en actionnant une manivelle.

Il s'inclina pour écouter les explications du jeune homme à la casquette et regarda à droite de la pièce.

— Le garçon qui était à la porte nous désigne du doigt, annonça Sara, tout excitée, à Miss Lunatic. On devrait se cacher quelque part.

— Se cacher? Tu veux rire! Assieds-toi ici.

— Et vous, vous ne vous asseyez pas?

— Si. J'étais en train de regarder si je ne voyais pas une serveuse de ma connaissance, mais il y a tant de monde ici que seul Dieu saurait où la trouver... Ce n'est pas l'endroit où je voulais t'emmener.

— Ah bon?

— Non. C'est un endroit très cher.

— Ça n'a pas d'importance. J'ai de l'argent! répliqua vivement la fillette en palpant sous sa chemise sa petite bourse en satin. Je vous invite à prendre ce que vous voulez... Regardez! Ils ne nous quittent pas du regard.

— Ne t'en occupe pas. S'ils s'avisaient de nous faire du mal, ils le regretteraient.

— Mais c'est merveilleux, Norman! s'enthousiasmait l'homme aux boucles grises en s'adressant au garçon à la casquette à visière. D'où les sors-tu? Juste ce que je cherchais, ce qui manquait pour une ambiance contrastée, la touche exotique... Mon Dieu, quelle allure! Et la gamine avec sa robe en tricot tellement kitsch et cet imperméable...!

Les yeux de Norman brillèrent et il profita de l'occasion pour faire valoir ses mérites auprès de son patron.

— Je les ai vues passer, mentit-il, et il m'a semblé qu'elles pouvaient vous intéresser – question de flair. Je suis content d'être tombé juste.

— Une intuition géniale, cher Norman, géniale! Mais regardez-les! Et tous les colliers que porte la vieille, parmi tous ces foulards, et le landau, s'il vous plaît... On les croirait inventées par Fellini... Que la caméra les filme en cachette, dans un grand panoramique, et que Charlie essaie de capter quelques morceaux de leur conversation! Ensuite, au montage, on verra comment utiliser tout ça... Mais surtout, dites-le bien à Waldman, sans forcer. Que personne ne les intimide. Qu'elles se sentent à l'aise et qu'elles parlent avec naturel.

— Pour ça, répondit Norman, vous pouvez être

tranquille, monsieur Clinton, rien ne les intimide. Surtout la vieille dame. Quelle allure elle a. Elle parle comme une marquise.

— C'est parfait. Et mieux encore si c'est une marquise. Et en plus, qu'on leur serve ce qu'elles veulent. C'est formidable, ça va me permettre d'arranger quelques passages du scénario qui manquaient un peu de piment... Bon, ne perdons plus de temps, on va répéter l'arrivée de la police.

Norman retourna vers l'entrée et se plaça près du bar pour parler avec un assistant, un barbu avec un gilet en jean et une chemise en flanelle.

— Qu'est-ce que c'est que cette plaquette noire en bois avec un chiffre peint en blanc que tient l'homme barbu? demanda Sara à Miss Lunatic.

— Le clap. Tu vois, pour le moment, il est ouvert. Quand il le fermera, cela voudra dire que l'on commence à filmer.

— Comment savez-vous tant de choses?

— Ma fille, j'ai tellement roulé ma bosse de par le monde! Quand on est vieux on doit se tenir au courant, sinon personne ne vous respecte. Je crois que le landau gêne le passage.

À ce moment-là arriva une serveuse sur ses patins. Elle s'approcha de leur table tout sourires.

— C'est celle que vous connaissez? demanda Sara.

— Non, mais elle semble venir avec de bonnes intentions.

— Comme elle patine! dit Sara en la regardant

avec envie. Et j'adore la petite jupe courte qu'elle porte.

La jeune fille fit plusieurs évolutions autour de la table sans cesser de sourire.

— Que prendrez-vous ? Vous êtes invitées par M. Clinton.

Miss Lunatic regarda dans la direction que lui indiquait la serveuse et remarqua que le metteur en scène aux cheveux gris et bouclés la saluait d'un discret mouvement de la tête.

— Quelle chance ! dit-elle à Sara à voix basse. Il semble que nous soyons tombées au bon moment.

— Je souhaiterais un milk-shake au chocolat, dit Sara.

— Double ou simple ?

— Apportez-lui un double, précisa Miss Lunatic. Si elle en a trop, elle le laissera. Et pour moi, un cocktail au champagne.

À ce moment, le barbu avec le gilet en jean s'approcha avec le clap ouvert.

— Silence ! Préparez-vous ! Séquence quatre ! On tourne !

Et on entendit le bruit sec du clap qui se refermait.

La pendule indiquait huit heures moins le quart, dehors la neige avait cessé de tomber et Miss Lunatic avait presque fini son second cocktail au champagne.

En face d'elle, sa petite compagne gardait les

yeux baissés et jouait avec la serviette en papier tachée de chocolat ; elle avait enlevé son imperméable et l'avait suspendu au dos de sa chaise. Mais sa robe de tricot était aussi rouge. De même que ses joues. Miss Lunatic avait sur les lèvres un sourire réjoui qui illuminait son visage et la rajeunissait.

Elles étaient toutes les deux complètement indifférentes à la caméra qui les filmait. Elles savouraient le silence qui succède aux longues confidences.

— Bien, continue, ma jolie, dit Miss Lunatic après un long moment.

— Eh bien, il n'y a plus grand-chose à ajouter, répondit Sara. Vous pouvez facilement imaginer la suite... Cet après-midi, profitant de l'absence de Mme Taylor, je suis descendue chez moi, j'ai pris la tarte et je me suis enfuie. C'était plus fort que moi. Ça faisait des années que je rêvais de me rendre toute seule à Morningside par le métro pour voir ma grand-mère... Ce qui s'est passé, c'est qu'en arrivant à la station Columbus Circle, j'ai eu envie de sortir un petit peu pour voir Central Park ; je n'ai pas pu résister... Jusque-là, tout avait à peu près bien marché. Mais soudain, je me suis sentie toute seule, gagnant la sortie au milieu de tous ces inconnus, et, au lieu de profiter de ce bon moment, de me sentir libre, les forces m'ont manqué, je ne sais pas ce qui m'a pris, je me suis dégonflée... C'est à ce moment que vous êtes apparue.

— Tu parles comme si tu avais vu un saint,

répondit Miss Lunatic, visiblement émue, en avalant une nouvelle gorgée de son cocktail.

— Mais c'est vrai ! s'exclama Sara très excitée. C'est bien ça, c'est exactement ce que j'ai ressenti : une apparition surnaturelle venait à mon secours. Je ne sais pas si c'est parce que j'ai lu beaucoup de contes... Je me sentais très mal, sur le point de m'évanouir, je ressentais une peur qui m'empêchait de respirer, je ne sais comment le dire... une peur très rare mais très forte... en y repensant, je ne comprends pas...

Elle avait levé ses yeux clairs et interrogateurs, et le regard sombre de la femme qui se tenait en face d'elle était si intense, si énigmatique, que la fillette prit peur comme si elle avait été attirée dans un abîme. Mais elle ne voulait pas le montrer.

— N'était-ce pas la peur de la liberté ? interrogea Miss Lunatic d'un ton solennel.

En posant cette question, elle leva le bras droit et le maintint quelques instants en l'air, soutenant une torche imaginaire.

Sara ressentit une légère inquiétude en reconnaissant le geste de la statue de la Liberté. Miss Lunatic l'imitait parfaitement bien.

— Sûrement, c'était ça, dit-elle en s'efforçant de répondre d'une voix ferme.

Mais son cœur battait très fort.

Il y eut un silence. Le bras de la femme et les yeux de l'enfant s'abaissèrent en même temps.

Le plan que M. Aurelio avait offert à Sara était

étalé devant elles sur la table. Elle avait parlé de ce personnage à sa nouvelle amie et raconté comment ce vieux plan avait été à la source de ses fantasmes nocturnes, de ses voyages imaginaires à Manhattan et de ses rêves de liberté. Elle suivit du doigt le parcours capricieux des multiples détours qui menaient de Central Park à la petite île au sud, où on avait dessiné en tout petit la statue de métal verdâtre couronnée de piques qui brandissait une torche. Soudain, la main de la femme assise en face d'elle s'avança lentement à travers la table et se posa sur·la sienne comme si elle voulait la protéger de périls réels ou imaginaires.

— Et maintenant, Sara Allen, est-ce que je te fais toujours peur? demanda-t-elle d'une voix bizarre.

Sara secoua la tête et remarqua que la pression de la main sur la sienne s'accentuait. Son cœur battait très fort. La main de Miss Lunatic n'était plus ridée, elle était blanche et ouverte, et la caresse de sa paume très douce.

— Tu ne me regardes pas, lui murmura cette étrange voix, languide et musicale. Et tu as les doigts tout froids, ma chérie... À quoi penses-tu?

— Je n'ose pas vous le dire, murmura Sara.

— Dis-le! lui ordonna la voix.

La fillette avala sa salive. Elle regardait fixement la statue minuscule dessinée sur le plan comme une étoile d'or.

— Ben, voilà... Je me suis rendu compte que

vous aviez dit... que tu m'avais dit... que tu avais été la muse d'un artiste... et ensuite au garçon, à l'entrée, que tu t'appelais madame Bartholdi... Si, tu lui as dit, j'en suis sûre. Hier à la même heure, je lisais un livre qui s'intitule *Construire la Liberté!...* et soudain...

Elle se tut. Elle avait la langue sèche, collée au palais.

— Continue! la pria anxieusement la voix. S'il te plaît...

— Voilà, soudain, je crois avoir tout compris, poursuivit Sara dans un souffle. Si, j'ai tout compris! Comment dire...? Comme on comprend les miracles. Parce que c'est la vérité... Tu es madame Bartholdi... tu es un miracle!

L'autre main, tout aussi blanche et douce, s'avança et se plaça sous celle de Sara, l'emprisonnant comme un oiseau palpitant. La fillette sentit un léger parfum de jasmin. Elle n'avait aucune envie de s'enfuir, mais son cœur battait de plus en plus vite, à un rythme presque insupportable. Elle s'abandonna à ces mains qui élevaient la sienne jusqu'à des lèvres invisibles.

— Dieu te bénisse, Sara Allen, pour m'avoir reconnue, dit Mme Bartholdi en déposant un baiser sur la main glacée de la fillette, pour avoir été capable de voir ce que nul autre n'a jamais vu à ce jour. Ne tremble pas, n'aie plus jamais peur. Regarde-moi, s'il te plaît. J'attends cet instant depuis plus d'un siècle.

Sara leva les yeux du plan tout chiffonné de Manhattan et de la serviette tachée de chocolat et, pendant quelques secondes, elle eut devant les yeux, auréolé d'une lueur resplendissante, le visage bien caractéristique de la statue qui avait salué de loin des millions d'émigrés solitaires, ravivant leurs rêves et leurs espérances. Mais à cet instant, elle n'était pas éloignée, elle était près d'elle, elle souriait et elle lui embrassait la main.

Sara ferma les yeux, aveuglée par cette vision ; quand elle les rouvrit, Miss Lunatic avait repris son aspect habituel. En outre, celle-ci s'était levée et elle était en train d'insulter quelqu'un. Sara sentait une forte chaleur derrière son dos. Elle ne comprenait plus rien. Elle remarqua ensuite que les gros projecteurs qui les éclairaient s'éteignaient soudain.

— Vous pouvez tous aller au diable et nous laisser en paix ! Viens, Sara, sortons d'ici ! Ils nous encerclent... Je les ai bien repérés qui avançaient prudemment avec tous leurs trucs. Depuis un petit moment... C'est à vous surtout que je dis ça, monsieur Clinton ! Ah ! l'intimité de Miss Lunatic ne s'achète pas avec deux cocktails au champagne et un milk-shake au chocolat ! Attrape le landau, ma fille...

Sara, obéissant à un réflexe de solidarité, s'était levée aussi, regardant autour d'elle, tout abasourdie. Près de leur table, juché sur son fauteuil monté sur rails, l'homme-pantin aux cheveux frisés s'inclinait devant Miss Lunatic en balbutiant de plates excuses.

— S'il vous plaît, madame, ne vous mettez pas en colère... Il y a un malentendu... Nous avions l'intention de payer votre prestation ! Très bonne, d'ailleurs ! Si vous le voulez, ajouta-t-il en baissant un peu la voix, nous pouvons régler dès maintenant la question financière. Mais ne partez pas, je vous en prie !

— Bien sûr que je m'en vais ! Sur l'heure ! Qui êtes-vous pour disposer de moi, de quelles questions financières parlez-vous ? Donner un prix à la liberté, c'est un comble ! Où a-t-on déjà vu pareille sottise ?

Toutes les personnes présentes regardaient dans leur direction mais Sara remarqua avec surprise qu'elle n'en ressentait aucune honte. Lui revint soudain en mémoire, comme un éclair furtif, la peur qu'elle avait d'attirer l'attention quand elle revenait de Morningside en métro et que sa mère se mettait à pleurnicher. Ça lui semblait une scène absurde, fort lointaine, irréelle, comparée à l'aventure qu'elle était en train de vivre. Loin de tout sentiment de honte, bien au contraire, elle était très fière de connaître le secret de Miss Lunatic et d'être son amie inconditionnelle : car celle-ci avait bien raison. Qui étaient-ils pour se permettre de surprendre une conversation privée ? Non seulement elle était prête à aider son amie et à l'approuver en tout, mais en plus l'air accablé du bonhomme l'amusait beaucoup. Aucun doute. Elle mit son imperméable et saisit le landau. Tous ses assistants étaient regroupés autour du metteur en scène.

— S'il vous plaît, madame, ne partez pas, implorait M. Clinton du haut de son siège. Parle avec elle, Norman ! N'avais-tu pas dit qu'elle était d'accord ! Offre-lui mille dollars ! Deux mille !

Norman s'avança de quelques pas vers la vieille dame d'un air honteux et obséquieux.

— Je n'ai jamais passé aucun accord avec ce jeune homme, et je n'en ai jamais eu l'intention ! déclara Miss Lunatic avec dédain, tout en l'écartant de son chemin. Laissez-nous passer, vous nous retardez, nous devons partir !

Et s'adressant à la serveuse, qui attirée par le scandale était accourue à toute vitesse sur ses patins, elle lui dit d'une voix haute et ferme :

— La note, mademoiselle, s'il vous plaît.

— Mais vous êtes invitées, lui répondit celle-ci avec un large sourire.

— Il n'en est pas question. Dites-nous immédiatement combien nous devons.

Elle jeta un regard malicieux vers Sara dans son coin.

— Tu ne devais pas m'inviter, ma fille ?

Et la fillette, heureuse comme jamais elle n'avait rêvé pouvoir l'être, porta la main vers son décolleté, en sortit une bourse en satin garnie de paillettes et l'ouvrit en tirant les cordons.

— Absolument, madame, dit-elle.

Puis, se tournant avec naturel vers la serveuse, elle lui demanda :

— Combien vous dois-je, s'il vous plaît, pour deux cocktails au champagne et un grand milk-shake au chocolat ?

— Cinquante dollars, mademoiselle, répondit la patineuse, perplexe.

Sara apprécia beaucoup que Miss Lunatic la laissât compter seule et déposer sur la table la somme exacte. D'une part elle était étonnée, d'autre part ça la remplissait d'une enivrante sensation de confiance en elle. Elle l'entendit faire un commentaire de son cru, en ajustant sa capeline :

— C'est exagéré ! Ne laisse pas un centime de pourboire !

— Je n'en avais pas l'intention, répondit Sara en rangeant les vingt-cinq dollars restants et en rentrant la petite bourse dans son pull-over.

Puis, illico presto, poussant le landau, elles se dirigèrent vers la sortie.

Les gens s'écartaient sur leur passage, comme à leur arrivée, mais cette fois dans un silence religieux.

Quelques secondes après leur disparition, le silence seulement meublé de quelques légers murmures fut rompu par le son hystérique et furieux de la voix de M. Clinton :

— Suivez-les ! Rattrapez-les ! criait-il sans s'adresser à quelqu'un en particulier. On ne peut pas perdre une occasion pareille !

Les murmures s'amplifièrent. Mais personne ne bougea.

— Ne me dites pas qu'on n'a pas filmé la dernière scène! Quand la gamine a sorti la petite bourse à paillettes de son corsage! Je ne pourrais pas le supporter! S'il vous plaît, Waldman, répondez! hurlait M. Clinton. A-t-on tiré quelque chose de cette scène?

— Non, monsieur, je regrette, répondit le barbu avec le clap d'une voix apeurée. Vous savez bien que c'était pendant une pause de prise de vue.

M. Clinton fut submergé par une vraie crise de nerfs. Plus que jamais, il ressemblait à un pantin mécanique dont le moteur aurait été déréglé. Il tremblait, arrachait les boucles grises de ses cheveux, se frottait le visage et répétait en pleurant:

— Tu es un imbécile, Norman! Un parfait imbécile! Tu as ruiné ma carrière à jamais! Trouve-les! Tu m'entends? Et ramène-les immédiatement, même si tu dois les traîner!

— Ça ne sera pas facile, marmonna Norman.

— C'était plus facile de mentir! Trouve-les, sinon tu es renvoyé!

Norman courut vers la sortie. Il regarda à droite, à gauche… Sara Allen et Mme Bartholdi avaient disparu.

10. Un pacte de sang
Les indices du plan pour
arriver à la statue de la Liberté

Elles cheminèrent un moment en silence de chaque côté du landau. Elles venaient de traverser à un feu rouge et elles marchaient sur un trottoir peu éclairé, bordant la haute grille de fer forgé qui ferme la partie ouest de Central Park.

De l'autre côté de la chaussée étaient garés des taxis jaunes et des limousines silencieuses au pied d'immeubles de grand standing gardés par des portiers en uniforme qui se tenaient sous les porches protégés par des stores ou des marquises en verre. Les bruits stridents des avenues plus populeuses arrivaient amortis, on respirait mieux et un petit froid agréable provenant du bois passait entre les grilles. Le vent avait cessé et il ne neigeait plus.

Sara s'arrêta près d'un réverbère.

— Écoute, madame Bartholdi.

— Dis-moi, ma douce.

— Es-tu sûre que les hommes du cinéma ne t'ont pas vue transformée en statue?

Miss Lunatic sourit.

— Absolument sûre. Il y a des choses que seuls les gens innocents comme toi peuvent voir.

— C'est vrai que tu vis à l'intérieur de la statue?

— Le jour, oui. Je vieillis à l'intérieur pour lui insuffler la vie, pour qu'elle puisse continuer à être la torche qui illumine le chemin de très nombreuses personnes, une déesse jeune et sans rides.

— Comme si tu étais son esprit? demanda Sara.

— Exactement, je suis son esprit. Mais je m'y ennuie beaucoup. J'ai hâte qu'arrive la nuit pour partir déambuler dans Manhattan. Dès qu'il n'y a plus de touristes, j'allume les lumières de la couronne et de la torche, puis je veille à régler mille petits détails qui prennent pas mal de temps; je m'assure qu'elle est bien endormie et voilà, je peux enfin m'occuper de moi.

— Comme si tu te décollais d'elle?

— Voilà, plus ou moins. C'est bien dit. Sais-tu que tu es très intelligente?

— C'est ce que dit ma grand-mère et aussi que je lui ressemble. J'espère que c'est vrai. Ma grand-mère aussi est très intelligente. Par certains côtés, elle te ressemble.

Elles avaient repris leur marche. Tout en longeant la grille, Sara regardait en coin les frondaisons obscures de Central Park, qui exerçaient sur elle une influence envoûtante.

— À propos, dit Miss Lunatic, ta grand-mère ne va pas s'inquiéter?

— Non, je t'ai déjà dit que je lui avais téléphoné avant de partir et elle sait que j'aurai un peu de retard car j'avais l'intention de faire un petit tour dans Central Park. Elle aime beaucoup cet endroit; elle m'a dit que j'avais bien de la chance et que je devais faire attention à tout pour pouvoir lui raconter. Elle va m'attendre, et elle ne risque pas de s'endormir parce qu'elle est en train de lire un roman policier très intéressant. Elle n'a pas du tout peur de se promener dans les parcs; elle se rend souvent à Morningside, celui qu'on dit si dangereux. À propos, sais-tu si on a arrêté le vampire du Bronx?

— Pas jusqu'à hier. J'ai oublié d'en parler à M. O'Connor... Mais dis donc, Sara, j'y pense, et si Mme Taylor rentrait...?

— Pas de problème; je lui ai laissé un petit mot expliquant que ma grand-mère était venue me chercher et que je resterais dormir chez elle. De toute façon, elle rentrera tard, parce qu'elle est allée au cinéma et que Rod dort chez des cousins. Si jamais elle téléphonait à Morningside pour vérifier que je n'ai pas menti – car elle croit toujours que je raconte des histoires –, ma grand-mère, qui est de mèche avec moi, lui dira la même chose. Je sais qu'elle ne va pas être contente, mais ça m'est égal; elle n'est rien pour moi. Et en plus, c'est une snob.

— Ton alibi est parfait, remarqua en souriant Miss Lunatic.

— Absolument, affirma Sara. Quand je serai grande, j'écrirai des romans à mystères. Cette nuit m'inspire beaucoup.

Elles marchèrent à nouveau en silence. Les rares passants qu'elles croisaient sur le trottoir tenaient un chien par la laisse ou faisaient leur footing en survêtement, les cheveux retenus par un bandeau élastique.

— S'il vous plaît, madame Bartholdi… ?

— Dis-moi, ma chérie.

— Comment fais-tu pour sortir de la statue et arriver à Manhattan sans que personne ne te voie.

Le landau stoppa net. Miss Lunatic regarda autour d'elle. Il n'y avait personne.

— C'est un secret, répondit-elle. Je ne l'ai jamais raconté à personne.

— Mais tu vas me le raconter à moi? demanda Sara, absolument certaine de recevoir une réponse affirmative.

En silence, miss Lunatic allongea le bras droit et sa main serra celle de Sara par-dessus le panier qui contenait la tarte aux fraises.

— Je te jure, affirma la fillette avec le plus grand sérieux, que quoi qu'il arrive, même si on veut me tuer, je ne le dirai jamais à personne, pas même à ma grand-mère, pas même à mon fiancé quand je serai amoureuse.

— Mon Dieu, à un fiancé moins qu'à quiconque, ma fille, car les hommes sont très bavards!

— Bon, à personne. As-tu une épingle à nourrice? Tu verras pourquoi.

— Tiens, je ne me suis jamais autant amusée avec qui que ce soit, dit Miss Lunatic, en cherchant une épingle dans sa poche. J'ai passé ma vie à faire des surprises aux autres. J'en ai assez. Prends, je l'ai trouvée. Par chance elle était dans ma poche. Je ne sais pas pourquoi on les perd toujours.

Sara ouvrit l'épingle et piqua de la pointe l'extrémité de son doigt. Une goutte de sang jaillit aussitôt.

— À toi maintenant, dit-elle en la rendant à Miss Lunatic.

— Je ne peux plus faire couler une goutte de sang de mes doigts ni même de la veine jugulaire. Attends, je vais me concentrer.

Elle suspendit sa main gauche au-dessus du landau et Sara vit peu à peu le tremblement cesser et les veines qui déformaient les doigts disparaître. Sans tarder, elle brandit avec sa main droite également rajeunie l'épingle à nourrice et se la planta dans un doigt.

— Dépêche-toi. Surtout ne perds pas de temps à me regarder jusqu'à ce que je te fasse signe, dit la voix Bartholdi, celle que Sara avait déjà entendue dans le café des patineuses.

La fillette obéit et plaqua fortement le bout de son doigt contre celui de sa compagne, un doigt doux, très blanc et orné d'un ravissant petit ongle. Ce fut l'histoire d'un instant. Leurs sangs se mêlèrent et une goutte, en tombant, tacha la serviette à carreaux qui recouvrait la tarte.

— À qui tu dis ton secret, tu donnes ta liberté, n'oublie jamais cela, Sara. Et maintenent, en avant car il commence à faire très froid.

Déjà la voix qui prononçait ces quelques paroles n'était plus celle de la muse du sculpteur Bartholdi. De même, la main déformée par les rhumatismes qui saisissait la poignée du landau ne ressemblait en rien à celle qui venait de donner son sang.

Elles se remirent en route. Sara, très discrètement, s'abstint de tout commentaire. Elle était, de plus, fort absorbée par ses pensées, ruminant l'espèce de devinette sur la liberté et les secrets. Est-ce que cela voulait dire que la statue, au travers de ce pacte de sang, était en train de lui transmettre les attributs de la Liberté? Il lui fallait éclaircir ses idées avant d'en entendre davantage.

— S'il vous plaît, madame Bartholdi?

— Dis-moi, ma jolie.

— As-tu lu *Alice au pays des merveilles*?

— Bien sûr, plusieurs fois. Cette histoire a été écrite vingt ans avant la construction de la statue à Manhattan, en 1865. Bon, mais passons, les dates me dépriment… Pourquoi me demandes-tu ça?

— Parce que ça me rappelle quand la duchesse dit à Alice qu'il y a une morale en toutes choses si on sait la découvrir et ensuite elle lui énonce une morale qui est un rébus. Tu t'en souviens?

— Oui, répondit Miss Lunatic en pressant le pas. C'est dans le chapitre neuf, l'histoire de la Fausse Tortue. « Ne t'imagines jamais différente de ce que tu as pu paraître aux autres – ou de ce que tu aurais pu paraître –, si tu leur as semblé être ce que tu n'es pas... »

— C'est cela même, quelle mémoire tu as! Et moi, je pense à la réponse d'Alice : « Je crois que je comprendrais mieux, répondit Alice avec délicatesse, si je le lisais, mais dit ainsi je ne comprends pas le sens. » C'est la même chose pour moi, madame Bartholdi, il m'arrive la même chose qu'à Alice en face de la duchesse, j'ai perdu le fil de ma pensée.

Miss Lunatic éclata de rire.

— Tu ne crois pas que je vais me mettre à écrire tout ce que je te dis pour que tu puisses prendre des notes! Nous n'arriverions jamais à la grande porte de Central Park. De plus, j'ai la bonne habitude d'oublier aussitôt tout ce que j'ai dit.

— Moi, en échange, déclara la fillette, je n'en perds pas une miette.

— C'est bien suffisant. Comme on sait que tu es intelligente, on est sûr que tu comprendras tout en temps voulu. Poursuivons notre chemin, où allons-nous?

— Je croyais que tu allais me raconter comment tu fais pour sortir de la statue.

— Ah oui... Tu verras, j'utilise un moyen assez ingénieux. J'emprunte un tunnel secret sous l'eau.

— Comme celui du métro? demanda Sara, fascinée.

— Un peu, mais plus étroit. Entre les parois et mon corps, il n'y a pas plus de quinze centimètres. Et le trajet est très court. Il va exactement du sous-sol de la statue à Battery Park. Tu sais où c'est?

— Battery Park? Oui, dit la fillette, c'est le bas du jambon, où se rejoignent l'Hudson et l'East River. Mais, tu ne te cognes pas la tête? Et comment entres-tu? Et tu ne t'égratignes pas contre les parois? Et où sors-tu? Je peux prendre des notes maintenant?

— Attends, une chose à la fois. Sors ton plan. Je te montrerai l'endroit exact où je sors et rentre. Je ne sais pas si on va le voir.

Elles s'arrêtèrent sous un autre réverbère et Sara déplia son plan sur le landau. Miss Lunatic le plia en deux. Puis elle fit mine de chercher quelque chose dans sa poche. Elle eut un geste de découragement.

— Ah! J'ai oublié de remettre des piles dans ma petite lampe.

— J'en ai une, lança Sara, très contente de pouvoir résoudre le problème. Je l'avais mise dans la bourse avec l'argent.

— Ma parole, ma fille, on peut aller n'importe où avec toi!

À la lumière de la petite lampe de Sara, Miss Lunatic montra du doigt l'itinéraire du souterrain depuis la petite île de la Liberté jusqu'à un coin de Battery Park, tout près de City Hall, dans le quartier de la finance. Sara venait de lire *L'Île au trésor*, et il lui semblait que les explications pratiques et détaillées de Miss Lunatic tenaient à la fois du renseignement secret et de la confession délibérée, sous-entendant qu'elle serait appelée sous peu à se servir de ces informations.

— Sois très attentive ! Tu vois là, cette petite croix ? C'est l'église de Notre-Dame-du-Rosaire. Ensuite, en suivant cette ligne marron, tu es dans Battery Park. Tu vois le terminus du ferry dans l'île ? Bien, juste entre l'église et le terminus du ferry, tu verras une bouche d'égout peinte en rouge avec un petit poteau.

Sara, que la faible lumière de la petite lampe empêchait de bien voir, releva la tête.

— Mais sur le plan, on n'y voit rien !

— Non, bien sûr, répliqua Miss Lunatic. Sur le plan, non. Ne m'interromps pas. À la base du poteau, il y a une fente dans laquelle on introduit cette pièce de monnaie. Tiens ! Garde-la. Tu vois ? Moi aussi, j'ai de l'argent dans ma bourse.

— Pourquoi me donnes-tu cette pièce ? demanda-t-elle avec émotion.

— Qu'est-ce que tu crois ?

— Je crois que c'est pour que je puisse venir te voir quand je le veux.

— Tu es maligne comme un singe ! Ta grand-mère a raison. Bon, écoute-moi : tu mets la pièce dans la fente et la plaque d'égout s'entrouvre très doucement ; mais ce n'est possible qu'avec ce type de pièce, c'est un système comme dans le métro.

— Bon, reprit Sara, la plaque s'entrouvre, le souterrain apparaît, et alors ? Il y a des cabinets ou quelque chose comme ça ?

— Non, c'est bien plus agréable. Tu dis un mot que tu aimes beaucoup, tu tends les deux mains devant toi comme si tu plongeais dans une piscine et tu n'as rien d'autre à faire. Tu es immédiatement aspirée par un courant d'air tiède qui t'entraîne dans le tunnel comme si tu volais, sans frotter contre les murs ni rien du tout. C'est très agréable.

— Et ensuite ?

— Un bref arrêt sous la statue et une autre parole magique. Ensuite, en quelques secondes, tu atteins le sommet de la statue et si tu veux, tu peux même sortir sur la passerelle qui se trouve dans la couronne. De nuit, c'est magnifique : les touristes sont partis et on voit briller toutes les lumières de Manhattan de l'autre côté du fleuve. Pour revenir, la même chose. Dans le sous-sol de la statue, tu verras une bouche d'égout avec un poteau rouge, percé d'une fente. Tu te sers de la même pièce. Une fois la plaque d'égout ouverte, la pièce ressort automatiquement et tu peux la reprendre. Tu n'as rien oublié ?

— Je n'en suis pas tout à fait sûre, répondit Sara, perplexe.

Elles poursuivirent leur chemin en silence. On

voyait toutes proches les lumières de Columbus Circle, devant la porte principale de Central Park. La tête de Sara bourdonnait comme si elle avait été envahie par un essaim d'abeilles. Miss Lunatic lui avait dit, en sortant du café des patineuses, qu'elles se sépareraient à cette porte et elle ne savait plus quelle question poser parmi toutes celles qui lui venaient à l'esprit.

— S'il te plaît, madame Bartholdi.

— Dis-moi, ma précieuse.

— Où dois-je laisser le landau?

— Excellente question! s'exclama-t-elle en riant. Je crois bien que le moment venu, tu pourras écrire des romans policiers assez palpitants. Près d'un arbre, juste en face de l'église Notre-Dame-du-Rosaire, il y a une petite cabane grise en bois qui ressemble à une niche à chien. J'en ai la clé. Cette cabane peut d'ailleurs t'aider à trouver la bouche d'égout. Elle est située à cinquante pas en direction du sud-est. J'ai vu que tu avais une boussole. D'autres questions?

— Oh oui! des masses! dit Sara. Toutes les questions du monde. Mais je ne sais pas par où commencer. Ma tête va éclater, on n'a pas le temps…

— Écoute, ta tête ne va pas éclater. Et nous avons du temps, c'est la seule chose que nous ayons. Calme-toi un peu et réfléchis. Ou mieux, ne pense à rien. C'est ce qui repose le plus.

— Donne-moi la main, dit la fillette.

— D'accord.

Miss Lunatic passa de l'autre côté du landau, l'empoigna de sa main droite et tendit sa main gauche à Sara. Elle se mit à chantonner une chanson qui disait :

Plaisir d'amour
ne dure qu'un moment
Chagrin d'amour
dure toute la vie

C'était une mélodie si douce que Sara, pressant d'une main celle de Miss Lunatic et de l'autre la pièce de monnaie dans l'air frais de cette nuit auréolée des lumières des gratte-ciel, sentit les larmes jaillir de ses paupières comme une pluie rafraîchissante. Et elle sut qu'elle n'oublierait jamais ce mélange si intense de peine et de joie.

Elles se dirent au revoir à la porte de Central Park. L'heure était déjà trop tardive pour que Miss Lunatic aille au rendez-vous qu'elle avait avec un certain monsieur, mais, de toute façon, elle avait plein d'autres choses imprévues à faire dans Manhattan.

Et il fallait que Sara reste seule pour connaître l'élan de la tentation, la joie de la prise de décision et la crainte de l'imprévu. En triomphant de la peur qui l'étreignait encore, elle conquerrait la Liberté.

Miss Lunatic lui conseilla de faire une petite promenade solitaire dans Central Park avant d'aller chez sa grand-mère. Cela n'avait-il pas été son intention première? Et surtout de bien réfléchir en marchant dans les bois.

— Je ne veux pas que tu partes, madame Bartholdi. Que vais-je faire sans toi? Je serais aussi perdue que dans un labyrinthe.

— Tu trouveras ton chemin dans le labyrinthe, lui répondit-elle. Qui aime la vie le trouve toujours. Et tu l'aimes beaucoup. De plus, même si tu ne me vois plus, je ne serai pas complètement partie, je serai toujours à tes côtés. Ne pleure pas. N'importe quelle situation peut se retourner en une minute. C'est la vie.

Sara se dressa sur la pointe des pieds pour l'embrasser. Elle ne pouvait retenir ses larmes.

— Et n'oublie pas cela, reprit Miss Lunatic, il ne faut jamais regarder en arrière. À chaque instant peut surgir une aventure. Et quand elle se présente, cette aventure nouvelle, il y a comme une peur d'abandonner le passé. Affronte cette peur.

— Ne m'en dis pas plus, madame Bartholdi, mon cœur va lâcher. Je ne pourrai pas me souvenir de tout.

— Bon, il y a une phrase très belle pour se dire adieu. Je l'ai écrite car c'est comme une prière. Prends-la. Pour ne pas t'embrouiller l'esprit maintenant, tu la liras cette nuit dans ton lit.

— Merci. Je vais avoir de quoi m'émerveiller pour je ne sais combien de temps. Pour toute la vie... dit la fillette en ravalant ses larmes. Si tu savais combien je t'aime!

— Moi aussi. Dès que je t'ai vue, je t'ai aimée et je t'aimerai toute ma vie. Adieu, je te regarde t'engager dans le bois. Vas-y. Et que Dieu te garde, Sara Allen!

Sara sortit sa petite bourse de satin et y mit la pièce de monnaie, la petite lampe et le petit morceau de papier plié en quatre que Miss Lunatic venait de lui donner. Elle l'embrassa à nouveau et, se dégageant brusquement de ses bras, elle se mit à courir jusqu'à la grande grille de fer forgé à l'entrée de Central Park.

Alors qu'elle allait la franchir, elle entendit dans son dos une voix qui lui disait:

«Reviens, Sara, tu as oublié ton panier!»

11. Le Petit Chaperon rouge à Manhattan

Sara se retrouva seule sous les grands arbres de Central Park ; elle marchait depuis un bon moment, absorbée dans ses pensées, ayant perdu la notion du temps, et commençait à être fatiguée. Elle vit un banc, s'y assit, posant à son côté le panier contenant la tarte aux fraises. Bien qu'il n'y eût personne et qu'il fît assez noir, elle n'avait pas peur. Mais elle était très émue. Elle ressentait un léger étourdissement comme lorsqu'on quitte son lit après quelque mauvaise fièvre. La rencontre avec Miss Lunatic lui laissait une sensation d'irréalité semblable à celle qu'elle avait vécue lorsqu'elle avait été malade en apprenant qu'elle ne connaîtrait jamais Aurelio.

Mais ce n'était pas la même chose, car non seulement elle avait rencontré Miss Lunatic, mais encore elle avait reconnu derrière son apparence de mendiante le visage de la Liberté en personne. Et elle avait partagé avec elle ce grand secret qui les unissait : « À qui tu dis ton secret, tu donnes ta liberté. » Tout cela était si beau ! Elle avait vu son visage, ses mains et sa voix se transformer ! Ou était-ce un songe ? Tout ce qui était arrivé à Alice n'avait jamais existé. Mais quelle est la frontière entre le vrai et le faux ?

Elle sortit la petite bourse de sa poitrine et se mit à caresser la pièce de monnaie verdâtre. Non, ce n'était pas un rêve. Et il lui arriverait beaucoup d'autres aventures. Miss Lunatic lui avait dit : « Ne regarde jamais en arrière. » Elle était décidée à obéir, à suivre toujours son chemin sans se perdre dans les détails.

Elle était si absorbée par ses souvenirs et ses évocations que, lorsqu'elle entendit dans son dos des craquements dans les broussailles, elle crut que c'était le bruit du vent dans les branches ou celui d'un des nombreux écureuils qu'elle avait aperçus dans le sous-bois.

Si bien que, découvrant les chaussures noires d'un homme planté devant elle, elle eut un peu peur. D'autant plus que le vampire du Bronx courait toujours, comme Miss Lunatic elle-même le lui avait confirmé. Et il se pouvait bien que, lassé de ne trouver aucune victime dans le parc de Morningside, il ait décidé de transférer le champ de ses exploits dans un autre quartier.

Cependant, ses frayeurs se dissipèrent en partie

quand elle eut levé les yeux pour l'observer. C'était un homme bien habillé, avec un chapeau gris et des gants de chevreau, qui n'avait pas du tout l'air d'un assassin. Il est vrai qu'au cinéma c'étaient ceux-là les pires. De plus, il ne disait rien et bougeait à peine. Seules les narines de son nez effilé se dilataient comme si elles flairaient une odeur, ce qui lui donnait un peu l'allure d'un animal aux aguets. Le regard inspirait confiance; c'était à l'évidence celui d'un homme triste et solitaire. Soudain il sourit. Et Sara lui rendit son sourire.

— Que fais-tu là toute seule, ma jolie? demanda-t-il gentiment. Tu attends quelqu'un?

— Non, personne. Je suis simplement en train de penser.

— Quelle coïncidence! s'exclama-t-il. Hier, plus ou moins à la même heure, j'ai rencontré ici même quelqu'un qui m'a fait la même réponse que toi. N'est-ce pas étonnant?

— Je ne trouve pas. Les gens pensent beaucoup, et quand ils sont seuls, encore plus.

— Tu vis dans le quartier? demanda l'homme en retirant ses gants.

— Malheureusement, je n'ai pas cette chance. Ma grand-mère dit que c'est le plus beau quartier de Manhattan. Je vais la voir et lui apporter une tarte aux fraises qu'a confectionnée ma mère.

Elle se leva soudain, car l'image agréable et accueillante de sa grand-mère l'attendant près d'une table mise en lisant un roman policier traversa son esprit. Elle avait tant de choses à lui raconter qu'elles pourraient parler sans regarder l'heure jusqu'à tomber de sommeil. Ça serait vraiment drôle ! Elle ne pourrait évidemment pas parler de la transformation de Miss Lunatic en Mme Bartholdi, puisque c'était un secret, mais avec tout le reste, il y avait largement de quoi faire !

Elle se disposait à prendre son panier quand elle remarqua que le bonhomme faisait de même et tendait son index orné d'une grosse bague en or. Elle le regarda ; il avait élevé le panier jusqu'à son maigre visage, auréolé d'une masse de cheveux roux qui dépassaient du chapeau ; il reniflait la tarte et ses yeux brillaient de convoitise.

— Une tarte aux fraises ! Je me disais bien que je sentais une tarte aux fraises ! Elle est dans ton panier, ma chère enfant ?

Il avait une voix si suppliante et si anxieuse qu'il fit peine à Sara et elle crut qu'il avait faim malgré son aspect distingué. Il se passait des choses tellement bizarres à Manhattan !

— Oui, oui, elle est là-dedans. Vous voulez la goûter ? C'est ma mère qui l'a faite et elle est très bonne.

— Oh oui ! La goûter ! Rien ne me ferait plus plaisir ! Mais que dira ta grand-mère ?

— Je ne crois pas que cela l'embêtera si je l'apporte déjà entamée, répondit Sara en se rasseyant sur le banc et en soulevant la serviette à carreaux. Je dirai que j'ai rencontré... tiens, un loup, ajouta-t-elle en riant, et qu'il avait très faim.

Elle retira le papier d'argent et l'odeur qui se dégagea était vraiment alléchante.

— Ce ne serait pas un gros mensonge, observa l'homme, parce que je m'appelle Edgar Woolf. Et quant à la faim... mon Dieu, c'est plus que de la faim! C'est de l'extase, ma chère enfant! Je peux la goûter? Comme je suis impatient!

Il enleva son chapeau, tomba à genoux et, contemplant le gâteau avec gourmandise, se mit à respirer son parfum avec frénésie. Son comportement devenait passablement inquiétant. Mais Sara, se souvenant des recommandations de Miss Lunatic, décida de ne pas s'effrayer.

— Vous avez un couteau, monsieur Woolf? demanda-t-elle avec calme. Et si ça ne vous fait rien, j'aimerais mieux que vous ne fourriez pas votre nez dans la tarte. Pourquoi ne vous asseyez-vous pas tranquillement près de moi?

M. Woolf obéit en silence, mais ses mains tremblaient quand il sortit un couteau au manche de nacre attaché avec une grosse chaîne à un trousseau de clés. Il coupa une part d'un geste malhabile. Parvenu à se contrôler et l'éducation passant avant la gourmandise, il l'offrit d'un geste délicat à Sara.

— Tiens, tu en veux aussi? Que dis-tu de ce pique-nique improvisé à Central Park? Veux-tu que je demande à mon chauffeur de nous apporter un Coca-Cola?

— Merci bien, monsieur Woolf, mais je suis un peu rassasiée de la tarte aux fraises. Et ma grand-mère aussi. C'est que ma mère en fait souvent, trop souvent.

— Et toujours aussi bonne? interrogea M. Woolf qui, sans plus de manières, avait englouti la première part de tarte et la dégustait en roulant des yeux blancs.

— Toujours, affirma Sara, c'est une recette infaillible.

Il arriva alors quelque chose d'inattendu. Sans cesser de mastiquer et de se lécher les babines, M. Woolf tomba à nouveau à genoux mais cette fois devant Sara. Il baissa la tête sur sa poitrine et implora, hors de lui:

— La recette! L'authentique! La véritable! Il me faut cette recette! Oh, s'il vous plaît, demandez-moi ce que vous voulez en échange! Il faut m'aider! Vous allez m'aider, n'est-ce pas?

Peu habituée à ce qu'on ait besoin d'elle – et avec tant de passion –, Sara ressentit pour la première fois de sa vie un sentiment de supériorité. Mais ce sentiment fit place immédiatement à un autre, bien plus fort: une espèce de pitié! Elle voulait consoler cette personne qui semblait si mal en point. Sans s'en rendre compte, elle se mit à lui caresser les cheveux comme à un enfant. Ils étaient très propres, très doux et avaient des reflets cuivrés très particuliers dans la pénombre. M. Woolf s'apaisa et sa respiration entrecoupée de soupirs reprit son rythme. Au bout d'un moment, il releva la tête en pleurant.

— Allons, s'il vous plaît, monsieur Woolf, pourquoi pleurez-vous? Tout va s'arranger.

— Comme tu es bonne! C'est pour ça que je pleure. Tu vas vraiment m'aider?

Sara se tenait un peu sur ses gardes. Le souvenir du vampire du Bronx effleura son esprit. Et en plus, elle ne voulait pas se laisser enjôler sans avoir mis les choses au clair.

— Je ne peux rien vous promettre, monsieur Woolf, avant d'avoir bien compris ce que vous voulez et si je peux vous le donner... et aussi savoir quels avantages j'en tirerai.

— Tous les avantages, s'exclama-t-il aussitôt. Demande-moi ce que tu veux! Aussi difficile que cela puisse te paraître, demande-moi ce que tu veux!

— Ce que je veux? Êtes-vous un magicien, demanda Sara les yeux grands ouverts.

Cela fit sourire M. Woolf. Quand il souriait, il avait l'air plus jeune et plus beau.

— Non, ma petite. Ta perspicacité m'enchante. Je ne suis qu'un vulgaire chef d'entreprise, mais immensément riche. Regarde, tu vois cette terrasse avec tous les fruits colorés qui s'allument?

Sara monta sur le banc de pierre et ses yeux suivirent la direction que lui indiquait l'index à l'anneau d'or de M. Woolf.

Parmi toutes les annonces lumineuses qui coiffaient les grands édifices entourant le parc, celle-ci attirait particulièrement le regard. Au même instant, la séquence de l'explosion finale fit jaillir de l'intérieur des fruits un jet fantastique de pépites dorées qui s'éleva vers le ciel.

— Oh, quelle merveille! s'exclama Sara.

M. Woolf l'attrapa délicatement par la taille et l'aida à descendre du banc.

— Comment t'appelles-tu, ma jolie? demanda-t-il sur un ton tranquille et protecteur.

— Sara Allen, monsieur, pour vous servir.

— Ce building est le mien, Sara, dit M. Woolf.

— Vraiment? Et les fruits de lumière? Et tout ce qu'il y a à l'intérieur?

— Oui, tout ce qu'il y a à l'intérieur.

— Pourquoi riez-vous?

En effet, M. Woolf riait de plaisir et de satisfaction en la regardant.

— Je suis content. Et je me réjouis de te voir si contente.

Les yeux de Sara brillaient d'enthousiasme.

— Pourquoi je ne serais pas contente? Mais celle qui le sera bien plus encore, celle à qui je pense, c'est ma grand-mère. Et je sais ce que je vais vous demander! Pourrait-elle venir demain? Je veux dire à l'intérieur de l'immeuble, et qu'elle puisse monter sur la terrasse et – encore mieux – qu'on lui serve un verre... Enfin, je ne sais pas si c'est trop demander… Mais ça la rendrait folle de joie. C'est possible ?

— Naturellement, j'irai la faire chercher. Mais c'est bien peu de chose par rapport à ce que je vais te demander en échange. C'est vraiment ridicule. Demande-moi autre chose. Quelque chose pour toi, dont tu as vraiment envie. Tu as sûrement des désirs insatisfaits…

Sara restait pensive. M. Woolf l'observait avec curiosité et admiration.

— Ne me pressez pas, s'il vous plaît, dit-elle, après je ne peux plus me concentrer. Et ne vous moquez pas de moi. Il faut du temps pour réfléchir.

— Je ris parce que je te trouve charmante. Personne ne te presse, ma fille. Prends tout ton temps.

M. Woolf réalisa que la sensation d'oppression qui nouait tout son corps avait disparu pour faire place à un calme très agréable.

Pendant que Sara allait et venait devant lui les mains derrière le dos et les yeux fermés, il s'assit sur le banc, se coupa un autre petit morceau de tarte et le dégusta lentement. Cette fois, il était sûr de ne pas se tromper. C'était définitif. Mais ce qui était bizarre, c'était de prendre plaisir à manger cette tarte dans ce parc, en compagnie de cette fillette. Il se souvint que la veille, au même endroit, il avait rencontré une étrange mendiante à la chevelure blanche qui lui avait parlé du pouvoir du merveilleux. Il se rappela mot pour mot ce qu'elle lui avait dit et sentit courir dans son dos un frisson inquiétant.

«Les gens qui craignent le merveilleux doivent s'attendre à ne cheminer que dans des voies sans issue, monsieur Woolf, lui avait-elle dit. Celui qui prétend nier l'inexplicable ne pourra jamais le comprendre. La réalité est un puits d'énigmes. Demandez à des savants si ce n'est pas vrai.»

Il ferma les yeux. Il était surpris de sa bonne mémoire. Ça faisait longtemps, au moins depuis sa jeunesse, qu'il n'avait pas éprouvé le plaisir d'approfondir une idée les yeux fermés. Quand il les rouvrit, il vit les petits souliers rouges de Sara Allen, fermés par une bride à bouton rond et surmontés de petites socquettes blanches. Elle était campée devant lui. Il la regarda avec tendresse en souriant. Greg Monroe avait bien raison : à cause de son travail, il s'était privé de beaucoup de satisfactions. Avoir un petit enfant devait être si bon !

— Vous vous trouvez mal ou quoi ? dit-elle d'une voix préoccupée.

— Non, simplement j'étais en train de penser, comme toi !

— Ça devait être des pensées agréables.

— Oui, très agréables. Et toi, as-tu réfléchi à ce que tu veux me demander ?

Après avoir repassé dans sa tête toutes les images de ses aventures nocturnes, Sara était arrivée à la conclusion que le moment le plus impressionnant avait été la vision de cette longue jambe de femme

chaussée d'un soulier de cristal surgissant d'une voiture luxueuse. Aussi, elle s'écria triomphalement :

— Voilà, j'ai trouvé ! Je voudrais arriver chez ma
grand-mère dans une limousine. Moi toute seule.
Avec un chauffeur pour me conduire.

— Accordé !

Dans un élan spontané, Sara se jeta dans les bras
de M. Woolf toujours assis sur le banc et l'embrassa
sur le front. Cela le fit rougir.

— Bien, mais attends, ne t'affole pas si vite. Tu
ne sais pas encore ce que je vais te demander en
échange.

Ces mots firent l'effet d'une douche froide sur
Sara. Quel cadeau allait-elle pouvoir offrir à un
homme si riche, qui possédait tout ? Sûr que sa promenade en limousine était fichue ! Mais la joie
illumina immédiatement son visage quand elle l'entendit lui demander :

— Saurais-tu me donner la recette de cette merveilleuse tarte ?

— Bien sûr ! Ce n'est que cela ? Je ne sais pas
faire moi-même la tarte aux fraises, mais je sais où
me procurer la recette authentique. C'est chez ma
grand-mère, à Morningside.

— Et elle voudra bien me la donner ?

— Sûrement, elle est très sympathique. De plus,
si tu lui dis qu'elle pourra visiter ta maison...
Excuse-moi de te tutoyer, toi qui es si riche.

— Ça n'a pas d'importance, ça me fait plaisir. Et
puis, nous avons conclu un pacte !

Sara fut sur le point de dire que c'était le deuxième de la soirée, mais elle se retint à temps. C'était un secret de toute façon. Elle était un peu embêtée, car la recette aussi était un secret, avec un cachet de cire et tout et tout. Mais c'était un secret si absurde.

— À quoi penses-tu? demanda M. Woolf.

— À rien. Pas de problème, je crois que j'arriverai à convaincre ma grand-mère. Aimes-tu aller danser?

M. Woolf la regarda avec surprise.

— Ça fait longtemps que je n'ai pas dansé, mais je ne me débrouille pas trop mal pour le tango.

— Ça, c'est un avantage, constata Sara. Ma grand-mère adore danser. Elle a été une artiste très connue. Elle s'appelle Gloria Star.

— Gloria Star! s'exclama M. Woolf, l'expression songeuse. «Celui qui prétend nier l'inexplicable ne pourra jamais le comprendre.» Quelle grande vérité!

— Je ne te comprends pas bien. Tu la connais? demanda Sara en le regardant avec curiosité.

— Je l'ai entendue chanter plusieurs fois quand j'étais gamin et que j'habitais la 14e Rue. Ça paraît un rêve. Ta grand-mère était une femme extraordinaire.

— Elle l'est toujours, affirma Sara. Et en plus, elle va te donner la recette de la tarte aux fraises. Tu n'oublies pas?

— Bien sûr. Je meurs d'impatience. Allons, Sara,

nous devons aller chez ta grand-mère immédiatement, chacun dans une limousine puisque tu veux
être seule, as-tu dit.

Se levant prestement, il remit son chapeau et
prit Sara par la main.

— Comment! Tu as deux limousines? demanda-
t-elle tandis qu'ils se mettaient en route.

— Non, j'en ai trois.

— Trois? Mais alors… tu es richissime! Et chacune avec un chauffeur?

— Oui, chacune avec un chauffeur. Mais marche
plus vite, ma petite! Donne-moi le panier, que je le
porte. Quand je vais dire à Greg Monroe que je vais
faire la connaissance de Gloria Star… il ne me croira
jamais! Plus la tarte aux fraises! ajouta-t-il en riant.
Je l'entends déjà m'accuser de délirer…

— Qui est Greg Monroe?

Leurs voix et leurs silhouettes se fondirent vers
la sortie. De temps en temps, M. Woolf se penchait
vers la fillette et on entendait dans l'obscurité du
bois l'écho de leurs rires, interrompus par moments
par le bruissement d'un écureuil. Le temps s'était
beaucoup radouci.

Vus de dos, s'éloignant main dans la main, le
roi de la tarte et Sara Allen formaient un couple
spectaculaire. De quoi faire crever d'envie
M. Clinton. Il faut bien le reconnaître.

12. Les rêves de Pierre
Le passage sous-terrain
de Mme Bartholdi

Ils se quittèrent sur un joyeux «À tout à l'heure» dans le garage privé du roi de la tarte.

Edgar Woolf avait prêté à Sara sa plus luxueuse limousine, celle qui était conduite par Pierre, son chauffeur préféré, non sans avoir fait à ce dernier de nombreuses recommandations de la plus haute importance.

D'abord, en conduisant la fillette pour une grande promenade dans Manhattan, il devait la retarder par de nombreux détours, car il voulait arriver le premier à leur destination. De plus, il devait veiller sur cette créature comme sur la prunelle de ses yeux, lui éviter toute espèce de danger tout en cédant à chacun de ses caprices. Pierre était un peu perplexe.

— Voilà deux consignes bien difficiles à concilier, monsieur. Excusez-moi de vous le dire, mais les enfants ont justement pour habitude de faire ce qui est le plus dangereux.

M. Woolf, qui était en train de contempler les évolutions de Sara dans le parking tout en parlant à Pierre, se montra très surpris.

— Ah bon? je ne le savais pas.

— Avec tout le respect que je vous dois, monsieur, vous devriez le savoir. De plus, elle semble bien turbulente. Regardez-la : si je ne m'abuse, elle est en train de tripoter l'extincteur.

— Apparemment, Pierre, dit son patron en souriant, j'ai bien choisi le guide de ma jeune amie. Comment savez-vous tant de choses sur les enfants?

— C'est facile, j'en ai quatre, monsieur.

— Ah! vous avez quatre enfants? s'étonna M. Woolf.

Soudain, il se sentit un peu honteux. En sept ans, c'était la première fois qu'il s'intéressait à un détail de la vie privée de son chauffeur; jusque-là, il s'était contenté de ne s'adresser au fidèle Pierre que pour des questions de service. C'était le genre de défaillances humaines que le vieux Greg Monroe avait l'habitude de lui reprocher. Il comprit alors combien celui-ci avait raison. Mais ce n'était pas le moment d'y penser.

Après avoir confortablement installé Sara sur la banquette arrière de la limousine n° 1 et avoir pris place dans la limousine n° 2, il fut interpellé par Robert, son propre chauffeur :

— Monsieur Woolf, il semble que la demoiselle conduite par Pierre veuille vous dire quelque chose.

Sara, en effet, avait baissé la vitre et lui faisait signe d'approcher. Il accourut aussitôt.

— J'avais oublié de te dire une chose très importante. Baisse la tête pour mieux m'entendre. Si tu arrives avant moi, il se peut que ma grand-mère ne se rappelle plus où est rangée la recette. C'est un peu compliqué. Dis-lui que je l'ai vue l'autre jour dans le tiroir du haut du secrétaire.

— J'ai compris. Peut-être ne voudra-t-elle pas m'ouvrir ? Elle n'aura pas confiance ?

— Mais si ! Ah, si c'était maman... Mais une grand-mère n'a peur de rien ! Elle descend même dans le parc de Morningside ! Et puis, dis-lui que j'arrive tout de suite ! Tu as bien noté l'adresse ?

— Oui, ma jolie, ne t'inquiète pas, répondit M. Woolf en montrant des signes d'impatience, l'adresse et le numéro de téléphone. Tout est à ton goût ?

— Parfaitement ! Je n'arrive pas à y croire, et comme c'est moelleux !... Et tous ces boutons. Je peux ouvrir le bar ?

— Oui, petite, tu peux faire ce que tu veux. Et si tu as un doute, demande à Pierre au moyen de ce petit téléphone.

— Quelle merveille ! Bon, à bientôt, amour de loup !

— À bientôt, Sara, répéta M. Woolf en l'embrassant et en souriant. Sillonne bien Manhattan et amuse-toi bien !

— Toi aussi.

Edgar Woolf remonta dans sa limousine, s'installa sur son siège et se mit à penser aux paroles de Miss Lunatic concernant les miracles. À seize ans, il était tombé amoureux fou d'une jeune fille rousse, merveilleuse et inaccessible. Elle avait quelques années de plus que lui. Et bien que n'ayant jamais eu l'occasion d'échanger un mot avec elle, à cause de sa timidité, durant trois ans il fut incapable de se concentrer sur ses études ; il avait dépensé toutes ses économies à courir l'entendre chanter dans les endroits les plus invraisemblables. Plus tard, sa trace s'était perdue, mais il avait précieusement conservé un œillet séché qui lui appartenait, à elle. C'est à lui qu'elle l'avait envoyé, à cet adolescent dégingandé, fils d'un modeste pâtissier de la 14e Rue. Elle le connaissait de vue et elle avait compris quelle adoration il lui vouait. Elle venait de finir de chanter *Amado Mio*, la chanson du film *Gilda* qui rendit Rita Hayworth célèbre. Elle lui avait souri deux fois en chantant. Puis elle avait détaché l'œillet et l'avait embrassé avant de le lui lancer. Il l'avait rattrapé dans le creux de ses mains et l'avait aussi embrassé. Puis ils s'étaient regardés. Ses yeux verts l'avaient transpercé, graves et rieurs à la fois. Elle portait une robe verte. C'était un soir de mars, dans le petit music-hall de la 47e Rue appelé Smog, et qui n'existait plus.

Malgré le temps écoulé, jamais Edgar Woolf n'avait oublié la nuit où son regard avait croisé avec tant d'intensité celui de Gloria Star.

— Où allons-nous, monsieur ? s'enquit Robert, au moyen du téléphone intérieur de la limousine. En cette période de fêtes et à cette heure, il vaut mieux éviter les rues à fort trafic.

Edgar Woolf regarda par la vitre et s'aperçut qu'ils avaient rejoint la 5e Avenue alors même qu'il se perdait dans ses songes.

— À Morningside, par le chemin le plus court ! ordonna-t-il à Robert.

Puis il alluma la lumière du petit bar et se servit un whisky avec de la glace.

Pierre descendit la 5e Avenue en conduisant d'une façon concentrée, attentif à éviter le frottement des motos contre l'impeccable carrosserie de la limousine et à se glisser précautionneusement entre les autres véhicules au moment de les doubler. Il regardait souvent de côté par la vitre pour zigzaguer jusqu'à des rues adjacentes, négligeant les panneaux qui interdisaient de tourner.

Sa conduite aisée, rendue plus appréciable encore par la vivacité de ses réflexes et les astuces acquises au cours de ses pérégrinations pâtissières en compagnie de M. Woolf à travers tout Manhattan, évoquait davantage celle d'un hors-la-loi en fuite que d'un chauffeur élégant et impassible. Sa parfaite synchronisation avec le volant d'argent, obéissant et léger, était telle qu'il ne le considérait plus comme un moyen, mais comme un prolongement de lui-même et de sa volonté.

Le problème est que le vrai propriétaire de la limousine ne le félicitait jamais pour ses prouesses ; pire, il semblait ne pas se rendre compte des prodiges qu'il réalisait. Pourtant, c'était vraiment difficile de l'arrêter précisément où il voulait, et de l'attendre sans aucune idée du temps que cela prendrait. Et puis une limousine, ce n'est pas un vélo, tonnerre ! Il devait reconnaître que M. Woolf ne lui demandait jamais la monnaie de l'argent qu'il lui donnait pour les pourboires aux concierges et les pots-de-vin aux gardiens. Mais quoi qu'il en soit, il aurait préféré un geste amical, une bourrade dans le dos, des petits mots du genre : «Je ne sais comment vous vous y êtes pris, Pierre», «Vous êtes un artiste», «Prenons un café dans ce bistro, Pierre»; «Cette fois, vraiment, je croyais que vous ne pourriez pas dépasser cette ambulance.» Et ils auraient ri ensemble ; ce sont des choses qui font plaisir.

«Voyager avec M. Woolf dans Manhattan, c'est comme transporter une valise sur la banquette arrière», avait l'habitude de dire Pierre à sa femme Rose. Et ça la faisait éclater de rire car elle était follement amoureuse de son mari. Ensuite, elle était prise de remords et s'en voulait de se moquer d'un si bon maître.

Le rêve de Pierre était d'être le héros d'un film de poursuites, où la voiture victorieuse se tire audacieusement de toutes sortes d'obstacles, s'élance par-dessus des policiers héberlués, traverse des rivières et dévale sans klaxonner des pentes abruptes, tout cela sur arrière-fond de ravages, catastrophes et voitures en bouillie. Son rêve, c'était de prendre des risques.

Certains soirs, il confessait ses fantasmes à Rose, qui ne l'encourageait certes pas mais trouvait ses visions bien fascinantes. Rêver ne coûte rien, de toute façon.

— Tu pourrais être réalisateur de film, mon chéri, lui disait-elle parfois. Ou, je ne sais pas, pilote de guerre.

— Oh oui! n'importe quoi plutôt que de rester des heures entières à ne rien faire dans un sous-sol immense avec deux autres types abrutis d'ennui comme moi, en attendant les ordres du patron. J'en ai par-dessus la tête, de la lumière des néons.

Mais Rose, qui était sensée et douée d'esprit pratique, se rendait compte aussi que compatir aux jérémiades de son mari pouvait encourager ce dernier à se lancer dans des aventures sans lendemain. Car Manhattan est le dépotoir où grouillent des millions d'anges tombés du royaume de l'illusion et des nuages du rêve. Il était hors de question d'arrêter de travailler – ils venaient d'avoir leur quatrième enfant – et toucher chaque fin de mois le salaire fabuleux que Pierre recevait de M. Woolf était œuvre de la divine Providence. Rose le savait bien.

Aussi, le soir, les films qu'ils choisissaient de regarder au magnétoscope étaient ceux qui racontaient l'histoire de ces anges déchus aux ailes brisées tombés dans le ruisseau. C'était comme ça.

À Manhattan, les jours précédant Noël, voitures et autobus circulent à la vitesse d'une tortue. Pas moyen de faire autrement. Les rues du centre, les plus fréquentées, se transforment en une fourmilière humaine qui bouillonne et se bouscule entre les voiturettes des marchands ambulants, les arrêts d'autobus et les passages piétons. À l'heure de la fermeture des bureaux, cette masse se mélange aux foules que vomissent sans interruption les bouches du métro, et l'ensemble brasse l'air tels des nageurs à contre courant pour atteindre la porte des grands magasins où l'on passera la soirée à faire des achats et à circuler d'un étage à l'autre par les escaliers mécaniques.

La limousine, bien que roulant au pas, avait déjà dépassé la cathédrale Saint-Patrick, Rockefeller Center et sa piste de patinage, la Bibliothèque nationale... Et à ce stade, à la hauteur de l'Empire State Building, on avait le choix entre tourner vers l'avenue des Amériques pour admirer les vitrines de Macy's ou poursuivre tout droit vers le Village.

Pierre jeta un regard derrière lui et s'aperçut que la fillette vêtue de rouge s'était endormie. Qui était cette gosse? Une petite-fille du patron? À sa connaissance, M. Woolf était un célibataire endurci! Peut-être avait-il fait un faux pas dans sa jeunesse et avait-il désormais une petite-fille illégitime? Ou bien peut-être s'agissait-il même de sa fille, allez savoir! Pourtant, le patron n'était pas si vieux et Rose disait qu'il avait toujours belle allure.

«Veillez sur elle comme sur la prunelle de vos yeux», avait-il dit. Et il devait céder à tous ses caprices, lui offrir une agréable promenade pendant une heure et l'amener ensuite à une maison de Morningside dont l'adresse était notée sur un papier. Tout ça était louche et très inhabituel. Puisque Rose lui répétait avec tant d'insistance: «Tiens-t'en aux consignes, Pierre, tu es un employé...», il obéissait donc à la lettre. Sauf pour les caprices. D'ailleurs, quel caprice aurait pu faire une gamine qui s'endormait au bout de dix minutes? Au début, elle n'avait pas arrêté de poser des questions en se servant du téléphone intérieur – à quoi servait ce bouton et cet autre? pouvait-elle prendre un Coca-Cola? quel était le nom de cette rue? – puis elle s'était amusée à allumer les lumières, à baisser et relever les stores. Elle était gracieuse et sympathique. Elle avait l'âge d'Édith, la fille aînée de Pierre. Et le même visage de petit diable. On voyait bien qu'elle était très fatiguée. Quoi qu'il en soit, moins vite elle se réveillerait, plus facile ce serait pour lui. En vérité, il ne s'expliquait pas l'utilité de cette promenade.

Pierre se mit à penser à Édith. Il lui avait souvent promis de l'emmener un jour voir les vitrines de la 5ᵉ Avenue et de monter au dernier étage de l'Empire State Building. Manhattan fascinait Édith, mais ils vivaient à Brooklyn et combien de fois l'avait-elle supplié : « S'il te plaît, papa chéri, emmène-moi à Manhattan, vers l'aventure. » Mais jamais encore il n'avait trouvé le temps de nourrir les rêves de sa fille ni de réaliser les siens. Quelle saleté de vie !

Et soudain il se sentit aussi perdu qu'une goutte d'eau dans l'océan trouble de Manhattan, tombé du royaume de la fantaisie les ailes brisées, égaré dans un uniforme de location et conduisant une luxueuse voiture qui ne lui appartenait pas et dans laquelle était endormie une fillette vêtue de rouge, une fillette qui n'était pas la sienne, pas son Édith, mais dont il devait prendre soin. Tout était à l'envers, tout était absurde, tout était leurre.

À travers la vitre, il regardait les façades des immeubles ornées de gigantesques couronnes de houx, d'immenses rubans, de bambis, de petits anges jouant de la trompette et de Père Noël ; lui parvenait aux oreilles un concert de musiques stridentes qui paraissaient venir de partout à la fois, de la terre et du ciel.

Les vitrines rivalisaient d'imagination et de luxe. Devant certaines, la foule était si dense que la queue qu'elle formait n'en finissait pas. Surtout devant celles qui présentaient des saynètes animées avec des petits personnages qui jouaient leur rôle dans un scénario en miniature. Paysages enneigés, restaurants chics et intérieurs de maisons riches en étaient les décors.

Monter des escaliers, ouvrir des paquets ou glisser en traîneau, il ne manquait vraiment que la parole à ces marionnettes qui mimaient les scènes avec tant de réalisme.

Sara se réveilla et se frotta les yeux. Elle sortait d'un rêve au cours duquel elle était redevenue petite et se trouvait couchée dans le landau de Miss Lunatic. Le doux bercement de la limousine la maintint dans une espèce de demi-sommeil qui ne l'empêchait cependant pas de distinguer le rêve et la réalité. La voiture longeait Washington Square et s'apprêtait à filer au sud par la rue Lafayette. Soudain, Sara regarda attentivement autour d'elle, se redressa et se souvint de tout. Elle roulait dans la limousine de M. Woolf. Les stores laissaient passer les lumières mouvantes de la rue. C'est elle qui les avait baissés pour mieux se remémorer ses aventures, parce qu'il lui semblait impossible de se concentrer sur ses souvenirs tout en regardant à l'extérieur.

Maintenant, elle enrageait de ne pas avoir profité du spectacle. Elle releva les rideaux et essaya de découvrir le nom de la rue où ils circulaient. Le trafic était à présent plus fluide et plus facile.

Le quartier était très joli et ressemblait un peu à un village. On voyait des maisons basses et les gens marchaient tranquillement. Elle n'arrivait pas à trouver le nom d'une rue. Elle alluma la lumière, sortit son plan et le déplia sur une petite table d'acajou qui s'ouvrait lorsqu'on tirait un anneau. Le chauffeur lui en avait expliqué le maniement avant qu'elle ne s'endorme. Comment s'appelait le chauffeur? Elle observa les épaules carrées, engoncées dans une veste grise galonnée d'or, les mèches de cheveux blonds qui dépassaient de la casquette argentée. Pierre! Il s'appelle Pierre! Elle ne se souvenait pas bien s'il était sympathique ou antipathique. Ils avaient peu parlé, et de choses sans intérêt. Il avait même répondu à ses questions avec un certain agacement. Elle saisit le téléphone.

— Pierre...

— Oui, mademoiselle. Vous êtes bien reposée?

— Assez bien. Pourquoi m'avez-vous laissée dormir autant? Combien de temps ai-je dormi?

— Une demi-heure, me semble-t-il.

— Mais on ne met pas une demi-heure entre Central Park et Morningside avec une voiture pareille!

Pierre préféra ne pas répondre. Il était d'un naturel discret et il lui avait semblé que son patron préférait arrriver à Morningside bien avant la petite. Pourtant, ils se rendaient au même endroit! C'était à n'y rien comprendre. Qui vivait dans cette maison? Puis il se souvint de Rose lui conseillant de ne pas se mêler de ce qui ne le regardait pas. C'était facile à dire! Il voyait bien, dans le rétroviseur, que la petite mourait d'envie de lui poser des questions.

Il repensa à Édith, et cela le fit sourire.

— As-tu entendu, Pierre ? Dis-moi au moins où nous sommes ? Il me semble que tu t'es trompé, nous allons vers le sud.

— Vous êtes si pressée que ça ?

Tout ce qu'elle avait vécu pendant la soirée lui revint soudain en mémoire et elle fut incapable de juger s'il s'était écoulé des heures ou des années. Comment peut-on savoir si on est pressé quand on a perdu la notion du temps ? Miss Lunatic lui avait dit qu'elle n'était jamais pressée quand elle assistait à une conversation agréable. Mais ce Pierre, elle ne savait pas s'il voulait lui parler ou lui raconter des bobards. De plus, sa grand-mère l'attendait. À l'approche d'un carrefour, elle réussit à lire la plaque d'une rue et consulta le plan.

— Mais on est plus bas que Chinatown, Pierre !

— Peut-être, je vois que vous vous orientez bien, mademoiselle !

— J'ai un plan ! Et ne m'appelle pas mademoiselle ! Je m'appelle Sara. Ne me dis pas que nous n'allons pas vers le sud, tu me racontes des histoires !

La voix de Pierre se fit plus aimable. Il avait du mal à retenir un fou rire.

— D'accord, ma jolie, je ne t'appellerai plus mademoiselle. Ça me faisait de la peine de te réveiller, nous allons faire demi-tour maintenant. Les rues du centre sont désormais plus dégagées.

Les yeux de Sara, qui sautaient continuellement

du plan au spectacle de la rue aperçu par la vitre, furent éclairés par un air de triomphe.

— Non, non ! Ne fais pas demi-tour ! Ne sommes-nous pas dans le quartier des affaires ?

— Oui, mais à cette heure-là, c'est très calme. Il faut venir le matin quand l'argent coule à flot. Je vois que tu connais Manhattan comme les doigts de ta main. Ça fait longtemps que tu vis ici ?

— Malheureusement, je vis à Brooklyn, mon ami. Pourquoi ris-tu ?

— Parce que tu me rappelles ma propre fille, qui vit aussi à Brooklyn et qui trouve cela bien dommage. Elle doit avoir ton âge. Mais je t'assure, Sara, que si elle avait eu la chance de pouvoir faire cette promenade en limousine, elle ne se serait pas endormie.

— Ne me le rappelle pas, je suis déjà assez en colère ! Comment s'appelle ta fille ? Si elle vit à Brooklyn, je la connais peut-être... Que fait-elle ? Mais ne fais pas demi-tour, Pierre, je te l'ai déjà dit ! Nous sommes près de Battery Park, n'est-ce pas ?

— Oui, tout près.

— Alors, sur ce que j'ai de plus cher, je t'en prie, emmène-moi là ! Comment s'appelle ta fille ?

— Édith.

— Je te le demande au nom d'Édith.

En arrivant à Battery Park, Sara supplia Pierre d'arrêter la limousine pour qu'elle puisse descendre et aller voir la statue de la Liberté qu'elle ne connaissait encore qu'en photo.

— Juste pour un petit moment ! Je la regarde et c'est tout ! Stoppe ici même, Pierre !

Le ton de sa voix rappela à Pierre celui de sa fille Édith quand elle faisait un caprice, et il céda.

À l'instant même où il ouvrit la portière pour qu'elle descende, il resta saisi de surprise de voir deux petits souliers rouges jaillir de la voiture, prendre leur élan et la fillette filer comme une flèche. Quand il réagit, elle avait déjà disparu dans l'obscurité, au milieu de la masse mystérieuse des arbres. Sa gorge se serra ; il ne savait que faire. Il lui fallait d'abord garer la limousine dans un endroit convenable et partir à sa recherche en espérant que ça ne serait pas trop compliqué. Mais ça pouvait aussi être une vilaine perte de temps. L'endroit était assez dangereux la nuit. Et il ne s'agissait pas d'obéir plus ou moins à une mission de M. Woolf. Il s'agissait de sauver la vie d'une gamine de dix ans, aussi turbulente, inconsciente et audacieuse que sa propre fille. Il l'appela à haute voix, d'un ton autoritaire et pressant, sans le moindre ménagement.

— Sara, reviens ici ! Ne me fiche pas cette frousse, maudite gamine ! Où t'es-tu fourrée ? Reviens ! Tu m'entends ? S'il te plaît, ne fais pas l'imbécile ! Tu vas voir la volée que tu vas recevoir.

Il n'obtint aucune réponse et maugréa entre ses

dents des imprécations contre M. Woolf et contre lui-même.

— Qu'est-ce que je vais prendre, bonne mère! Quelle poisse, vraiment! «Veille sur elle comme sur la prunelle de tes yeux et cède à tous ses caprices...» J'avais bien dit que ce n'était pas possible! Et maintenant, ce sera ma faute!

Il était hors de lui. Il regarda alentour. C'était un endroit désert. Pas un chat, pas la moindre cabine de téléphone. Il essaya de se tranquilliser et de se convaincre de faire les choses l'une après l'autre. Il commença par trouver un coin plus ou moins sûr pour garer la voiture; il en verrouilla les portières. Puis il se mit à déambuler à pas vifs dans le parc. Plus il avançait en continuant d'appeler la fillette, plus il se sentait désorienté, et sa marche se fit hésitante. Maudite gamine! Où avait-elle bien pu se cacher pour lui faire une telle peur? Il allait lui donner une bonne gifle, toute filleule ou parente du patron qu'elle puisse être.

Entre-temps, Sara s'était cachée derrière les arbres et, à l'aide de sa petite lampe, avait repéré sur le plan l'endroit exact où elle se trouvait. C'était très près de la petite cabane où Miss Lunatic garait son landau. Son cœur battait très fort quand elle la remarqua enfin. Elle était fermée par un cadenas et peinte en gris. Pas de doute, c'était elle.

Elle respira profondément et s'appuya contre la cabane pour ne pas s'évanouir d'émotion. Plutôt, elle s'accroupit, le dos contre le mur de derrière de la maisonnette grise. Si elle était restée debout, Pierre aurait pu la découvrir. Et elle savait bien qu'elle ne pourrait pas rapetisser comme Alice. Ou comme elle-même quand elle rêvait qu'elle était couchée dans le landau de Miss Lunatic. Elle avait du mal à respirer, ainsi cachée. En vérité, son émotion était mêlée à de la peur. Mais Miss Lunatic lui avait bien dit que, confronté à de nouvelles aventures, on a toujours un peu peur et qu'il n'y a rien d'autre à faire que de surmonter cette angoisse.

Elle se releva et sortit sa boussole. Avant de parcourir les cinquante pas qui, selon les informations secrètes, la séparaient de la bouche d'égout qui donnait accès au passage souterrain, elle leva les yeux et vit briller au loin, au-delà des arbres et de l'autre côté du fleuve, la torche de la Liberté. À cet instant, elle se sentit aussi puissante que la déesse qui la brandissait ; ce n'était pas le moment de se dérober ni de se perdre en vaines réflexions. En avant !

La bouche d'égout rouge apparut bien vite, flanquée du poteau. Elle le palpa. Effectivement, à mi-hauteur, elle trouva la fente dans laquelle on devait introduire la pièce de monnaie verdâtre. Ses doigts tremblaient alors qu'elle l'extrayait de la petite bourse. Il fallait garder son sang-froid. Le moment décisif était arrivé. Elle rangea la bourse dans son corsage, enfonça la pièce dans la fente et attendit quelques instants, toujours tremblante car il lui semblait avoir entendu un bruit de pas.

— Miranfu, s'exclama-t-elle d'un ton décidé en fixant la bouche d'égout à s'en faire mal.

Une voix très en colère surgit derrière son dos et elle sursauta.

— Si je ne prenais pas garde à qui tu es, insolente, tu recevrais une de ces raclées dont tu te souviendrais !

Elle retira la pièce à toute vitesse. Mais elle avait eu le temps de vérifier que le système fonctionnait car la plaque d'égout avait commencé à glisser très lentement, laissant apercevoir sur la droite un étroit espace de profondeur abyssale. Quand elle retira la pièce, la plaque se referma.

Puis elle fit semblant d'être accroupie pour faire pipi et de remonter sa culotte. Elle glissa la pièce de monnaie dans une chaussette.

Pierre ne se rendit compte de rien. Il était trop occupé à la tenir fermement par un bras comme s'il avait peur qu'elle s'échappe à nouveau, et l'insulta cordialement.

Il la bouscula pour la faire entrer dans la voiture ; pendant ce temps, d'une petite voix soumise, elle inventa des prétextes farfelus à son escapade et lui demanda mille pardons. Elle fut capable de déployer tant d'astuce et de rouerie qu'en cinq minutes elle avait remis Pierre dans sa poche : elle le fit parler de sa fille, improvisa des commentaires sur le gratte-ciel de M. Woolf et parvint à entamer avec lui une conversation plus ou moins amicale.

Un flot de paroles s'échappait de la bouche de Sara sans l'empêcher toutefois de ressentir très fort ses émotions secrètes. C'était comme si elle avait été dotée tout à coup de la capacité exceptionnelle — jamais expérimentée auparavant — de parler d'une part, de penser de l'autre et de fantasmer par ailleurs, comme si trois individus se partageaient sa personne. Elle entendait parfaitement ce que lui disait Pierre, elle était capable de lui répondre tout en continuant à ressentir une allégresse intérieure qu'elle ne pourrait ni ne voudrait jamais partager avec qui que ce soit.

Elle se faisait aussi un peu de souci en pensant à sa grand-mère et à la façon dont elle avait pu accueillir la visite de M. Woolf, parce que sa grand-mère était quand même un peu spéciale et tout le monde ne lui plaisait pas. Peut-être avait-elle fait une gaffe en donnant son adresse, sans lui demander son avis, à cet homme qui, en fin de compte, était un parfait inconnu, même s'il était aussi riche qu'il le disait et même si les faits semblaient le confirmer.

Entre ces réflexions et la conversation avec Pierre — à qui elle avait finalement soutiré très peu d'informations sur la vie privée de son maître —, le trajet de retour sembla très court.

Ce dont Sara était sûre, c'était que les aventures qu'elle venait de vivre resteraient à jamais gravées dans sa mémoire. Ce qui se passait dans les rues de Manhattan, à l'extérieur de la voiture, avait complètement cessé de l'intéresser. Pierre avait dû emprunter l'autoroute ou quelque chose comme ça, car ils roulaient très vite maintenant. Elle reprit un Coca-Cola. À minuit pile, ils arrivaient à Morningside.

13. Happy end, mais rien n'est vraiment fini

Robert, à moitié endormi dans la limousine garée près d'un conteneur à ordures, fut réveillé en sursaut par un homme qui tambourinait contre la vitre de la voiture. Il se rassura très vite en reconnaissant Pierre. Celui-ci tenait sa casquette à la main et sa chevelure blonde brillait à la lumièré du lampadaire. Il lui désignait la porte d'en face d'un geste interrogateur. Toujours un peu somnolent, Robert vit la fillette vêtue de rouge que son patron avait accompagnée dans le parking sortir une clé d'une petite bourse, ouvrir la porte et se retourner toute souriante pour faire un geste d'adieu à Pierre. Puis elle s'engagea dans un escalier dont la lumière venait de s'allumer et les deux chauffeurs virent disparaître sa petite silhouette rouge.

— Que je sois pendu si je comprends ce qui se passe! se plaignit Pierre à Robert qui avait baissé la vitre de la limousine et contemplait la scène d'un air endormi.

— Qu'est-ce qui se passe?

— Je te le demande. Tu sais qui vit dans cette maison?

— Écoute, mon vieux, je n'en ai aucune idée. Je me suis contenté de conduire M. Woolf, qui m'a dit qu'il en aurait pour un bon bout de temps, et ça fait trois quarts d'heure que je l'attends. Je ne sais pas, ce sont sans doute des personnes de sa famille. La petite surtout. Toi aussi, tu vas attendre?

— Non, la gamine m'a dit que ce n'était pas nécessaire, qu'elle restait dormir chez sa grand-mère.

— Eh bien, mon vieux, qu'est-ce que tu attends? File! Tu as bien de la chance!

Pour toute réponse, Pierre fit le tour de la limousine et demanda à Robert de lui ouvrir la portière. Il s'assit près de lui, sortit un paquet de Winston et alluma la première cigarette de la nuit.

— Tu n'avais pas arrêté de fumer? lui demanda l'autre.

— Si, en principe. Mais il y a des jours où je ne tiens pas le coup tellement je suis énervé.

À nouveau, il considéra la maison d'en face. Il y avait une lumière allumée au septième étage. Il s'approcha tout près de son compagnon, comme s'il craignait d'être entendu, et lui murmura d'un ton mystérieux:

— Tout cela est bien bizarre... Ni la petite ni la vieille ne sont de sa famille.

— Dis donc mon vieux, s'alarma Robert, ta femme a raison quand elle dit que tu devrais écrire des scénarios de films. De quelle vieille parles-tu?

— De la grand-mère de la petite, celle qui vit ici. Tu l'as vue?

— Mais non, pourquoi l'aurais-je vue? Pourquoi dis-tu ça?

— J'arriverai bien à savoir comment elle est, la tête qu'elle a. Eh, ne me dis pas que tu ne trouves pas bizarre que le patron, qui ne sort jamais, tout à coup décide de rendre visite à des gens qu'il ne connaît pas. Et en plus, lui dans une voiture, la gamine dans l'autre.

— Bon, admit Robert, c'est un peu troublant, mais je ne vois pas en quoi c'est si mystérieux. Si elles ne sont pas de sa famille, elles sont peut-être de vieilles amies, je ne sais pas, moi... il les aura trouvées dans l'embarras. Et comme tu le sais, le patron est généreux, qui plus est, nous sommes en période de Noël...

Pierre le considérait d'un air méprisant, déconcerté par tant de naïveté.

— Tu es toujours en train de couper les cheveux en quatre, poursuivit Robert. Et d'ailleurs, comment sais-tu qu'elles ne sont pas de sa famille?

— Ni famille ni amies. La gamine me l'a dit. Et elle a essayé de me faire dire des choses sur le patron, me demandant si c'était une personne de

confiance. Me demander des informations à moi!
C'est un comble!

Pour la première fois, l'idée qu'il pouvait se cacher
là quelque mystère effleura l'esprit de Robert.

— En effet, tout cela est bien étrange...

— Attends! Je ne t'ai pas tout dit! Il a fait la
connaissance de la gamine hier dans Central Park,
et jamais de sa vie il n'a rencontré la grand-mère...

— Tu racontes des histoires! risqua Robert.

— Si j'invente, trouve-moi une autre explication.

Tandis que cette discrète conversation se déroulait dans la limousine n° 2, Sara Allen, tout aussi
discrètement, était parvenue au septième étage et
avait ouvert d'un tour de clé silencieux la porte de
l'appartement de sa grand-mère. Elle pensa, sans
savoir pourquoi: «C'est encore samedi.» Et ça lui
sembla bizarre. Si, à cette heure si tardive, elle
n'avait pas eu la tête envahie par tant d'émotions,
cette arrivée nocturne et en cachette à Morningside
(qui plus est après un trajet en limousine) lui aurait
semblé une scène de rêve. Elle avait rêvé déjà tant
de fois et depuis si longtemps qu'elle débarquait
ainsi, toute seule et de nuit, à Morningside.

La porte n'avait fait aucun bruit. Elle s'arrêta
dans l'entrée et retint sa respiration. Rires et chu-
chotements fusaient depuis le salon sur un fond
de musique douce. Tout en avançant lentement dans
le couloir, Sara s'aperçut qu'elle marchait sur le rai
de lumière que laissait passer la porte entrouverte

du salon, comme un chemin d'espérance percé au milieu des ténèbres. Elle s'approcha et avança un peu la tête par l'entrebâillement de la porte.

Sa grand-mère, vêtue de vert, valsait dans les bras du «tendre loup», au son de *Amado Mio* qui tournait sur le pick-up. De temps en temps, elle penchait sa tête en arrière et son partenaire s'inclinait jusqu'à son oreille pour lui murmurer quelque chose qui la faisait rire. Sur la table trônait une bouteille de champagne ouverte et deux coupes à moitié pleines. Bien pelotonné dans son fauteuil, le chat Cloud dormait.

Sara recula aussi silencieusement qu'elle avait avancé. Elle resta quelques instants appuyée contre le mur, les bras croisés sur sa poitrine et les mains étreignant ses épaules. Les yeux fermés, elle écouta cette musique douce et poignante à la fois. M. Woolf était un peu plus grand que sa grand-mère, et il dansait merveilleusement bien. Elle se sentit envahie par une faiblesse inexplicable, une espèce de langueur qui gagnait ses jambes.

Cela ne dura qu'un instant. Elle réagit aussitôt. Son intuition lui souffla que sa présence aurait été gênante et elle comprit qu'elle ne devait pas se montrer. Aussi, d'un pas décidé, elle gagna la sortie.

Après avoir refermé la porte de l'appartement, allumé la lumière de l'escalier et appelé l'ascenseur pour redescendre, elle prit soudain conscience qu'elle ne savait pas où aller. La scène à laquelle elle avait assisté lui avait procuré un bonheur sans pareil, mais c'était comme si elle l'avait vue au cinéma. Maintenant, le film était fini. Il avait été très agréable à regarder. Mais c'étaient des moments qu'elle n'avait pas vécus elle-même. Elle se sentait comme exclue du paradis.

Quand elle sortit de l'ascenseur, les lumières de l'entrée s'éteignirent. Elle descendit à tâtons les quatre marches de marbre sales et usées qui menaient à la porte d'entrée. Elle ne voulait pas rallumer la lumière ; elle préférait deviner de l'intérieur, sans être vue, les dangers qu'elle pourrait courir dehors. Une seule chose était claire dans son esprit, elle était décidée à s'enfuir.

En regardant par la vitre protégée par une grille en fer forgé, elle vit les limousines garées l'une derrière l'autre le long du trottoir d'en face. Sur le siège avant de la première, elle aperçut les silhouettes des deux chauffeurs. Sara avait pourtant dit à Pierre de partir, qu'elle n'avait plus besoin de lui, mais elle pensa qu'il n'avait pas encore envie d'aller dormir. C'était comme elle. La sieste qu'elle avait faite sur la 5e Avenue lui laissait l'esprit tout éveillé.

Brusquement, elle se souvint de Miss Lunatic qu'elle avait complètement oubliée au milieu de tous ces événements. Elle la revit soudain avec une grande netteté, auréolée de rayons de lumière, telle qu'elle lui était apparue dans le métro quand elle pleurait sans savoir quelle décision prendre et qu'elle avait levé les yeux devant ce visage plein de bonté qui lui souriait sous son chapeau. C'est précisément cette image d'elle qui était gravée dans son cœur. «Même si tu ne me vois plus, je ne serai pas partie, lui avait-elle dit en la quittant, je serai toujours à tes côtés.»

Sara se pencha pour fouiller dans sa chaussette. Elle palpa nerveusement entre le tissu blanc et sa cheville puis sous la plante du pied où la pièce magique avait glissé. Mon Dieu! Quel soulagement! Miranfu! Quel malheur si elle l'avait perdue.

Un sourire de bonheur éclaira son visage. Elle eut l'impression qu'une petite lumière s'allumait dans sa tête à la manière d'une bombe éclatant dans la bulle d'une bande dessinée. Sa décision était prise.

Elle introduisit la clé dans la serrure du portail et l'ouvrit en grand. Le froid de la rue agit sur elle comme un coup de fouet. Tous ses sens étaient en alerte. Il lui fallait juste éviter Pierre, qui ne manquerait pas de se mettre en travers de son chemin comme il l'avait déjà fait.

Accroupie derrière les voitures garées le long du trottoir, se faufilant entre les conteneurs à ordures, de ruelles en petits chemins, elle arriva en bordure du parc de Morningside. Elle songea vaguement que dans ce quartier, pas très loin d'ici, il y avait eu autrefois une librairie qu'elle n'avait jamais connue: Le Royaume des Livres.

Répondant aux grands gestes de cette petite fille vêtue de rouge, un taxi s'arrêta à sa hauteur. Âgé de plus de soixante ans, le chauffeur ne se sentait pas particulièrement impressionnable, cependant une curiosité plus forte que lui l'avait obligé à freiner sec. La rue à cet endroit était presque déserte.

— Où vas-tu ? demanda-t-il en baissant sa vitre et en l'observant de la tête aux pieds.

— À Battery Park ! fut la réponse claire et déterminée de la fillette qui grimpa sur le marche-pied et ouvrit la portière du taxi jaune.

L'homme mit le compteur en marche et la regarda à nouveau avant de démarrer. Elle s'était installée tranquillement, confiante et sûre d'elle, révélant des manières qui n'étaient pas de son âge.

— Tu m'as pris au vol, fit remarquer le chauffeur. Car à cette heure-ci...

— J'en suis contente, répondit la fillette tranquillement. J'ai eu beaucoup de chance.

Le chauffeur ne fit pas d'autres commentaires sur le moment. Mais il regardait sans cesse dans le rétroviseur à la recherche d'un détail qui lui permettrait d'entrevoir qui pouvait bien être ce petit personnage. Il n'avait pas l'habitude d'embêter ses clients par des questions. Mais les gestes assurés et sereins de cette étrange passagère le plongeaient dans la plus profonde perplexité. Elle paraissait complètement en dehors du monde extérieur. Elle consultait un plan qu'elle avait déplié sur le siège à côté d'elle en l'éclairant avec une petite lampe de poche. Une autre fois, elle fouillait dans une petite bourse de satin à paillettes d'où elle avait sorti la petite lampe. Par moments, elle restait immobile, les yeux fixés dans le lointain. Et elle gardait toujours sur le visage un sourire qui la transfigurait.

Le trajet se passa en silence. Alors qu'ils arrivaient à destination, le chauffeur, surmontant une timidité qui ne lui était pas habituelle, s'arrêta à un carrefour, tourna la tête et demanda :

— Où veux-tu que je te laisse, ma jolie ?

— Près de la station du ferry, par là.

— Mais le ferry ne marche pas à cette heure, tu ne le sais pas ?

— Si, bien sûr que je le sais.

— Alors… ?

— Alors quoi ? répondit la fillette sèchement.

— Où vas-tu te perdre à Battery Park à cette heure ?

— Je pourrais vous répondre que ça ne vous regarde pas. Mais puisque vous êtes si curieux, je vous dirai que j'ai rendez-vous avec une amie.

Le taxi s'arrêta ; la fillette jeta quelques billets par le guichet de métal enchâssé dans la vitre de séparation après avoir regardé le prix au compteur. Elle ouvrit immédiatement la portière et s'enfuit en courant.

— Mais c'est beaucoup trop ! s'écria le chauffeur en baissant sa vitre.

La fillette s'arrêta à l'entrée du parc, regarda le chauffeur en souriant et lui dit au revoir de la main.

— Gardez la monnaie ! Ce n'est que du vulgaire papelard.

La voyant s'enfoncer comme une flèche dans le sous-bois, le chauffeur marmonna:

— C'est étonnant qu'il n'y ait pas plus de crimes! Dire qu'il y en a qui laissent sortir une petite fille à cette heure-là! Je ne sais pas à quoi pensent les parents!

Au moment d'introduire à nouveau la pièce de monnaie dans la fente du poteau près de la bouche d'égout, Sara se souvint soudain de quelque chose. Elle n'avait pas encore lu le petit papier que lui avait donné Miss Lunatic. Elle lui avait dit de le lire au lit. Mais qui pouvait savoir où elle allait dormir cette nuit? Aussi, elle s'assit par terre et sortit le papier de sa bourse. C'était un papier de couleur mauve mais bien plus grand que celui qu'elle avait trouvé dans le gâteau chinois le jour de son anniversaire, celui qui disait qu'il valait mieux être seul que mal accompagné. Elle fut saisie de stupeur! Hier! C'était hier son anniversaire! Ça lui semblait incroyable. Il valait mieux ne pas y penser!

Elle déplia le message et le lut à la lumière de sa lampe. Il disait:

Ne sois ni parfait, ni imparfait
Ni mortel, ni immortel
Si tu veux rester libre de ton destin
Et en accord avec toi-même.

Au bas du papier, il y avait inscrit entre parenthèses: Pic de la Mirandole, Jean, philosophe de la

Renaissance italienne, amateur de phénomènes naturels, mort à trente et un ans.

Elle enfonça la pièce dans la fente, prononça «Miranfu», la plaque d'égout s'entrouvrit et Sara, tendant les bras en avant comme pour plonger, s'élança dans le souterrain, aspirée par un appel d'air tiède qui l'emporta vers la Liberté.

New York, 28 août 1985
Madrid, 28 février 1990
(mercredi des Cendres)

Table des matières

Castor Poche

Des livres pour toutes les envies de lire,
envie de rire, de frissonner,
envie de partir loin
ou de se pelotonner dans un coin.

Des livres pour ceux qui dévorent.
Des livres pour ceux qui grignotent.
Des livres pour ceux qui croient ne pas aimer lire.
Des livres pour ouvrir l'appétit de lire et de grandir.

Castor Poche rassemble des textes du monde entier ; des récits qui parlent de vous mais aussi d'ailleurs, de pays lointains ou plus proches, de cultures différentes ; des romans, des récits, des témoignages, des documents écrits avec passion par des auteurs qui aiment la vie, qui défendent et respectent les différences. Des livres qui abordent les questions que vous vous posez.

Les auteurs, les illustrateurs, les traducteurs vous invitent à communiquer, à correspondre avec eux.

Castor Poche
Atelier du Père Castor
4, rue Casimir-Delavigne
75006 PARIS

Castor Poche, des livres pour toutes les envies de lire : envie de rire ? Voici une sélection de titres drôles.

604 L'arbre à palabres   Junior
par Régine Detambel
Sur l'arbre le plus haut, le plus vieux, le plus gros de l'épaisse forêt d'Amérique, cinq drôles d'oiseaux jacassent. Ils se racontent les histoires de Serge, le merle vert, de Dimitri l'ibis gris, de Tom Condor…
Chut ! Écoutons les oiseaux…

602 L'album photo des Fantora   Junior
par Adèle Geras
Ozzy, le chat des Fantora, conte les derniers épisodes de la chronique familiale. Les préparatifs en vue du mariage de la tante Varvara donnent lieu à une agitation savoureuse dans la maison.

595 Les dossiers de la famille Fantora   Junior
par Adele Geras
Ozzy est un chat historien, il consigne avec scrupule les chroniques de la famille Fantora. Bizarre ? Pas autant que les membres de cette singulière famille où chacun est doté d'un don particulier. Des parents originaux, des enfants délurés, une grand-mère excentrique, le comique et l'inattendu règnent sur la maison…

585 Les vacances du chiot-garou   Junior
par Jacqueline Wilson
La famille de Micky part en vacances huit jours dans un hôtel du bord de mer qui offre une promotion imbattable. Mais l'hôtel n'accepte pas les chiens et le chiot-garou doit retourner au chenil d'où il vient. Il s'échappe rapidement et Micky, aidé par sa grand-mère complice, tente de cacher le chien.

583 **Bouffon du roi, roi des bouffons** Junior
par Hubert Ben Kemoun

Blaise, premier bouffon du roi, rêve d'épouser la princesse Léa. Mais le roi s'y oppose et, choqué, en tombe malade. Bravant la loi interdisant de quitter le pays, Blaise part à la recherche d'un médecin pour le roi, espérant ainsi gagner ses faveurs. En s'éloignant du royaume, oublié du temps, Blaise découvre le monde moderne…

574 **Le chiot-garou** Junior
par Jacqueline Wilson

La vie est dure pour Micky! Entouré de quatre sœurs toniques, il fait figure de pleurnichard. Sa peur irraisonnée des chiens provoque l'hilarité de son entourage. Et voilà Loupiot! Ce chien est très spécial avec Micky n'a plus peur de rien.

573 **Drôle de nom pour un chien** Junior
par Jean-Loup Craipeau

Adopté par deux octogénaires à la santé extraordinaire, le chiot Pète-un-Coup mène une existence choyée et sans nuages. Mais un jour, il absorbe des essences que ses maîtres utilisent pour la préparation d'un parfum «Odeur de Sainteté». Ses intestins n'apprécient pas… et ils ne sont pas les seuls!

567 **Juju Pirate** Junior
par Évelyne Reberg

Juju Pirate est un pirate du genre rêveur, il n'aime pas se battre. Lorsqu'il découvre la carte de l'île au Crabe, il est frappé par la fièvre de l'or. Armé d'une dent de requin, d'un tonneau de rom-rom et des conseils de Grand-grand-maman pirate, Juju prend la mer sur un radeau, pour affronter les terribles monstres qui convoitent eux aussi le trésor…

557 **Défense de pleuvoir le samedi** Junior
par Maite Carranza

Ernesto perd la mémoire et change de famille. Le royaume d'Ermelina est menacé par une sorcière. En 2005, une navette spatiale pas comme les autres part en mission. Se raconter des histoires farfelue au téléphone, c'est la meilleure façon de tromper l'ennui d'un samedi pluvieux !

543 **La remplaçante** Junior
par P. J. Petersen

Raymond, le cancre, et Jacques, le premier de la classe, ont eu une idée de farce géniale pour accueillir la remplaçante ! Jacques sera Raymond et Raymond sera Jacques. Mais si le jeu est drôle pendant une journée, il l'est moins quand la remplaçante reste plus longtemps que prévu. Dur de jouer le bon élève lorsqu'on ne l'est pas, plus dur encore de jouer le rôle du cancre lorsqu'on est premier de la classe !

537 **Vive le rire !** Junior
par Jean-Charles

De A comme Automobilistes à V comme Voleurs, en passant par F comme Fantômes ou S comme Souris, voici un florilège d'histoires désopilantes, de quoi animer les cours de récréation dans la joie et la bonne humeur.

527 **Les embûches de Noël** Junior
par Liliane Korb – Laurence Lefèvre

Mais pourquoi faut-il donc que le cousin de Saint-Flour débarque à la maison pour les vacances de Noël ? Va-t-il falloir faire visiter Paris à ce plouc ? Quel réveillon épouvantable, cette année, avec l'oncle de Louveciennes, ses deux grands dadais et les jumelles : ça ne sera pas la fête ! Devoir affronter la foule des grands magasins, une veille de Noël, pour que son petit frère soit photographié avec le Père Noël, voilà ce qui attend Raphaël…

520 **Max Glick** — **Senior**
par Morley Torgov

Le jour de ses neuf ans, au lieu de la maquette de Boeing 747 de ses rêves, Max reçoit un piano et les leçons qui vont avec, quelle trahison ! Heureusement, son professeur se révèle un grand original avec qui Max ne s'ennuie pas et, comme il a du talent, sa voie est tracée : il sera pianiste. C'est du moins ce qu'espère très fort toute sa famille...

514 **Félix Têtedeveau** — **Junior**
par Anne-Marie Desplat-Duc

S'appeler Félix Têtedeveau, et avoir un père boucher, avouez que ce n'est pas banal ! Les fous rires et les quolibets sont le triste lot de Félix à l'appel de son nom, même les institutrices n'y résistent pas. Mais lorsque Oscar Poudevigne arrive dans la classe, tout change ! Le club, très secret, des chevaliers aux Noms Impossibles est né. Pour y entrer il faut vraiment avoir un nom impossible et en être fier... La vie de Félix va être transformée !

512 **Loisillon la Terreur** — **Junior**
par Chantal Cahour

Aimé Loisillon n'a rien d'un oisillon, c'est une brute, il terrifie à plaisir professeurs et camarades d'école. En CM1 depuis deux ans, seule Mme Plumeau semble capable de le supporter, sans toutefois parvenir à le faire travailler. Mais un jour arrive dans la classe la douce et paisible Clémence Dupont, minuscule pour son âge, Loisillon va n'en faire qu'une bouchée c'est sûr... et pourtant !

503 **Souris donc, Rosy Cole !** — **Junior**
par Sheila Greenwald

L'oncle de Rosy, photographe de son état, a décidé de la prendre comme sujet d'un livre, comme il l'a fait pour ses deux sœurs, l'une brillante écuyère, l'autre, danseuse de talent. Mais Rosy ne sait rien faire de spécial. Ah si, elle prend des cours de violon ! Sa mère y tient beaucoup, mais de là à faire l'objet d'un beau livre ! D'ailleurs, Rosy déteste le violon... qui le lui rend bien !

499 **Miss Métal** Junior
par Linda Pitt

Catastrophe! Il manque un enseignant à l'école primaire de Pinkerton. Mais le grand-père de Harry et de Holly, génial inventeur, propose de fabriquer un professeur-robot. Son nom est tout trouvé: Miss Métal. Nommée institutrice du cours préparatoire, ce professeur est plein de ressources.

345 **Les pires enfants**
de l'histoire du monde Junior
par Barbara Robinson

Les enfants Herdman sont vraiment les pires enfants de l'histoire du monde. Ils volent, mentent et se battent. Les filles, comme les garçons, passent leur temps à faire les quatre cents coups. C'est pourquoi, le jour où ils se proposent pour interpréter les rôles de la crèche de Noël, tout le monde redoute le pire. Il est certain que cette veillée de Noël sera inoubliable!

265 **Sauvons les dragons!** Junior
par Willis Hall

Le vieux magicien enferme Edgar Hollins dans une armoire magique. Le numéro de disparition laisse le public bouche bée tandis que le jeune Edgar se réveille au temps du roi Arthur et des chevaliers de la Table ronde. Là, Merlin l'Enchanteur le charge d'une mission de la plus haute importance sauver les derniers dragons.

219 **Le dernier des vampires** Junior
par Willis Hall

La famille Hollins traverse la Manche pour la première fois. Quinze jours de vacances sur le continent, c'est l'aventure, surtout lorsqu'on ne sait pas lire une carte! Un soir, Albert, Euphemia et leur fils Edgar plantent leur tente au pied d'un château biscornu. D'une tourelle s'échappe une étrange musique. Des yeux luisent dans la nuit...

197 **Le crocodile Génia et ses amis**   **Junior**
par Edouard Ouspenski

Dans une grande ville anonyme, des enfants et des bêtes décident de se faire des amis. Génia le crocodile, Badaboum, un étrange jouet raté qui ne ressemble à aucun animal connu, et tous leurs amis de rencontre entreprennent de construire une Maison de l'Amitié, mais une vieille mégère et un terrible rhinocéros tentent de les en empêcher.

166 **Histoires horribles...**
et pas si méchantes!   **Junior**
par Christian Poslaniec

Où Eric peut-il bien trouver toutes ces histoires qu'il note dans son petit carnet à couverture rouge sang? Chaque soir, Jacques, Éliane, sa compagne, Éric et Catherine, ses enfants, organisent un concours d'histoires, toutes plus horribles les unes que les autres. De quoi trembler et claquer des dents mais «pour de rire!»

165 **Un Père Noël**
pas comme les autres   **Junior**
par Jacques Poustis

Quelque part dans l'océan Indien, se trouve une île minuscule, surnommée l'île Merveilleuse. Les cinquante habitants vivent heureux dans ce paradis jusqu'à l'arrivée d'un jeune garçon qui y introduit une curieuse légende, venue d'Europe. C'est la révolution dans l'île. Le Père Noël existe-t-il?

126 **Olga, oh! la la!**   **Junior**
par Evelyne Reberg

Olga, dix ans, élève de CM1, est très attentive à l'opinion et aux bavardages de ses camarades de classe. Sa mère, hongroise à la personnalité quelque peu exubérante, n'est pas sans lui poser des problèmes. Pourtant cela n'entrave en rien leur complicité, bien au contraire. Cinq récits pleins d'humour et de tendresse.

121 **Chilly Billy** **le petit bonhomme du frigo**   **Junior**
par Peter Mayle

Il n'est pas plus gros qu'une noisette et se cache pour ne pas être vu. Pourtant que ferions-nous sans lui? Qui allume le frigo lorsqu'on ouvre la porte? Chilly Billy, tout le monde le sait! Mais à part ça, que savons-nous de sa vie, de son travail, de ses joies et de ses soucis quotidiens?

103 **Sept baisers sans respirer**   **Junior**
par Patricia MacLachlan

Emma, sept ans, et son frère Zachary sont gardés par leur oncle et leur tante. Mais dès le premier matin, Emma s'indigne. Aucun des deux ne pense à lui donner ses sept baisers rituels ni à lui préparer son pamplemousse en quartiers avec une cerise au milieu! Emma estime donc qu'il est urgent de leur donner quelques leçons sur leur rôle de futurs parents…

57 **Le livre de Dorrie**   **Junior**
par Marilyn Sachs

Si vous aviez onze ans, et des parents merveilleux dont vous seriez l'enfant unique, la naissance prochaine d'un petit frère ou d'une petite sœur ne vous enchanterait peut-être pas tellement. Que diriez vous alors, si, comme Dorrie, vous voyiez arriver des triplés?

45 **L'année du mistouflon**   **Junior**
par Anne-Marie Chapouton

Les chasseurs de Lourmarin ont capturé et conduit jusqu'à leur village un mistouflon: animal à six pattes, au poil bleu ciel et qui parle! En l'accueillant chez eux, les Lourmarinois se trouvent confrontés à une série de situations imprévisibles qui bousculent leur vie tranquille.

8 **Les histoires de Rosalie**

par Michel Vinaver

Quand elle était petite fille, en Russie, Rosalie n'était pas particulièrement ce que les adultes appellent une enfant sage ! Toujours avec les meilleures intentions du monde, elle réalise des actions d'éclat qui frisent parfois la catastrophe, mais se terminent souvent par le rire...

Castor Poche, des livres pour toutes les envies de lire: pour ceux qui aiment s'évader du réel voici une sélection de romans de science-fiction et de fantastique.

624 Les portes d'Arthim
Junior

par Liliane Korb et Laurence Lefèvre

Jaimie s'invente des histoires extra, celle des Krotolgs, petites créatures qui ressemblent à des koalas à tête de chat. Mais les histoires ont tendance à devebir réalité, et, la nuit, les Krotolgs sont bien envahissants...

621 Dracula
Senior

par Jean-Loup Craipeau

Dans le château de l'authentique comte Dracula, on s'apprête à tourner un film. Une mort inexpliquée sème l'angoisse dans le village voisin, le vampire serait-il de retour? Seul Georgiu son fils adoptif ne croit pas à la culpabilité du comte. Qui cherche à nuire au comte Dracula?

613 Des fleurs pour Algernon
Senior

par Daniel Keyes

Charlie Gordon le simple d'esprit, va devenir intelligent, très intelligent, grâce au traitement qu'il suit avec Algernon, une souris de laboratoire. Les progrès sont fulgurants, toute la vie de Charlie en est bouleversée. L'idiot, le benêt, devient plus fort que ses maîtres, si fort qu'il trouve la faille dans le traitement, avant tout le monde. Mais que vont devenir Algernon et Charlie?

612 Terminal park
Senior

par François Sautereau

Jérémie est passionné de jeux vidéo interactifs. Il s'évade ainsi de son quotidien et devient le capitaine Jemrey, héros intrépide d'aventures palpitantes. Peu à peu réalité et mondes virtuels se confondent, Jérémie affronte bientôt des individus, bien réels ceux-là...

611 **Les mondes décalés**   **Senior**
par Danielle Martinigol et Alain Grousset

La vie dans l'univers est une chose rare et précieuse. Si rare que, pour la préserver, une civilisation a dupliqué une planète en cent exemplaires. Les siècles ont passé, mais les veilleurs sont là pour empêcher toute tentative de progrès dans ces mondes figés. Orana, par amour pour son frère, brise les tabous du silence, de la peur. Elle affronte les veilleurs, franchit Narthex, vers les autres mondes…

610 **Pirate de l'espace**   **Junior**
par Daniel Pinkwater

Ned est tout à fait capable de rester une heure seul à la maison. Un drôle de bruit sous l'évier l'alerte, il y a là un petit bonhomme, avec un bandeau sur l'œil. Il prétend être pirate de l'espace, et invite Ned à une balade intersidérale…

609 **Le grand livre des gnomes:**
Les terrassiers   **Senior**
par Terry Pratchett

Les gnomes qui vivent parmi nous ont décidé de retourner sur leur planète d'origine. Long trajet en perspective, alors qu'on ignore même ce que peut être un avion. Pourtant les gnomes n'ont peur de rien, en avant pour le grand voyage…

608 **Le grand livre des gnomes:**
Les camionneurs   **Senior**
par Terry Pratchett

Les humains sont incapables de voir les gnomes. C'est que les humains sont très doués quand il s'agit de ne pas voir les choses dont ils savent qu'elles n'existent pas. Et pourtant, les gnomes sont là parmi nous, notre monde leur paraît très étrange, mais eux, ils essayent de comprendre…

607 **La fille de Terre Deux**   Junior
par Joëlle Wintrebert

Sylvie, jeune fille ronde et gourmande, rencontre un jour son double, sa sœur jumelle. En balade dans notre histoire, elle vient d'un monde parallèle. Sylvie présente sa terre à Evilys qui lui parle de la sienne, Terre Deux. Evilys est invisible pour tout le monde, sauf pour Sylvie, c'est l'occasion de franches rigolades...

606 **L'appel du fond des temps**   Senior
par Grégoire Horveno

En 2073, au Centre d'écoute spatiale du pic du Midi, Aurore et Marc reçoivent de mystérieux signaux. Ces signaux proviennent-ils d'une civilisation disparue? Les deux scientifiques en sont persuadés. Une équipe se prépare alors à remonter le temps jusqu'à l'ère secondaire. Si loin dans le passé, alors que la notion d'humanité n'existait pas encore, les savants découvrent une civilisation dont nous n'avons jamais retrouvé la trace...

575 **L'héritier du magicien**   Junior
par Avi

Servante au palais du roi, Morwenna se voit léguer, par un vieux magicien mourant, les cinq derniers souhaits qui restaient à ce dernier. Morwenna se retrouve magicienne, dotée d'un pouvoir étourdissant et, découvre très vite que ce cadeau du ciel est un terrible boulet et l'occasion de cruels cas de conscience.

569 **Les cascadeurs du temps**   Senior
par Christian Grenier

Joël passe ses vacances avec Jean-Claude, son ami d'enfance, et Guntr, un copain de rencontre. Lors d'une plongée dans la rivière, Joël se rend compte qu'il a basculé dans une faille spatio-temporelle. De retour au camping, ses deux amis le convainquent qu'il faut retourner sous l'eau pour comprendre. De nombreuses aventures les attendent...

560 L'heureux gagnant — Senior
par Hubert Ben Kemoun

C'est la mort qui sonne cette nuit à la porte de Jean Trumel! Elle a pour messager un nabot trop poli en costume démodé, et qui ne lâchera jamais prise! Ce n'est pas une bataille que va devoir livrer Trumel mais une guerre sans merci... Il n'est vraiment pas de tout repos de tenter de tuer la mort.

555 Cécilia retrouvée – Tome 2
Une histoire étrange — Senior
par Maria Gripe

Nora est bien décidée à éclaircir le mystère qui l'entoure. Hilda, l'ancienne concierge de son immeuble, lui raconte la vie d'Agnès et de Cécilia, qui ont vécu dans son appartement autrefois et, peu à peu, Nora reconstitue la trame d'une histoire oubliée, que sa propre grand-mère feint d'ignorer. Cécilia retrouvée est la suite de *Qui est à l'appareil*, Castor Poche n° 551.

553 L'inquiétant naufragé — Senior
par Mollie Hunter

Robbie vit dans un village des îles Shetland, battu des vents. Les tempêtes y sont redoutables, les naufrages fréquents. Aussi la famille ne s'étonne-t-elle pas, un soir de mer déchaînée, de voir surgir un homme ruisselant. Il affirme être le seul survivant d'un bateau dressé contre les rochers. Que cache l'étranger? Pourquoi est-il là?

551 Qui est à l'appareil? – Tome 1
Une histoire étrange — Senior
par Maria Gripe

Chaque fois que Nora se trouve seule dans sa chambre, elle a la sensation d'une présence invisible à ses côtés. Des appels téléphoniques mystérieux la sauvent à plusieurs reprises d'accidents. Elle reçoit une poupée ancienne... Nora sent confusément que ces messages ont une relation avec sa propre histoire et celle de ses parents. Une histoire ancienne que tout le monde semble avoir oubliée...

546 **L'Alchimiste** Senior
par Paulo Cœlho

C'est le récit d'une quête, celle de Santiago, parti à la recherche d'un trésor en Égypte. Dans le désert, il suivra l'enseignement de l'Alchimiste et apprendra à être un homme.

524 **La manade du centaure** Senior
par Louise Perrot

Dans le train qui l'emporte vers la Camargue et vers Laurence, Antoine trouve un bien étrange grimoire, clé de cette région fière et sauvage qu'il va découvrir. Pourquoi le baye-guardian de la manade porte-t-il le même nom que son cheval? Quel secret cachent les ruines interdites, et pourquoi attirent-elles irrésistiblement un jeune cavalier qui porte, lui aussi, le même nom que son cheval?

523 **L'ombre fripouille** Junior
par B. Garcia-Valdecasas

Coqui a mis en fuite un petit cambrioleur qui s'enfuit si vite en claquant la porte-fenêtre que son ombre reste à l'intérieur! Elle se colle à Coqui, et voilà le garçon affublé d'une ombre supplémentaire qui accumule les grosses bêtises. Vite, il faut retrouver son propriétaire…

505 **Le magicien d'Oz** Junior
par L. Frank Baum

Dorothée et son chien, Toto, basculent un jour de grande tempête dans le monde merveilleux du pays d'Oz. En route vers la Cité d'Émeraude, le Lion, l'Épouvantail et le Bûcheron-en-fer-blanc seront leurs compagnons d'aventures dans ce conte de fées où chagrins et cauchemars sont bannis.

460 L'escapade de Mona Lisa   Junior
par Jocelyne Zacharezuk

Deux histoires sont réunies dans ce livre. Dans la première, la Joconde disparaît mystérieusement du musée du Louvre. Deux adolescents, Frédéric et Marie-Ange, partent à sa recherche... Dans la seconde histoire, Nelly, qui se sent délaissée par son père, lui subtilise un carnet rouge. Elle s'aperçoit peu à peu que ce fameux carnet recèle un étrange pouvoir...

453 Dossier fantômes   Junior
par James M. Deem

On peut ne pas croire aux fantômes... et raffoler d'histoires de fantômes. On peut ne pas croire aux fantômes... et ignorer ou ne pas ricaner pour autant de ceux qui affirment en avoir vu, on peut ne pas croire aux fantômes... et ignorer au juste à quoi on ne croit pas. Qu'on y croie un peu, beaucoup, pas du tout, on peut se régaler de Dossier fantômes, sans craindre d'y faire provision de cauchemars.

437 Les visiteurs du futur   Senior
par John Rowe Townsend

À Cambridge, en été, les touristes sont légion, mais la famille que rencontrent John et son ami Allan est vraiment bizarre. Ils avouent ne jamais être venu à Cambridge auparavant et semblent pourtant connaître la ville parfaitement. La circulation automobile les fascine, de même que les bars et l'alcool que le père paraît découvrir avec ravissement. Qui sont donc David, Katherine et Margaret?

411 Une devinette pour Gom   Senior
par Grace Chetwin

Gom a hérité des pouvoirs de sa mère magicienne. À la mort de son père, il décide de partir retrouver cette mère mystérieusement disparue. En chemin, un moineau lui pose une devinette dont la solution lui dira où aller. Gom affrontera des ennemis farouches mais rencontrera aussi des amis bienveillants.

403 Le prince Caspian   Junior
par C. S. Lewis

Si pour Pierre, Suzanne, Edmond et Lucie une année s'est écoulée depuis leur dernier séjour à Narnia, dans leur royaume, des siècles ont passé, apportant le désordre et la violence. Ils vont s'employer à restaurer la paix, grâce au lion Aslan, et à rendre au prince Caspian le trône injustement usurpé par son oncle.

397 Message extraterrestre   Junior
par Philip Curtis

Des écoliers anglais écrivent à des écoliers français. Seul Chris ne trouve pas de correspondant. Très déçu, il s'en va traîner dans son parc favori, lorsqu'une mini-tornade dépose à ses pieds un message codé. Qu'importe ! Le garçon répond, et se retrouve doté d'un correspondant extraterrestre. De fil en aiguille, Chris et deux de ses amis se font embarquer dans un vaisseau spatial...

386 Mon père le poisson rouge   Junior
par Liliane Korb et Laurence Lefèvre

Léo a un père peintre naïf, une mère institutrice ; ses parents sont séparés. Un jour, ayant appris par hasard une formule magique trouvée dans un vieux livre, il transforme son père en poisson rouge ! Il faut vite trouver la formule qui rendra sa forme initiale à son père...

372 Drôle de passagère
pour Christophe Colomb   Junior
par Valérie Groussard

Julie vivait heureuse auprès du roi son père. Mais un jour, toute la cour fut transformée en animaux. Julie devint un petit cochon ! Avec l'aide de ses amis magiciens Miranda et Aldo, elle embarqua sur le bateau de Christophe Colomb pour conjurer le mauvais sort en pleine mer. C'est ainsi que Julie accompagna le navigateur en route vers les Indes !

361 **La dame de pique** Senior
par Alexandre Pouchkine

À Saint-Petersbourg, dans la Russie tsariste, l'officier Hermann, contrairement à ses camarades, ne joue jamais aux cartes. Sauf un jour, parce qu'il est sûr de gagner. Oui! mais aux cartes, on n'est jamais sûr de rien.

360 **Hook** Junior
par Geary Gravel

Nous retrouvons Peter Pan qui a accepté de grandir. Père de famille prospère, il a tout oublié de sa jeunesse. Mais un jour, ses enfants sont enlevés par le capitaine Crochet. Peter devra retourner au Pays imaginaire, aidé de la fée Clochette. Ce livre est tiré du film de Steven Spielberg, *Hook*.

350 **Peter Pan** Junior
par James M. Barrie

C'est l'histoire des enfants Darling et de Peter Pan, le garçon qui ne veut pas grandir. L'aventure commence la nuit où Peter revient chercher son ombre, et apprend aux enfants Darling à voler. Dans l'île imaginaire vivent des fées, des sirènes, et bien sûr, le terrible capitaine Crochet.

342 **Camarade Cosmique** Junior
par Nancy Hayashi

Dans un livre de bibliothèque, un message est signé «Camarade Cosmique». Eunice, intriguée, répond par un petit mot dans un autre livre. Les messages se succèdent, mais Eunice ne sait toujours pas qui est Camarade Cosmique. Quelqu'un de son école sûrement, et qui partage sa passion pour la science-fiction. Oui, mais qui? Eunice mène son enquête…

Cet
ouvrage,
le six cent
trente-troisième
de la collection
CASTOR POCHE,
a été achevé d'imprimer
sur les presses de l'imprimerie
Maury Eurolivres
Manchecourt – France
en février 1998

Cet ouvrage a été composé
par les éditions Flammarion

Dépôt légal : février 1998.
N° d'Édition : 4208. Imprimé en France.
ISBN : 2-08-164208-5
ISSN : 0763-4544
Loi n° 49-956 du 16 juillet 1949
sur les publications destinées à la jeunesse

This book b

Stuart Cope

Children's
POOLBEG

When the Luvenders Came to Merrick Town

First published 1989 by
Poolbeg Press Ltd.
Knocksedan House,
Swords, Co. Dublin, Ireland.

© June Considine, 1989

ISBN 1 85371 055 5

Cover design by Carla Daly
Printed by The Guernsey Press Ltd.,
Vale, Guernsey, Channel Islands.

When the Luvenders Came to Merrick Town
June Considine

Children's
POOLBEG

To Michelle, Linda and Jenny

Contents

Glossary

Island of Isealina: A bleak and desolate stretch of land surrounded by rocks and forever shrouded in a thick mist. It is the home of the zentyre, Solquest, who practices his zentyre magic deep within its depths. The mist protects Isealina from the eyes of the curious. Those who sail towards it in an effort to uncover its mystery either disappear forever or return, with sunken cheekbones and greying hair, to describe the feeling of clinging dampness, the shapes and sounds that come from behind the mist, the overwhelming feeling of being smothered by some unknown and terrifying fear.

Luvenders: Zentyres use luvenders to serve them. Each zentyre has one hundred such creatures who are essential to his survival. Luvenders are ugly, so ugly in fact that when they see themselves in a mirrored pool, their reflection cries out in dread.

They are grey creatures, covered in a rough furry coat and are about the same height as your knee. Their legs and arms are thin and brittle, like dried-out twigs. When they walk,

1

which they do in an upright position, they look as if the deck of a ship is swaying beneath them.

Can you imagine protruding eyes, red centred and surrounded by rheumy eye-sockets? Those are the eyes of the luvenders and, I am informed, one of their more unpleasant features.

When they sniff the air, which they do continually to keep track of any danger which might befall their master, they use their long, sharply pointed noses. But it is their mouths that are most frightening of all for when they are open it is possible to see that they only have two front teeth. But what teeth! They have the sharpness of daggers and drip with poisoned saliva.

Luvenders have many disguises. They can hide anywhere—in the poison tongue of a snake or the needle claws of an angry cat. They can take on any shape that Solquest desires and run faster than the sound of their own footstep, leap over the highest mountain, slither beneath the flattest stone.

Sometimes they invade our dreams. Dreams that turn into nightmares and wrap our legs in invisible layers of cotton wool. Have you ever experienced that feeling—you try to run and you are unable to move? You call for help and your mouth is dry, like mud at the bottom of a sun-drenched pool. When you wake in the morning, before your dream slips away into the brightness of day, you may remember a small furry creature running through your mind, teasing your fears. And you will know now that it is called a luvender. As long as there is zentyre magic the luvenders live. The luvenders serve.

Merrick Town: Two hundred years ago Merrick had no name. It was a stretch of stony land, two miles from the sea. The river that ran through the flat landscape regularly overflowed its banks and made it unsuitable for farming or any other kind of habitation. Then a man called Colin Merrick decided to dredge the river, widen it and create a harbour town to service his large fleet of ships. It was risky using the sea port where a deep rolling mist often descended without warning and sank his ships. The mist came from an island that could be seen in the distance, a shrouded and mysterious place that no boat could ever reach.

Colin Merrick's decision to dredge the river changed the face of the land and it became a thriving port town with miles of warehouses, a teeming docklands area.

Today all that has changed. The ships no longer use Merrick Port and the warehouses are mainly deserted. But around the docklands there are small old-fashioned cottages built by the ancestors of many of the people living there now. They were the original workers who came to dredge the river and build the port for Colin Merrick.

Zentyres: Our story is about one zentyre, Solquest. Through the art and skills of zentyre magic he has the power of eternal youth. The years roll by and while you and I grow older, Solquest remains completely untouched by time.

As our story begins he has skin as smooth as velvet. His hair and beard are dark and glossy as the wings of a raven. Eyes, hard and glittering like ice on a lake, can see beyond the mist which hangs low over his Island of Isealina.

On the island there is a river. It flows swiftly over three green stones which gleam through the clear water. The secret of eternal youth is contained in these stones and, on a special night each year when the moon is at its fullest and its silver shadow rests on the stones, their power is released into the water.

Each year, on this night and on the midnight stroke, Solquest comes to the river. He is dressed in a white robe of raw silk which falls to his feet and strange letterings, embroidered symbols, decorate its back and front. His luvenders surround him like an army. As the water slows and ceases to flow he lowers his naked body into its stillness. Its surface has the clarity of a mirror and captures his reflection. In that instant as time stands still, the water begins to bubble and hiss. The days since he last bathed are washed away. A trailing wispy spectre rises from the river to haunt the night air as it joins the mist that surrounds Isealina.

"Nothing can stop the magic of Solquest!" the luvenders gloat It is a deep gurgling sound. "With the power of eternal youth he can live forever."

Solquest fears no one—nor does he envy the humans who live beyond his island. But nature, with its power to control the earth, is his enemy.

Those who have heard Solquest's voice know that it has a hypnotic sound. This means that his commands will always be obeyed. Well—almost always.

His magic can be defeated in one way but this will only happen if the person captured by him has the strength to ignore the sound of his hypnotic voice for sixty seconds. Then the magic spell will be broken. One minute! That, you may think, is just a streak in time. But when you are faced with Solquest's will it can be an eternity.

Prologue
A Challenge in the Storm

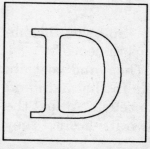o you remember the storm? The one that began as a whisper through the tree-tops and grew into a roar that rocked the roofs in every town and village? It upended boats, overflowed river banks and turned the branches of strong trees into shredded match-sticks. Lightning split the sky with crazy electrified fingers and you may even be one of those children who clapped their hands over their ears to soften the boom of thunder.

The Island of Isealina was attacked by that storm. The wind tore across the sea, tossing mad-capped waves before it. But when it hit the island it was faced with a grey mist that had the strength of a steel wall.

Solquest stood on the highest rock and faced

7

the storm. He was a vain man and jealous of nature and its wilder excesses like this ferocious storm. He lifted his hand, placed his palm before the wind and demanded silence—or else it would suffer the magic revenge of a zentyre.

"Silence!" he demanded. "Spit your feeble furies elsewhere and leave us in peace."

Thunder grew muted. The wind lost its violent strength. The people in the mainland town of Merrick breathed in relief. "At last the heart of the storm has blown itself out," they said.

They were wrong. The storm listened to the angry commanding voice of Solquest and rested its anger so that it could renew itself. Once again the wind hurled itself against the mist of Isealina. It ignored the power in Solquest's voice as the seconds ticked slowly by. Once or twice the scream of the wind softened to a deep sob but, as the sixtieth second ticked past, it uttered an ear-shattering shriek. It struck the mist of Isealina with all its force and, as it fluttered like a torn cobweb, the wind tore it apart.

Solquest watched helplessly and in horror as the river of Isealina burst its banks. It washed past him in a muddy cascading froth that

carried the three green stones high on its crest.
They gleamed in the darkness with a fierce
light. Then they disappeared into the heart of
the sea.

Silence descended over Isealina. Now, at
last, the storm was over. The mist gathered
itself together and, once more, wrapped chilly
fingers around the zentyre and his luvenders.

No green stones shone beneath the flow of
the river. It was eight months since he had last
bathed in the waters of eternal youth. He knew
that when the ceremonial night came around
again, the weight of his two thousand years
would crush his body into a lump of decaying
jelly. This would melt into the soil of Isealina.
Already he could feel the impatience of time
prickling his skin.

The Luvenders began to cry, a deep
hiccupping murmur of fear: "What shall we do
if we cannot protect our great Master?"

"Be quiet!" commanded Solquest.

Although he was desperately worried, he
knew that somewhere in the darkest recess of
his mind, there were other spells that also
created the magic of eternal youth. If only he
could remember. To look back over two
thousand years is a demanding task and for a
week he sat without food or water, fasting in the

shadows of the rocks of Isealina as he tried to unlock his memory. The Luvenders hovered anxiously but they did not disturb his concentration.

At last he opened his eyes and gave a deep satisfied sigh. He had remembered and could feel a cruel thrill of excitement spread throughout his cramped limbs. His servants were called to his side.

"In fourteen weeks we sail for Merrick," he said.

Hiccups of puzzled excitement came from the luvenders. They fought and scolded each other as they tried to touch his robe. They stared at him with bulging, adoring eyes.

"There is much work and planning to be done before then," Solquest told them. He pointed towards a hollow in a rock. Immediately a pool of green bubbling liquid appeared.

"It's the transformation pool ... the transformation pool," murmured the luvenders. They knew that soon they would be changing their shapes, taking on a new image that would fool the world that lay beyond Isealina.

Solquest outlined his plan, slowly going over and over each important detail. "On the fifth night of our visit to Merrick our mission will be complete and we will return to Isealina on the midnight tide. It will give me great pleasure to visit that town again."

The luvenders nodded, wisely. They remembered that time, all those many years ago, when Merrick was just an empty plain swelling into distant blue-grey hills. But Colin Merrick, with only one vision on his mind, had shattered its solitude. "On the sixth day we will prepare the great sacrifice," continued Solquest. "That night, as the light of the full moon floods the river of Isealina, I will drink the fruit-cup of eternal youth."

He finished speaking and gazed beyond the mist. The luvenders gave a deep, joyful growl. It echoed off the jagged rocks. It floated beyond the mist, flowed over white-tipped waves. It came to the mouth of a river and glided over its surface to hover above the town of Merrick.

But the children of Merrick did not hear it. They did not know that Solquest would watch their every move for fourteen weeks. Nor would they feel his eyes boring into their minds and their hearts, into the blood that flowed through their veins.

As the weeks passed he chose carefully—one hundred Merrick girls and boys, who would suit his great sacrifice. At last he had chosen to his satisfaction and on that day he nodded and smiled. Time was moving on. Soon Solquest would leave the protection of his island home but he felt no fear. He was eager to accomplish his task.

When that day arrived the luvenders crowded around the transformation pool. They shivered with excitement and pushed forward, eager to change their bodies, to assume whatever physical manifestation their master demanded.

This is where our story really begins.

For the information about the great zentyre, Solquest, which was given to me for the purpose of writing this book, I would like to thank those young people of Merrick. Without their time and co-operation this story would never have been uncovered.

1

A Difference of Opinion

ormally her mother called, "Are you up yet? You'll be late for school!" until her voice cracked with impatience.

Sally was the family sleepy-head. But this morning she needed no enticing from her bed. She woke to the sound of her father's car spluttering in the chill morning air as he prepared to leave for work. After coughing six times, in a most frustrating manner, the engine gave a reassuring growl and she was up, racing downstairs to wave him goodbye as he reversed out of the driveway.

The oven clock showed 7.30 am. and her first act on entering the kitchen was to check the calendar. With a loud sigh of satisfaction she marked off another day. Today was the twentieth of December. Only five days left. She often thought that the build-up to Christmas was almost more exciting than the day itself. All the planning and anticipation. The wrapping of presents and the tantalising glimpse of colourful parcels under the Christmas tree, especially those with her name on the gift tags. She had the kettle boiling and the toast crisping before her mother's face, still puffy with sleep, peered in mock alarm around the kitchen door.

"I was positive it was a ghost I heard pottering about," she said. "I simply could not believe that Sally Masterson was up and dressed at such an hour. Easy knowing it's a treat day and not a school day."

Mrs Masterson laughed as she sat down and hugged her dressing gown tightly across her chest. "Brrrrrr ... it's going to be a cold Christmas."

Sally did not feel the cold or even notice the melting filigree of frost on the window pane. Her heart gave little skips of excitement. School holidays had started yesterday. Pure happiness! No more impossible teachers for two whole weeks. She could lie in bed and read all day if she wished. Not that she had any desire to do so—at least not while her cousin Valerie was staying with them.

Valerie Collins and her older brother, Robert, lived in Merrick, not far from the Mastersons. Their mother had died when Valerie was two years old. Although their father worked for an oil company and travelled extensively, he did his utmost to keep his children together. During term time they attended the co-educational boarding school, Cloverdale College. Mid-term breaks were spent with their cousins, Paula, Sally and Simon Masterson.

Whenever possible they flew out to stay with their father for summer holidays. But, last May, he had been posted to a remote oil station in the Middle East and Mrs Masterson had taken his two children for the entire summer. As his job had now been completed he was returning home to Merrick and was due to arrive at the Mastersons' on Christmas Eve. The two families would spend Christmas together. Valerie and Robert were starting their school holidays today. In a few hours time the noon express would carry them into Merrick Station and Sally enjoyed the ripples of excitement that danced inside her every time she thought about it.

She adored her cousin Valerie. Unlike her older sister Paula, Valerie never argued, teased, annoyed or bossed her around. Another glance at the oven clock reminded her that Paula was still in bed. Typical ... typical. How could anyone lie in bed on such an important day.

"Get up, Paula! You'll be late!" she shouted from the foot of the stairs and this time it was her voice which cracked with impatience.

"Take it easy, Sally. It's not yet eight o'clock. We still have the whole day in front of us," advised her mother.

Sally reached into the spice rack where she had tucked her cousin's letter. She began to read it once again.

> *Cloverdale College,*
> *Moorscape Village,*
> *Flatsworth,*
> *15 December.*

> *Dear Paula and Sally,*

> *Only five more days to go before the school holidays!! Brill and bliss to be spending the Christmas hols. with you all—especially with Dad arriving on the 24th. I was so disappointed at first when I heard that he would not be home until*

then. But I know that the time will fly once I arrive at your house. The only good thing about having a father who travels all over the world is that I get to spend so much time with you both. Even though I haven't seen dad since he went away last May I haven't noticed the time going by because of the terrific holidays we've had. Remember last summer ... wasn't it fantastic? And Halloween—when we all sat around the bonfire in Bradshaws' back garden and told those awful stories about ghosts and zentyres and two headed trolls. I'll never forget the fright I got when Hogs Bradshaw sneaked up behind me and put that ice pack down my back just as Robert was telling us about the icy touch of the zentyre's fingers. YUK!! I'm still allergic to hogs—especially the two legged species!

How is Aunt Jassy keeping? I know I don't say it very often but I think of her as my mother and you two are my sisters and I love you all very much.

And now I promise not to be sloppy any more. Instead I will give you all the news from school. Here goes!

The Christmas exams are awful and I have no nails left. I even think my hair is starting to fall out. My friend Jean is leaving next term to join her parents in Japan. Miss Salmon, our maths teacher, is in love with Molecules, our science teacher. We spy on them all the time. L.B.W. it's called. No, no, it's not cricket. It means Love Bird Watching and we all believe he will propose to her over the Christmas.

Last week I made up a poem about them and wrote it on the blackboard before our main class. This is how it went.

'Oh! Ms Salmon I adore you.
Me and my molecules implore you.
Take my heart —this loving churner
Flaming like a Bunsen burner.
This is not a fishy story
But my love in all its glory.'

You should have seen her face!! Robert sends his love. I saw him for a minute today after PE and he told me he had a letter from Hogs Bradshaw. He even offered to show it to me but you need no prizes for guessing what I told him. Did you know that he writes to Robert every week?? And I never knew pigs could write! Do me a favour and put a spider (preferably a large tarantula) into his corn flakes for me.

I am counting the days off in my diary until I see you again. I've made a present for each of you in my woodwork class. You'll love them—or else!! Only five more days to sanity. I'll tell you the rest of the gossip when I see you.

Your exam-maddened cousin,
Valerie.

P.S. Tell Aunt Jassy that I've invented a smashing recipe for stuffing the turkey. We also tried out a new type of icing for the Christmas cake in our home economics class. It's called sugar paste and it's all the rage at Cloverdale.
Your darling demented cousin
V.

Sally giggled as she refolded the letter. This was going to be a really enjoyable Christmas. The only problem would be keeping Valerie out of the kitchen and away from the cooker. Her cousin adored experimenting with various weird and wonderful concoctions and insisted on using Sally and Paula as her guinea pigs.

Simon ran into the kitchen. He was pink-cheeked, his face downy with sleep.

"Are we going to Santa's cave now?" he demanded as his mother lifted him up in her arms.

"We'll be going soon." She gave him a hug.

He wriggled in excitement.

"When is soon? When will it be soon?"

He was three years old and this was the first time that he had really felt the full excitement of Christmas. For weeks he had talked about nothing else. He was continually changing his letters to Santa and peering out the kitchen window in case Santa was watching him whenever he threw a tantrum. Paula, his older sister, who was twelve, and Sally, who was a year younger, were looking forward to bringing him to Santa's cave at Dunaway's department store. They had arranged to call in there on their way to the station to collect Valerie and Robert. At 1 am. they would go to lunch at the Seven Stars and later ... later there would be a special treat.

"What will we do after the Seven Stars?" Sally asked her mother, who was pouring coffee and trying to persuade Simon to eat his breakfast.

She took a sip of coffee and turned the pages of the *Merrick Herald* which had just been delivered.

"This sounds very interesting, Sally. Would you like to give it a try?"

Sally leaned over her mother's shoulder and began to read.

TOY EXHIBITION
UNIQUE OPPORTUNITY!!!
FOR FIVE DAYS ONLY THIS
FANTASTIC EXHIBITION WILL
BE HELD IN MERRICK
TOWN HALL
TOYS FROM ALL COUNTRIES
ARE ON DISPLAY
ALSO 100 DOLLS DRESSED IN
NATIONAL AND HISTORIC
COSTUMES
SOME OF THESE DOLLS ARE
OVER 200 YEARS OLD
AN EXHIBITION NOT TO BE
MISSED!!
ADULTS £2
STUDENTS CHILDREN AND
SENIOR CITIZENS £1
EXHIBITION ENDS ON
23 DECEMBER

The newspaper also included a short news item on the exhibition. Sally continued reading.

A WONDERLAND OF TOYS

Have you ever wondered what sort of toys your great-great-great-grandfather had in his playroom? Or your great-great-great-grandmother? Did she have a favourite doll—or did she prefer to ride a strong wooden rocking horse around the nursery? These questions—and many more—are now answered at the Toy Exhibition which opened yesterday at Merrick Town Hall.

It consists of a very rare collection of antique toys and dolls which have been collected by Mr William Hardbark. It has taken him twenty years to complete his collection and, although it is highly valued by antique experts, it is not for sale and, according to Mr Hardbark, it is therefore priceless.

This exhibition offers a valuable insight into the playtime activities of our ancestors and, yesterday, after the exhibition was officially opened, the crowds exceeded all expectations.

This caused certain problems for the

organisers and I saw a number of parents searching for their children who had become separated from them in the excitement. No doubt they were drawn by the lure of these fantastic toys and had wandered here there and out of sight. Thankfully all searches were short-lived and families were quickly re-united. The general feeling of enjoyment was almost tangible and this is definitely an exhibition not to be missed.

Mr Hardbark told the *Merrick Herald* that he was delighted with the public response. He is a quiet man and very reluctant to be interviewed. He prefers to focus attention on his dolls as they form an important centrepiece to his collection. When asked why he developed such a keen interest in collecting antique toys, especially dolls, he said, "My particular interest is the doll collection. I see a doll as a symbol of eternal youth. It will never grow old and children, when they become adults, will always have an immediate memory of their childhood each time they hold a doll in their arms."

"Well, Sally, what do you think?"

Sally's cheeks were flushed pink with excitement.

"I think it's a terrific idea. I can't wait to see them."

"I don't want to go!" Paula's voice was low and frightened. It startled Sally, who had not heard her sister enter the kitchen. Mrs Masterson looked up from the newspaper towards her older daughter.

"Why ever not, Paula?" she said. "You love history. I'm sure you'd find it very interesting."

"No! I wouldn't! I'd hate it! I read that advertisement in yesterday's paper and it made me shiver."

"But that's nonsense, dear. It's just an ordinary exhibition. When we went to the Egyptian exhibition you thoroughly enjoyed that."

"I don't care. I'm not going. You can't make me!" Paula had blonde hair hanging to her shoulders. A shaggy-dog fringe hung low over her eyes and she was always blowing upwards to see through it. This was a gesture that automatically made her mother search for the scissors and Paula moan, like an anxious cat, while it was being trimmed.

As she was an older sister she felt that it was her right to be bossy at times. But now she spoke in gasping jerks of sound and, although she stared defiantly at her mother, she was trembling. Her thin shoulders were hunched as if she was trying to block out a sound that she had no right to hear. There was a pale, peaky look to her face and she had purple shadows under her eyes. Sally said nothing but she was seething inside. Typical ... typical of Paula Masterson to spoil things for everyone.

There were times when Sally believed it was the most awful thing in the world to have an older sister. Rice pudding, cod liver oil and cold, lumpy gravy, all mixed together, were nicer than having an older sister. Paula poured out her cereal and argued her point until Sally could stand it no longer.

"You're just an old spoil sport, Paula. You couldn't care less that you'll ruin the treat for Valerie and Robert." Her voice trembled a little with disappointment but mostly she felt anger towards her sister, whose lips were now set in a pout. Sally knew that once that pout appeared there was no changing Paula's mind.

"I'll bet you anything that Robert won't want to visit a silly old toy exhibition. As for Valerie— when did she last show any interest in dolls? She's not like you, Sally. She stopped being a baby a long time ago."

Older sisters! Sally bit her tongue to stop herself saying the things she wanted to say. She would try diplomacy for a while, just a little while, longer. But Paula was still trying to persuade her mother to change her mind.

"Can't you suggest something else, Muv?"

All the Masterson children called their mother "Muv." When Paula was a baby and trying to pronounce "mama" she had heard her father calling her mother "Love" and had combined the two words. Later, when she was able to pronounce everything (even words that little girls had no right to pronounce) the pet name for her mother had stayed with her and had been taken up by both Sally and Simon.

Paula looked at her mother. "Please, Muv. Let's do something else."

"I'm not going to get involved in an argument between the pair of you." Mrs Masterson began to clear off the breakfast dishes. "If you can't agree on something there'll be no special treat. You can settle it between yourselves while you wash and dry the breakfast dishes."

Mrs Masterson lifted Simon down from the high shelf where he had climbed to reach the biscuit press. The sisters sighed in unison. Washing up! Christmas could come and go but some things never changed.

"Right, my young man," said their mother. "Upstairs and get dressed. Come on Simon. You don't want to keep Santa waiting, do you? Come on—quick march—left, right—left, right."

The sound of their brother's giggles faded as he marched upstairs.

"Please say you'll go," Sally coaxed as she dried the cutlery. "It sounds like a super exhibition."

"I told you already I don't want to go. Will you stop going on about that stupid exhibition!"

Diplomacy took flight as Sally stamped her foot.

"You're so selfish! All you can do is pout and sulk ... you ... you ... Camel Lips!"

For once Paula did not respond to the familiar insult that Sally threw at her every time she set her lips in a pout. She was proud of her pout and practised it regularly in front of her mirror so that she could achieve the maximum effect with it whenever she wanted to get her own way. But Sally, despite her anger, noticed a difference in her sister. Her lips quivered as if she was about to burst into tears and Sally began to wonder if the exhibition was really worth all this tension and arguing. It was! It was!

"You really have a problem, Paula Masterson. You're so selfish. You never think of anyone but yourself," she shouted as she flung the cutlery into the drawer. It made a loud clanging noise and Paula pressed her fingers against her forehead as if she was trying to massage away a pain.

"Please stop, Sally. Oh please don't keep going on at me. I don't understand ... "

Her voice trailed into silence and, in that same instant, Sally glanced towards the *Merrick Herald* which was still open on the page carrying the Toy Exhibition report. The words began to blur before her eyes. They seemed to dance in a crazy rhythm of shimmering black images and, for a brief, powerful moment, she could smell the sea, the early morning misty smell of seaweed, and the shrill caw of sea birds diving towards the rocks seemed to reverberate through the kitchen. And the desire to go to the exhibition grew and grew into a desperate need. It was like a light inside her head, a longing that grew into a ball of golden flame that pulled her towards its centre.

Paula gave a sudden cry and a cup fell from her hand. It broke at their feet but neither sister paid it any attention. Sally felt far removed from Paula, almost as if she was watching a stranger. A stranger whom she did not like very much.

"We've got to go, Paula. You've got to say yes. Do you hear me? I'll never forgive you if you refuse, never, ever!"

Why was it so important? Sally was beyond trying to understand anything and there was a rising note of hysteria in her voice. Nor had she ever experienced anything like the feelings of anger and temper that raged, like angry wasps, inside her mind. She wanted to reach out and slap the stubborn look forever from Paula's face.

Paula kept shaking her head. How pale she looked. Sally could see the sheen of sweat on her forehead. When she spoke, she seemed to be addressing an invisible person as she looked beyond Sally's shoulder.

"We mustn't go. There is danger. Stay away. Danger! Danger!"

It was a high singsong voice that uttered this frantic warning and if Sally had not been filled with such fury she would have laughed out loud because it sounded so unlike Paula. Her own voice grew louder still.

"I won't listen to you! You're talking rubbish. You're going to the exhibition. You are! You are!"

Paula removed her hands from her forehead and placed them on her hips. She trust her face close to Sally. It was a typical Paula Masterson pose. The anger and distress had left her. Her lips no longer pouted. Her eyes were steady, a deep grey like storm clouds and full of determination.

"We're not going, Sally Masterson and that's that. You can go on forever but I'm not going to change my mind." Colour was returning to her cheeks. The strange singsong voice had disappeared. She spoke with finality and conviction.

Sally struck her across her face. It happened so suddenly that her hand had lashed out before her mind realised what she was going to do. And then it was too late.

The blow caught Paula across her nose, which immediately started to bleed. Rich, red blood spurted all over the front of Paula's yellow sweatshirt with the picture of her favourite rock group "Time Lost in Tears" on the front. Paula suffered from nose-bleeds. She only had to sneeze loudly and the blood would flow. Once started, these nose-bleeds seemed to go on forever.

Paula had a rare blood group and had been delighted to discover that only three per cent of the population were in the AB negative blood group. This gave her a deep sense of importance. Every time she had a nose-bleed she worried about all this rare blood disappearing down the plug hole. "What if I need a transfusion," she would demand, secretly hoping for a family drama. "Supposing there is no spare blood available. I could die and there would be one less in three per cent of the world."

Sally was firmly convinced that her older sister was the biggest show-off of all the three per cent.

The two sisters stared in disbelief at the sweatshirt. "Just look at what you've done," Paula cried out. "You've ruined my new 'Time Lost in Tears' sweatshirt and I'll probably have to have a blood transfusion."

Their mother, knowing as usual the exact moment when things went wrong, entered the kitchen. "What on earth is going on? Are you two still fighting? Oh no, Paula! Not another nose-bleed?"

Sally waited for her sister to tell her mother everything. Her special day was shredded beyond recovery. Misery surrounded her like a thick balloon.

Through it all she heard her sister say, "I

gave an enormous sneeze and it just spurted out. It was like a mad fountain. It was flowing like a river—litres and litres of it."

Her mother silenced her by grabbing some kitchen tissue and trying to stem the flow.

Even when she was bent over the kitchen sink, watching droplets of her rare and precious blood splash down the plug hole, Paula could not resist boasting.

"I really do get the most awful nose-bleeds. Mrs Nesbitt says that no one else in the whole school has ever had such prolonged nose-bleeds. She says I must have created some kind of world record."

"What a show-off!" thought Sally.

But she was filled with gratitude towards her sister. One never knew how Paula was going to react in any situation and, today, she had reacted in the nicest way possible by not telling her mother the truth. What on earth had possessed her to hit her sister with such cold fury? Why had she longed so desperately to go to the toy exhibition? The light which had filled her mind with a spinning fury was gone. Already the memory of its force was fading. It was as if a cord had snapped inside her head as soon as she felt her palm strike the side of her sister's face.

The nose-bleed was beginning to slow down. Paula held a cold sponge to her nose and, behind her mother's back, she gave Sally a wink.

"Have you two decided about this exhibition?" asked Mrs Masterson.

Sally nodded. "We've decided not to go."

"Is that an agreed decision? I'd hate to think you two had been fighting," her eyes narrowed suspiciously as she stared at her two daughters.

"Us!! Fight??" said Sally.

Their faces shone with the sincerity of angels.

"Mmmmmmmmm ... How could I ever be so suspicious? Silly me. Right! No more time-wasting. You, Sally, go and get dressed. Immediately! Paula, you'll find a clean sweatshirt in the hot press and soak that one you have on you immediately. Today is busy busy day. So get moving, the pair of you."

Mrs Masterson waved them from the kitchen. Behind her she heard a rustle. The *Merrick Herald* slid to the ground and the advertisement lay face upwards on the floor. The words quivered and seemed to rise from the page. She blinked. Only the flat, black print stared back at her.

"I must get my eyes tested." She rubbed her eyes and just for a moment she felt it, a nameless creeping dread that brought her flesh out in goosebumps and clutched her heart in a tight skeletal grip. She wanted to call her children downstairs and hug them tightly to her. She wanted to fold her love around them so that they would be safe forever.

From upstairs Paula yelled, "I can't find my red sweatshirt. I bet you borrowed it, Sally Masterson!"

"I did not! And where are my navy ribbed tights? Yes, you did so have them. You sneaked them out of my drawer!"

The sisters were bickering again. Life was normal. Mrs Masterson cleaned out the milk saucepan which they always managed to avoid when it came to doing the dishes. Life was indeed normal. What a strange imagination she was developing. She gave a little no-nonsense laugh. With a brisk swoop she gathered up the paper. She twisted it into a spiral and dumped it in the refuse bin.

"Hurry up, you two," she shouted. "And just for once, please, please, stop arguing!"

2

The Warning Voice

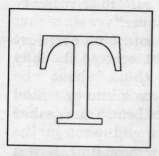

heir mother's voice floated up the stairs as the girls dressed themselves. Sally was unable to look at Paula's face which had a rising red welt on one cheek.

"In any language sorry is the hardest word to say," their mother often said.

Sally knew exactly what she meant. She stole a sideways glance at her sister. How tired Paula looked. In recent months her face had grown thinner. It happened around the same time that those purple shadows began to surround her eyes and smudged her clear skin. Her mother fretted over her pale cheeks and tired eyes. Dr Armstrong, the family doctor, could find nothing wrong with her. He prescribed vitamin tablets and cod liver oil which Paula obediently swallowed. The only noticeable effect was that she grew more stubborn and would refuse to allow anyone to change her mind once she decided on a certain course of action.

Something was tapping at Sally's memory but she did not want to let it in. Ever since that day, four months ago in late summer, just before Valerie returned to school, she had deliberately refused to think about the conversation. Any time it came into her mind she pretended there was a broom inside her head and, very briskly, she would sweep out the thoughts. It worked—well, almost. Sally sighed as the memory of that sunny afternoon flooded her mind and for once the broom stayed idle in some forgotten corner.

The incident took place in the back garden. With Paula and Valerie she had built a "den" in a thick nest of bushes and had used it throughout the long summer holidays.

"Can you keep a secret?" Paula suddenly asked them one afternoon.

"Of course," they both agreed.

The branches formed a thick arch above their heads and the earthy smell of late summer was all around them. It was snug and secret in the den: the perfect place for mysteries. They looked, encouragingly, at Paula. But first she made them take a serious oath. They had to cross their fingers and knees. Then they had to cross their arms over their hearts and repeat,

"If I dare to break this secret oath,
May my skin begin to moult.
May tangled hairs grow from my nose
And long red fangs grow from my toes."

Although they tried their hardest to be serious, it was impossible. Sally and Valerie could get no further than the piece about their noses, before collapsing against one another in helpless laughter. Paula, who had written out the oath with a luminous red felt-tipped pen, although she pretended it was written in her precious blood, was not in the least bit amused and kept ordering them back to the beginning. Eventually it was repeated in a serious manner and she told them her secret.

"I keep hearing a funny voice inside my head," she whispered.

Her face went very red as if she expected them to laugh at her, and her bottom lip prepared to pout. But the two girls were amazed rather than amused.

"What kind of voice is it?" asked Valerie.

"It sounds like a girl's voice. Sometimes it's

very clear and at other times it's a buzz like a radio when it's not properly tuned. But when it's clear it sounds like somebody young, about our own age. She has a really strong accent, just like the people who live down by the river."

Sally gave a snort of disbelief. "I hope you don't expect me to believe such a stupid story?" It really was typical of Paula, who was always going on about magical spirits and ghosts and weird zentyres and writing crazy poetry in red pretend blood and spidery handwriting.

"I knew you wouldn't believe me. But it's true, honest. You can't mistake a Merrick accent," Paula retorted, but she seemed embarrassed, as if she did not even believe her own story.

In the district of Merrick there were two communities. In the spread of land out from the centre of the town and towards the hills a large number of housing estates had been built in the previous fifteen years. The Mastersons and the Collinses lived in two of these estates. But the old part of Merrick was steeped in history. It had been built in a series of narrow cobbled streets around the docks of the wide river that ran through the town, where there had once been a busy port.

Generations of Merrick families had lived in

these cobbled streets and they spoke in a lilting, singsong accent, always ending their sentences on a high note of enquiry. The suburban children, who lived in the sprawling estates and whose parents had come from outside Merrick, had not acquired this distinctive way of speaking. Sally tried to imagine a voice like that inside her sister's head. Rubbish! It had to be a joke.

Paula went on to explain about the voice, about how it had come into her head one night just before she went to sleep. "I thought I had drifted off into a dream but I could hear the voice and my book was still open beside me and I could see you in the other bed. This little voice was so clear when it told me that Aunt Olive would be arriving from America the following day. And she did. Muv said it was ten years since Aunt Olive went away and nobody could possibly have known she was coming back because she wanted to surprise us all. But she didn't surprise me!"

"I don't believe a word of it. You're a rotten liar," insisted Sally.

Paula pretended not to hear her. "The voice told me that Simon would get chicken pox. And is he or is he not covered in spots at this very minute?"

Both girls agreed that he was covered in furious red blotches and, much to his disgust, had to wear soft white gloves in bed so that he would not scratch the tops off his spots when asleep.

"You're just making that up," said Sally. "How come you didn't say anything about it before he came down with chicken pox?"

"Because I didn't really believe it myself and, anyway, how could I have stopped it happening?" Paula replied.

The breeze rustled the leaves around them and, in the next garden, they could hear Robert and Alan Bradshaw playing football.

"Do you remember that game of tennis you insisted on us playing yesterday, Sally?" Paula, now that she had started to tell her story, was determined to finish it.

"How could I possibly forget it?" Sally spoke with great feeling and put her hands over her face in mock horror.

"The voice came into my head immediately you suggested that we hang the rope between the two trees for a tennis net. It told me not to play tennis, that I would get into trouble. And look at what happened!"

Paula glowered at Sally, who had the grace to hang her head as she remembered how her

sister's ball had gone out of control and
smashed the Bradshaws' kitchen window.
There was a brief silence as the three girls
relived the scene that followed.

"It should have been you who had to give up
three weeks' pocket money," muttered Paula to
Sally.

Just to think of it made her feel so angry, and
it made her even angrier to see the disbelief
spreading across the faces opposite her.

"I know you all think I'm nuts. Go on! Say it!"

"We don't think that at all," Valerie tried to
placate her. "But imagination can be really
weird at times."

"But I'm telling you the truth. Why would I
make up such a crazy story?" Paula demanded.

"To get attention," replied Sally. "You're
always looking for attention."

"No, I'm not. You are!"

"How could I get any attention with you
around?" Sally asked, hoping for some
sympathy from Valerie.

But Valerie had learned, a long time ago,
never to take sides in an argument between the
two sisters. So she peered up between the
branches of the bushes to where the clouds
skidded across the face of the sun and she
yawned. "Oh shut up, you two. You're like a pair

of parrots, always going on at each other."

Paula's face lost its intense look and she stole a sly glance at Valerie. "How about this for a secret. You'll never guess what the voice told me only last week?"

"Surprise us," yawned Sally.

"It told me the name of the girl Alan Bradshaw's going to marry!"

"Who? Who?" chorused the two other girls, their disbelief suspended in the light of this interesting new development.

"Who is this poor, unfortunate, abused, tragic, daft female?" Valerie pretended to shudder violently.

Paula laughed out loud.

"You," she said in a satisfied voice. "You're the lucky female."

There was a shattered silence.

"Me!" Valerie looked as if she had just slipped a slice of lemon under her tongue.

"Yes! you!" Paula spoke with great finality.

"Please tell me you're only joking?" Valerie's face had turned deep red, especially as Sally, who was an uncontrollable giggler once she started, was betraying telltale signs of merriment.

"I can't tell you it's a lie. The voice inside my head told me that you would marry Alan

Bradshaw and have six … chil … " Paula was unable to finish her forecast because Valerie had made a hasty exit from the den.

"I need some fresh air or I'm going to be very very ill." Stray leaves and twigs had entangled themselves in Valerie's long red hair and she blushed even deeper when Alan Bradshaw looked over his garden hedge.

"Hiya Ginger Nut," he yelled. "I like the new hair style."

"Shut up, Hogs, and return to your sty," she retorted and stretched her lips back into a sneer.

Much to her disgust her two cousins had tumbled out of the den and were rolling around the grass in hysterical laughter. It always amused them to see Valerie and Alan Bradshaw arguing, a thing they managed to do with great energy whenever an opportunity presented itself. They also played the most vile tricks on each other.

Valerie now looked at Alan with the utmost contempt. "I'd sooner die a thousand deaths in a torture chamber than marry him," she hissed into Paula's ear. "And if you dare breathe one word of what you have just said I'll … I'll never let you hear my 'Cold Command Charlie' LP again!"

"Big deal," snorted Paula. "They're only a rubbish group."

"They're far better than 'Time Lost in Tears'," said Valerie, but she could see that Paula was growing serious again as Alan's head disappeared from view.

"I really don't believe one word of that daft story." Valerie sat with her cousins on the grass.

The two girls grew silent as they looked at Paula. She gave a little shiver.

"I'm not making it up, Valerie. The voice of this girl talks to me about a danger that is hanging over Merrick. But she cannot see it clearly and when she tries to explain what it is about her voice fades away into a buzz. Sometimes I feel like hitting my head off the wall to stop the sound. But sometimes I can hear her clearly and she tells me about this danger which floats on the wind and the tide. When it comes to Merrick she is so afraid that she will not be strong enough to prevent it."

The two girls facing Valerie no longer had any inclination to laugh. Shivers ran across their skin and crept under the roots of their hair. The shouts of Alan and Robert carried clearly across to them. In the kitchen Simon was scratching his spots and crying a hot, fretful cry. His mother's lower tones soothed him. Valerie chewed her lower lip in indecision. Sally was bright red and furious. She controlled the fear that Paula's words had aroused in her by allowing her anger to spill over.

"You're the biggest liar in Merrick, Paula Masterson. But you don't scare me. I think it's all just a load of old rubbish. It's like that creepy poetry you make up."

Paula, who was normally so sensitive about her poetry, did not react to this insult. "I knew you'd say something like that. I wasn't able to tell you for ages because I didn't really believe it myself. But that's not all."

She drew back her blonde hair and, just below her left ear, the two girls saw a small black circle. It was like a beauty spot or a mole. "This appeared on my neck around the same time as the voice started. What do you think it could be?"

Valerie placed a tentative finger on the spot and drew back with a shudder.

"I felt it move just like a pulse!"

"I've felt it too," said Paula. "At times it's like a little heart beating, especially when the voice talks about this danger. Go on, Sally. Touch it. See if I'm telling lies."

But Sally had drawn back. Disbelief was

written across her face, in the crinkling lines on her forehead.

"It's just a silly old spot! Anyone can see that. You're really weird."

"I'm not!"

"Yes you are!"

"Here we go again," sighed Valerie. "With you two around it's just one big row."

Suddenly the three girls wanted to cry. The beauty had gone from the afternoon and the wind was harsh as it blew through the branches. Grey clouds covered the sun and shadows, dark and menacing, crept over the grass.

"We're too old to play in a stupid den and listen to stupid stories," said Sally. "Admit that you made the whole thing up and we'll never talk about it again."

"I made it up." Paula turned abruptly from them. She ran towards the house and disappeared inside.

"What a cheat!" But Sally spoke without conviction and, later, when they went upstairs to try and persuade Paula to come out and play, the bedroom door was locked.

"Leave me alone. I'm writing poetry." Paula's voice sounded muffled, as if she had been crying, and she did not speak to them again until the following morning. By that stage everyone wanted to forget about the conversation and it was never mentioned again. Nor did they ever return to the den and when Sally looked back to that afternoon she realised it had marked the end of a very special time.

That was four months ago and now, remembering, she began to shiver. In the kitchen Paula had spoken in a weird singsong voice and she had hunched her shoulders in a way that had become so familiar over the past four months—as if she was trying to catch the whisper in a voice. Sally shook her head in confusion. She searched in the bottom of Paula's wardrobe for her tights and decided that she was letting her imagination run away with her. She gave a cough in preparation for the great apology.

"I'm really sorry for hitting you, Paula. I don't know what came over me."

Paula looked pleased as she accepted her sister's apology.

"Forget about it, Sally. And your tights are under my pillow."

"Oh you!!" But Sally was smiling as she pulled on her tights.

The two sisters felt close and they were

convinced that they would never, ever fight with each other again.

"Hurry up you two," their mother's voice broke the moment and the question about the singsong voice which came into Sally's mind was wiped out. It was as if a duster had slid across a blackboard and left her mind clean and empty. She could no longer remember with any clarity what had caused the anger that swept her hand so fiercely across her sister's face. The car engine was racing outside. Simon was shouting at her to hurry up and his eyes were dancing in his head with excitement. She was happy as she slammed the front door behind her.

"Sing song Sally, sing the cluck-cluck song!" her brother demanded as the car sped towards the centre of Merrick Town.

Sally sang loudly. She was a wonderful mimic and, as she sang "Old McDonald Had A Farm," Simon called out the name of each animal as she imitated the animal sounds. The day stretched before her in a delightful haze of anticipation.

3
Christmas Magic in a Cave

The people walking along Merrick High Street flowed like a grey heaving river. As Sally pushed through them she wondered why the reality of Christmas always differed so much from the images on the Christmas cards lining the mantelpiece at home. Those pictures were always so peaceful and silent, lonely cribs and snow scenes. There were no pictures of mothers pushing go-cars and carrying enormous plastic bags. Or rows of young people linking arms and singing carols with more gusto than harmony while their friends almost drowned out the sound with the rattle of collection boxes.

Christmas, Sally decided, had an awful lot to do with crowds and noise. Dealers shouted from their stalls at the edge of the road. "Great value in Christmas decorations. Last offers. Only a few fantastic bargains left!"

In the middle of the pedestrian zone a giant Christmas tree waved its silver lights. They had bought their presents for Valerie and Robert. Valerie would receive a calendar of her favourite group 'Cold Command Charlie' from Paula. Sally had bought her cousin a money box in the shape of a frog which croaked every time money was put into its mouth. Robert would receive a football quiz book and an 'Easy Learning' music book. Last summer Alan Bradshaw had started teaching him to play the guitar and the two of them had high hopes of becoming an overnight success in the rock business.

"When are we going to see Santa?" Simon asked, at sixty-second intervals. At last his patience was rewarded. They arrived at Dunaway's, the biggest department store in Merrick.

The windows blazed with coloured lights and each window had an animated display. Simon pressed his nose flat against the glass and, for a moment, his excited breath clouded his vision. Each animated figure enacted a Christmas scene. Santa's North Pole workshop was alive with the activity of elves and mice and rabbits and reindeer and bears.

At last his mother managed to prise him away from the displays and brought him inside. People floated up and down the rows of escalators, a swaying see-saw of movement. Sally thought the store was the busiest place in the world. A red-lettered sign, accompanied by an arrow in the shape of a swordfish, pointed to SANTA'S CAVE. They lingered by the perfume counter where a girl in a white coat sprayed their wrists. The scent lingered, reminding Sally of summer time and juicy red apples from her grandmother's tree.

"Jassy, how are you?" Mrs Downing, their neighbour from across the road, was calling.

"Hello, Noreen. Bedlam, isn't it?" Mrs Masterson stopped for a chat.

An endless conversation followed. Sally was mutinous. Why did grown-ups have to be so difficult? Talking for hours and hours as if children did not exist and expecting them to stay quiet and not shuffle from foot to foot, sigh loudly or even tug, with discreet impatience, at their hand.

Eventually they reached Santa's Cave. A row of green lights had been tucked into moss-covered rocks and made everyone look pale and shadowy. They could make out shapes of fish and mermaids and a weaving octopus. When the girls were younger they had been thrilled but terrified by the mysterious shapes that seemed to move through a haze of water. Now they knew that the rocks were made from papier maché and that the underwater creatures were animated like those in the window display. But Santa's Cave still had a sense of mystery, especially when they heard the sound of water breaking against its walls. Santa sat on a seat hewn out of the centre of a high rock. As always, he looked magnificent.

"Why do you live in a cave," Sally had asked him once when she had taken the magic of Christmas for granted. "Everyone else believes that Santa lives in the North Pole."

"So he does, my dear," the bearded man had replied. "But I am the Aqua Santa." His voice was deep and murmuring, as if surrounded by bubbles. "One side of the Claus family lives under the sea and, every Christmas, we come ashore to give the real Santa a hand."

This year Sally felt quite grown-up and looked indulgently from Santa to Simon, who was clinging to his mother's hand. His eyes shone like saucers of fear and excitement. She was about to shake Santa's hand when she heard Paula's voice.

"Stop, Sally! Don't touch him!"

She heard her mother draw in her breath in an astonished gasp and Paula's scream as the lights slowly dimmed. The shadows merged and the cave darkened, creating a heavy feeling, as if a damp blanket had been thrown over them.

Paula hated the dark. Not that she ever admitted it, but Sally knew that she often lay awake, listening to the unrecognised sounds of darkness. She would watch the shapes thrown on the walls as cars drove by, imagining mysterious things prowling the night.

Sally normally had no such fears but it was her voice that cried out in a terrified whimper, "Muv! Where are you? Help me!"

Why should she feel so frightened? Even that dreadful storm four months ago, when the electricity of Merrick had fused and left the district in complete darkness, had not bothered her. While Paula fled for protection, weeping, to the warmth of her parents' bed, she had stayed on her own, reading her comics by the flashes of lightning which continually lit the room.

"It's all right, Sally. They'll have the lights fixed in a moment." Her mother sounded calm.

But Sally continued to sob hysterically, her breath churned up with fear and coming out in panting gasps. All around her she could hear the murmur of voices as parents tried to calm their children. Everyone was afraid to move in case they should fall over something or someone.

Paula held tightly to Simon's hand. "Don't be afraid, my big brave man. Santa will have the lights fixed before you can blink your eyes."

The person standing beside her flashed a cigarette lighter. The flame was immediately quenched. The same thing happened whenever anyone tried to strike a match.

"It must be the atmosphere in here," a voice said.

"I wish they'd hurry up and get the lights back on." A growl of uneasiness was rising from the crowd.

"I demand the manager," someone shouted in a very bossy tone. "Get the manager immediately!"

This sounded ridiculous to Sally, who could not even see her hand let alone a manager, even if he or she did arrive. She continued to tremble. But it was not only fear that made her teeth chatter and her insides feel as if they had turned upside down. It was the cold. It flooded the cave. Surely the sea was breaking through. They would all be drowned in this clammy wave that swirled around her knees and arms like a thick oil-slick and was rising, rising slowly towards her face.

"It's not really the sea," she kept repeating. "It's only a tape recording of waves. It's not real." But then she realised that as the electricity had gone, the tape recording should also be out of action. So why was she hearing the sound of waves hitting the rocks in a dull soapy thud?

She pinched herself but it made no difference. It was like the dream where the creature with no face chased her and she tried to run but her legs were weighed down with heavy cotton wool and it was impossible to move, to run towards the door that always stayed just a hand's touch away.

Through the darkness a light appeared. In its centre she could see a tiny face, its features sharp like chiselled stone and two gooey eyes with red pinpricks of light shining through. Then the face blurred and softened and she could see a beautiful doll with a china face, smooth and cold. The doll wore a long dress of green material that had a luminous glow and her black silky hair was caught at the top of her head. It crowned her forehead in tiny curls and flowed, in ringlets, down her back. The doll smiled. But it was not a crinkling human smile that curled her lips or drew laugh lines around her eyes. Instead her face stayed smooth and untouched by warmth.

Only her lips curled upwards and she stretched dainty hands towards Sally who felt herself lifted from the cotton-wool dream feeling and moving towards the doll as if a giant hand was pushing her from behind. She was staring deeply into the light-filled eyes.

"Sally! Sally!" The voice floated on a cushion of echoing sound. "Soon you will be with us on Isealina."

Sally wanted to scream but the sound was unable to push through her clenched lips. The tiny doll began to spin, faster, faster, until she was only a pinprick of light. The darkness lifted and, blinking in the sudden brightness, Sally looked frantically around for her sister.

Paula's face was streaked with tears and purple shadows ringed her eyes as if they had been drawn by a savage pencil. She flung her arms around Sally and the two sisters held each other in wordless relief.

They did not need words. Both, instinctively, knew that they had undergone the same experience.

"What's the matter with you two?" Their

mother was amazed at this unusual display of affection. "And I'm surprised at you, Sally. Since when did you become afraid of the dark?"

"It wasn't the dark, Muv. It was the cold. I couldn't stand it."

"I didn't feel cold," Mrs Masterson sounded surprised. "I felt far too warm." She looked at the pale faces of her daughters. "I think what you felt was the shock of being left in the dark for so long. Imagination can play strange tricks at times."

Valerie had said something like that in the den on that sunny afternoon and Sally, with a sense of shame, remembered how she had nodded, vigorously, in agreement.

"Tell me what you young ladies are expecting for Christmas?" The deep bubbly voice of the Aqua Santa made the girls jump. They had forgotten all about him. He had brown eyes, set like currants into his fat smiling face. He rustled in a big fishing net.

He held a gaily wrapped parcel towards Sally. "A present from the Aqua Santa."

She did not want to accept it. Every part of her body pulled away as if sensing danger.

"Sally! Take that present from Santa, immediately!" her mother hissed. "You look as though you're sleepwalking."

Sally's hands moved of their own accord and accepted the gift.

"Say thank you," insisted her mother.

"Thank you." She cleared her throat.

Paula was showing the same reluctance to accept her gift. The Aqua Santa was obviously puzzled and a little hurt by their behaviour. But Simon had climbed up on his knee and, with great determination, had placed his hands on either side of his face and was turning his head around to face him.

"Me, Santa, me! What have you got for me?"

"Won't you take your present, dear?" Santa said to Paula. "There are other children waiting for me."

There was a note of reproach in his voice but Paula kept her hands behind her back and shook her head. "I don't want anything. Please don't make me take it."

He handed the present to her mother. "I think that electrical failure has upset them very much."

"I quite agree," apologised Mrs Masterson and, from the look on her face, it was obvious that she was very angry with her two daughters.

Outside the cave Simon clasped his bright green bus to his chest. His cheeks shone like red apples and he chatted in a high-pitched chirp of excitement about the cave and the wonderful monsters he had seen. But no one was listening.

"Right, you two ladies! I hope you have a good explanation to excuse the worst display of bad manners I have ever seen."

The girls bent their heads and examined the ground in minute detail.

"I spend good money giving you a special treat. And do either of you appreciate it? Oh no! Not my two madams. You're too grown-up to accept gifts from Santa, even for the sake of your little brother. You have to spoil the day for everyone."

Sally opened her mouth to explain about the doll but she noticed Paula's warning look.

"I'm waiting!" Mrs Masterson tapped her foot, a rat-tat-tat of impatience. She seldom lost her temper but when she did it was an awesome experience. "If you two girls don't give me some sort of explanation then I'm taking you straight home. Simon and I will return to collect your cousins. No meal at the Seven Stars. No treat afterwards."

She spoke quietly and this, the girls knew, was a very dangerous sign. Her threats were always carried out when her voice sank below a certain level.

"The cave... it was... it frightened us," stammered Sally. "It was so cold and then a doll appeared out of nowhere and she was sitting in a pool of light and, and, Oh Muv! it was so awful!"

She wrapped her arms around her mother and buried her face in the rough tweed of Mrs Masterson's coat.

"Silly girl." Her mother's expression had changed from anger to anxiety. She felt her younger daughter's forehead. "What on earth will you imagine next? Santa was right. I think that electrical breakdown upset you more than I realised."

"But Muv, it's true. Honest! I thought the water was going to flood the cave and there ... well... there was a light and some sort of funny... No, it's too silly! You're right. It must have been my imagination."

"Of course it was. Once your eyes get used to the dark you can see all sorts of shapes in it."

Mrs Masterson's anger was thawing like ice on a frying pan. Laughter trembled at the edge of her words as she soothed Sally and told her stories about strange imaginings she too had experienced as a child. Her eyes were full of the reassuring knowledge that adults use when they want to humour children.

Sally began to believe her. After all, she did not believe in magic and magic was the only word to describe what had happened. She allowed her mother's words of comfort to wash over her. Already the image in the cave was fading. It was absolutely crazy to think that tiny dolls floated through the air and looked at her with eyes that glowed. She shivered and held tightly to her mother's hand as they decended the escalator. Not once did she look towards Paula. To do so would be to see the deep knowledge in her sister's eyes and that would only bring her fading fears rushing to the surface again.

In the pram pool, as their mother strapped Simon into his buggy, she handed Paula her present.

"It's yours. You'd better carry it yourself."

Paula seemed to shrink away from the parcel.

"Oh, stop this nonsense at once! Take it." Mrs Masterson thrust it into her hands and Paula's fingers instantly closed tightly around it.

"Let's go, you lot," Mrs Masterson pushed the buggy out into the crowded street. "Remember—we have an important train to catch."

4
Mystery Presents

hey were only waiting five minutes before the train roared into the station with much hissing and grinding of brakes. The wheels glided to a halt, carriage doors swung open and, suddenly, the air was alive with anticipation.

"There they are!" Sally yelled. She could hardly contain her excitement. "Hi Valerie! Hi Robert! Happy Christmas!"

She went running down the platform to where her cousins were leaning out the window, waving in frantic excitement in case they could not get the door open on time and the train would start to move again and carry them away.

"Don't go too near the edge," Mrs Masterson warned, and Sally could hear Paula panting behind her. The girls still carried the presents which the Aqua Santa had given them but neither had made any effort to tear off the wrapping and see what was inside.

At last Valerie swung open the door and the cousins spilled out onto the platform. After much hugging and kissing and dancing around, Valerie was held close against her favourite aunt.

"Oh Aunt Jassy! How are you?"

Aunt and niece rocked together in a bear-hug until Simon yelled from the depths of his buggy, "Look at me, me. Look what I got!"

"Simon! Look at how you've grown," Valerie bent down to stare at Simon, who held out his new bus for her inspection.

Robert, who was thirteen, forgot that he could not stand girls and hugged his cousins until they could not catch their breath.

By now the incident in Dunaway's was fading like a horrid nightmare in Sally's mind and, by the time they arrived at the Seven Stars restaurant, it had disappeared completely.

The Seven Stars was a posh restaurant. There was no queuing along the counter for matchstick chips and burgers. The tables were not made of plastic and the overhead lights did not drain the colour from people's faces. Instead they sat at round tables with pure white tablecloths, cutlery that gleamed and felt heavy in their hands. The plates had scalloped edges with delicate patterns and the waiters, like dignified penguins, moved silently between the tables balancing them on their arms. A huge log fire blazed a welcome. This visit to the Seven Stars was a once-a-year treat and they were determined to enjoy every minute of it.

"I could eat a horse and have two cows for dessert," boasted Robert, who had eaten three packets of crisps, two chocolate doughnuts and a packed school lunch on the train journey.

The laughter began as soon as the soup was served. Perhaps it was the splendid waiters who looked so serious and treated them exactly like adults that started Sally off on a fit of the giggles, but it was contagious and once they started they could not stop. The laughter grew louder as Valerie filled them in on the exploits of Ms Salmon and Molecules who, the school grapevine insisted, were going to get engaged over Christmas. After a particularly difficult question and answer session Ms Salmon had to admit defeat on the question of who had written the poem on the blackboard.

Everyone was trying to talk at once. Robert just knew he would receive E minus for every

subject he had taken in the Christmas exam.
Sighs of sympathy all round. Valerie was going
to run away from school if the school menus did
not improve. She had a good mind to take over
the school kitchens herself.

Everyone agreed wholeheartedly that she
would do a far better job. From the time she was
old enough to dip her finger into a gravy sauce,
Valerie had been fascinated by the art of
cooking. As the meal progressed she sampled a
tiny piece from everyone's plate and told them
the exact ingredients that had gone into the
dish. As always, she was most impressive and,
according to her aunt, correct.

When the manager, who recognised them
from last year, stopped at their table to say hello
he was so charmed by Valerie's enthusiasm
that he invited her into the kitchen to meet the
chef.

"May I?" she appealed to her aunt, who
nodded. "Be sure and get some tips for the
Christmas dinner," she called after her niece
who swanked through a special door marked
PRIVATE.

A silence fell over the table. "Let's have a look
at your presents." Their mother's foot had
accidentally hit against Sally's parcel which
she had pushed out of sight under the table.

"I'm surprised you haven't opened them already."

Sally did not want to open her parcel. But everyone was waiting. Her mother bent down and picked it up, passing it across to her younger daughter, who began to unwrap the paper. The parcel seemed to throb slightly, as if it was alive under her hands, and Sally wanted to fling it from her. Shimmering green material began to appear. A smooth china face set with unblinking eyes stared up at her.

"How very beautiful," her mother drew in her breath. "What an extraordinary present to receive."

Paula had also retrieved her parcel from under the table and gave a gasp as she tore off the paper. Her face crumpled as if she was going to burst into tears. A silver dress, delicately made with thousands of tiny sequins, caught the light from the fire and reflected pinpricks of flame that pained their eyes. Blonde hair fell down the doll's back. Her eyes were green and wide, shaped like almonds.

"I can't understand it." Mrs Masterson took the doll from Paula. "I suspect there's been some mistake."

She tapped the face of the little doll with the nail of her first finger. Sally could have sworn that the doll flinched and stared back with angry eyes.

"It's made from china, just like yours, Sally. They look very expensive. The staff of Dunaway's must have made some mistake when they were wrapping the presents." She examined the dolls thoroughly. "We'll have to bring them back. I can't understand how such a mistake could have been made."

But the girls knew that there was no mistake. Sally could feel the chill damp sensation of the Aqua Santa's cave, as if misty fingers were tickling the back of her neck. She opened her mouth to tell her mother that this was the same doll that had appeared out of the darkness. But the words seemed to dry on her tongue. No matter how much she cleared her throat she could not utter a word.

Mrs Masterson wrapped the dolls in their coloured sheets of paper. "Carry them carefully," she warned her daughters. "I don't want to take responsibility for such valuable items. As soon as we've finished shopping we'll return to Dunaway's and sort this whole thing out."

5
Lost in Dunaway's

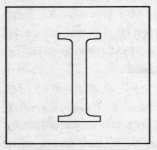t was 5.15 pm. by the time they returned to Dunaway's. Everyone was tired and Simon had refused point blank to stay in his buggy any longer. He pulled at Valerie's hand, insisting on her stopping at every lighted window to admire the toys inside. Mrs Masterson pushed open the door of the store and a blast of hot air hit their faces.

The crowds were beginning to panic as closing time approached. They were buying with frantic haste, exhausted but exhilarated by the hum of cash registers. Eager hands were stretched over the counter, greedy eyes looked over the shelves which had acquired a stripped and desolate air.

A fat man approached them. He was hurrying in the opposite direction to the crowd and kept pushing his vast figure against them. "Excuse me. Excuse me." He held a plastic bag full of parcels and the crush of people tore a hole in its bottom. The contents began to fall out.

"Hell's bells and curses galore," he shouted in a loud voice.

His face was deep red. The tip of his nose was swollen in a glorious purple blob. He was drunk.

"As drunk as a skunk," thought Sally, remembering how her father had described Mr Downing on the night he came down the road singing "When the red red robin comes bob-bob-bobbing along" at the top of his voice and waking all the children, even Old Knees Up next door.

The fat man fell over. She almost expected him to bounce right back up like a roly-poly toy. But he stayed there, his legs splayed in front of him, blinking like a bewildered owl. "Well, hell's bells, I fairly landed on my butt this time."

The crowd began to laugh and a man bent to help him up. "Come on. Up you come. Steady now. That will do you. Steady now."

The crowd pressed closer to watch. Again Sally was reminded of a grey river that swept over the figure of her mother as she turned back to look at the commotion. The great sway of bodies crushed Valerie, who had lifted Simon into her arms. It swallowed Robert, who was craning his neck to see where his cousins were standing.

The sisters gripped hands, clinging to each other as if a long-expected wave had finally poured over them.

"Wait! Wait!" shouted Sally, as they pushed against the tightly-packed bodies.

They could hear the laughter of the fat man. They could hear their mother calling "Sally! Paula! Where are you?"

The mass of people swept them towards the exit door. There was a rush of hot air, then the evening breeze was sharp on their faces. It was so dark outside. Twinkling lights from the giant Christmas tree flung themselves madly against the black sky. They no longer looked exciting but menacing, like demented stars. The tramp of marching feet drowned their cries.

"Silent night, holy night," sang a group of carol singers who had grouped opposite Dunaway's.

"Happy Christmas everyone," shouted a young girl and boy as they hurried past, their arms around each other's shoulders, flushed faces alive with laughter.

Everything looked the same. Yet everything was different. They were lost and each step carried them further away from Dunaway's. Sally's heart beat in furious leaping jerks and it was difficult to catch her breath.

"We'll find a policeman. He'll help us." Paula looked around as if she expected a policeman or woman to emerge from the crowd of shoppers.

"Help us! Help us!" Sally appealed to those nearest her but no one paid any attention. She realised that it was only her mind that screamed the words. Her mouth felt full of cotton wool.

"Where are you rushing to, my pretties?" a voice boomed at her elbow.

The voice sounded familiar and a hand grasped Sally's arm. She looked into the red-veined eyes of the fat man from Dunaway's. His face quivered like melting jelly, his lips gleamed pink and moist. She jerked her arm away. "Run Paula, run!"

They beat against the crowd with frantic fists, dodging under elbows, between legs, their heads bent forward, the pavement a blur beneath their feet. They continued to hear his laughter.

When they stopped running they were in an unfamiliar part of the city. Offices and banks lined the streets, silent and shuttered for the night. Compared to the shopping area of the city this had an eerie quietness, only disturbed by a lone man locking a door behind him and hurrying into the darkness. There was no one else to disturb the hollow clatter of their footsteps.

"I hate my doll," Sally whispered.

"I hate mine too," Paula replied.

A ripple ran through their arms. It felt like a faint electric shock, as if they had touched something live. Wide-eyed they stared at each other.

"They know what we're saying about them," Paula said. "I think they must be haunted dolls."

Sally wanted to believe this was only a dream and that the sound of her father's car as it reversed down the driveway would wake her. But this was no dream and Paula was talking nonsense. In her grown-up show-off no-nonsense voice she said, "Don't be ridiculous, Paula Masterson! They're only dolls, not ghosts."

"I know that. But they could be magical dolls!"

"That's daft! There's no such thing as magic!"

"Yes, there is!"

"No, there isn't!"

"Isn't ... isn't!"

"Is … is … issssss!"

"Oh shut up!" Sally knew that this argument could go on forever.

"You shut up first!"

They glared at each other. Glaring was a way of life between them and they could outstare each other into exhaustion. For a moment it felt good to argue and the empty streets were not so frightening. But Paula quickly returned to her grown-up voice.

"We mustn't fight, Sally. We must find someone to help us. And we must get rid of these dolls. They are not good dolls. I can feel something evil in them."

Again her thin body shuddered and her doll's eyes seemed to light and flash with temper. Suddenly she ran towards a rubbish bin. The doll looked like a disdainful princess, defying Paula to let her fall in among the discarded city refuse. "I don't care if she is valuable. I'm going to get rid of her."

She attempted to drop the doll and her fingers slowly stiffened, gripping the doll tighter than ever. Slowly she moved her arms back to her chest so that the doll was clasped against her. The slender, delicate, china fingers began to grow. They began to creep upwards towards her neck until, like strong tentacles, they surrounded it and began to press, hard and firm.

"She's choking Paula!" The words kept echoing in Sally's mind but she was unable to move.

She watched as her sister sank to her knees. She listened to her gasp, "Beautiful dolls. Of course we will not harm you. We'll take care of you always. Promise. Promise. Promise."

The words came from Paula's lips, which were stretched tight with pain. Yet it was not her voice. It was a strange voice, a Merrick child who spoke in a singsong soothing tone that hypnotised all those who heard it. Like tiny tree-roots loosening from the earth, the fingers uncurled. They relaxed. Paula staggered to her feet. Once again the doll lay quiet and stiff in her arms.

Had it all been her imagination? Sally ran towards her sister and put her free hand around her shoulders.

"What happened, Paula? Did that doll really … ?"

But it was impossible to say the words. Paula returned her hug. Sally could feel her trembling and her eyes seemed to say, "These dolls are evil. They will harm us if we try to get rid of them."

A pigeon gave a sudden cry and swooped to their feet. He pecked at the crevices in the cobblestones then flew in a white flurry of wings towards the high roof-tops.

"Paula, is that the voice you told us about— the one you hear in your mind?" Sally dreaded hearing the answer but knew that she had to ask the question.

Paula nodded. It was not an "I told you so" nod but a sighing gesture of relief that at last someone else could share her secret.

"And this morning in the kitchen when I was so angry. Was the voice warning you then?"

"Yes."

"What did it say, Paula? Please tell me."

"It told us to stay away from the toy exhibition. It just kept repeating that message. Danger. It said there was great danger there."

The wind blew the sound of laughter over them. It bounced off the walls and windows and the high buildings seemed to press closer and closer. Their footsteps were loud and shadows lurked behind their shoulders. They now realised that the direction in which they were going was being decided by the dolls who led the girls onwards as if pulling them by invisible, persistent strings.

They stopped outside a tall building. It was

circular with a flat roof and ornate pillars framing the doorway. The gardens had been landscaped to follow the line of the building with beds of flowers in the shapes of stars and half-moons. Thick bushes threw dark patches onto the path before them as the light from the open door spilled in a golden pool. It was waiting for them.

"It's Merrick Town Hall." The cottonwool feeling was back in Sally's mouth. "It's the toy exhibition."

They were drawn forward. The invisible threads had grown stronger. One foot reluctantly followed the other. They were just outside the pool of light.

"Don't step into the light, Sally. Pull against it. We have to get away. We have to pull."

But the persistent magnet drew them onwards until they felt the light shine on their faces, flow over their bodies and glow with such a fierce burning glare that they raised their hands to their eyes.

They were inside the main door. Carved stone figures wound themselves around the arch above their heads. Step by slow step they made their way down the long corridor. At its end a closed door blocked their view but, as they drew nearer, it opened with a click, like dead wood snapping cleanly beneath their heels.

"Well, well, my pretties." Their hearts stood still as they heard the hateful voice. "Welcome to my toy exhibition."

Before turning around they knew it was the man with the face like a St Bernard dog. Only now he looked different. Although his face was still fat and he wore his clothes like an ill-fitting sack of potatoes, he did not smell of drink and red veins no longer mapped his eyes. He did not smile a sloppy hazy smile nor did he look like a man who would shout "Hell's bells and curses galore." His eyes looked like frost on a window and cruel lines bit deeply into the sides of his mouth. Paula and Sally stood mesmerised as he walked past them through the open door.

6
Zentyre Magic in the Town Hall

t was the main hall and swirling cherubic figures decorated the surrounds of the high domed ceiling. The walls were panelled with dark wood. Portraits of important-looking people in historic costumes lined the walls and their painted eyes seemed to stare directly at the two girls. But it was the toy exhibition that dominated everything.

The main area of the hall was taken up with antique toys, penny-farthing bicycles, deep-bodied prams, rocking cribs, hoops and spinning tops, wooden jigsaws, hobby horses and a magnificent see-saw. There were other toys which the girls had only seen in books or school history projects.

The dolls were grouped in the centre of the hall. Each doll stood or sat on an individual pedestal which had a black velvet cover. They were arranged in a circle on different heights and lit by hidden spotlights set into the ceiling. Many of the pedestals were empty. Sally guessed that only about half the dolls were on display. The silence was disturbed by a rising buzz as if the dolls were whispering together. The noise stopped abruptly as the fat man appeared.

The faces of the dolls on the pedestals did not look fixed or frozen in expression. They were alive with feelings which the girls could understand, feelings of terror and sadness as they watched the new arrivals from haunted eyes.

Suddenly there was a rustling movement at their feet and the girls had to resist the urge to draw back and scream and scream until they could think no more. Looking up at them was another group of dolls who crowded around the fat man. They smiled at him, bright glittering smiles that filled Sally with the same revulsion she had experienced in the Aqua Santa's cave.

These dolls, as if sensing Sally's thoughts, began to laugh, deep gulping chuckles which caused a lump in each throat to move like bubbles of sea-weed. Despite their doll-like appearance she realised that they were flesh and blood.

"Welcome home, luvender." The fat man took the doll from her.

He lifted the second doll from Paula's arms, placed them both on the floor and straightened up. "Allow me to introduce myself. I am Solquest, the great zentyre. Do not heed this revolting guise." He touched his fat stomach as if it was a distasteful but essential part of him.

Paula was staring at the zentyre and for an instant her fear gave way to curiosity. "I put you into my poetry and I never really believed you existed. But you ... you're much worse than I ever imagined."

The fat man looked disgusted. "Call that poetry?

'Mists of nightmare shape his mind
Tongue of flame and teeth that grind
Scales of green like mouldy toad
Face dyed blue with ancient woad'."

He finished quoting Paula's poetry with a derisive snort. "How dare you write such drivel about a zentyre! How could you expect to capture my power and magnificent evil with pathetic words?"

For one dreadful moment Sally thought

Paula was going to argue with him. She hated it if anyone insulted her poetry and had gone pink with indignation at the fat man's opinion of her most prized poem. But he ignored her as he waved a pudgy arm towards the collection of toys. "Enough of this nonsense. Here in your beautiful town of Merrick I am known to all as Mr Hardbark. Was this not a clever ploy?"

Hiccups of approval came from the dolls at his feet. Their eyes were like candle flames of adoration as they stared up at him.

"I came to Merrick Town for a purpose," continued the zentyre. "It is a purpose that will become clear to you all in due course. To attract children one needs a bait. Is that not true, my luvenders?"

The doll-like creatures gulped in agreement.

"And what better bait for children than a hall full of toys? Oh yes, it has worked well, my pretties. Very well indeed. They came running to see my exhibition and I picked the ones I needed."

He waved towards the centrepiece of the hall and the dolls on the pedestals bowed their heads.

"Fifty more are needed and then I will have my quota. Easy, easy bait." He reached out in a sudden movement and grabbed Paula's arm.

His fingers pinched her flesh and she felt goose-bumps rising and sliding down her back. "But you, Paula!! You did not come running. You tried to foil my grand plan. Why did you not want to come? What magic have you got that can defy the will of Solquest?"

She pulled her arm away. "My father will contact the police and you'll be arrested." She was using her bossiest tone and Sally was heartened to hear it, even if there was a suspicion of a tremble behind the defiant words. The luvenders began to laugh. It was like the sound of stones plopping through the froth of scummy water.

Solquest smiled. The lines around his plump lips deepened. "You are quite right, my pretty one." He stared past them, out through the walls and beyond, deep into the secret powers of his mind. "Right now I see the police searching for you. Ah yes! Now I see your father. Poor man. What tears he weeps."

The sisters gripped each other's hands again.

"But all this hysteria would have been so unnecessary if you had come in answer to my advertisement." He pointed towards the dolls on the pedestals. "It was easy to capture them." There was contempt in his voice. "So easy. But you, Paula, you were not easy. Why did you resist the lure of my words?" His fingers bit deeper into her arm.

She shrank away from him but kept her lips closed.

He turned to Sally. "Even you! I saw your face transformed with excitement. Your anger was electrified with my energy. Did you not wonder at the power of your anger as you hit your sister? Yes, my pretty one. You hit her with the strength of Solquest the zentyre."

Sally remembered the feelings of the morning, the happiness and excitement, the anticipation and then the cruel anger that had blazed through her mind. She remembered the terror of the Santa cave and the isolation of being lost in a crowd. It all seemed like a lifetime away.

Solquest turned back to Paula with an impatient shake of his head. "But no matter. You did not resist me for long. I called again and you had no hope of escape once the magnet of Solquest attracted you."

Sally could not remember a time when the zentyres had not been part of the ghost stories that they loved to tell each other. Yet they had told those stories without really believing in the existence of such creatures. The girls shivered as they remembered nights in their friends' houses, sitting around the fire, the lights turned out and the flames throwing shadows across the faces of Valerie, Robert and Alan Bradshaw. They loved to terrify each other and the best way to do so was to tell a zentyre story.

Last Hallowe'en they had lit a massive bonfire in Bradshaws' back garden and terrified each other with tales of the supernatural. Alan told a dreadful story about a baby who was stolen from his bed in the dead of night. In the morning all that remained was a cot full of growing toadstools. "And they are still growing in that cot to this very day." He ended his story in a macabre voice.

"Liar!" Valerie snapped, and then proceeded to upstage him with a gruesome story about a young girl who found a stray cat in her garden. She fed it milk, whereupon it turned into a woman with no eyes and flowing red hair. The woman spread her hair over the girl and they both disappeared, never to be seen again.

"Yes, my pretty ones." Solquest, reading their thoughts, looked pleased. "You have heard of me. But they are only stupid stories. They are as nothing compared to the reality of a zentyre's magic. Watch!"

He clicked his fingers six times. Again the girls were reminded of snapping dead wood. A pool of liquid appeared before them. The liquid began to bubble and a mist rose from its surface. It spread between the fat man and the girls. They could see his body through the mist and it appeared to waver and change its shape. In the deep haze they could just make out his face. It was growing thinner. His chins disappeared. His eyes sharpened and absorbed them in a cold light. The untidy suit with its rumpled folds changed into a white robe. He looked like an ancient druid they had once seen as an illustration in a history book.

The fingers that had tried to grasp them outside Dunaway's had been stubby. Now they were long and slender as they gently held the two dolls above the pool which hissed and bubbled and shaped great pictures from the mist. It was like watching a silent picture with no colour and Sally felt that she was suspended in the deep fog.

She could see an island and the zentyre in his long robe. Solquest was steering a ship through the rocks surrounding the coast. He appeared to know every inch of the water, the hidden currents, the submerged dangers. On the deck of the ship she could see furry creatures who spoke in the deep gulping voices of the dolls who now squatted, like patient soldiers, at

Solquest's feet.

"Have you met my luvenders?" Solquest pointed into the mist towards the deck of the ship.

"No!" gasped Sally. "I've never seen anything so horrible in all my life."

Solquest laughed. "But you're wrong, my pretty one."

He pressed his hands through the mist and the dolls at his feet disappeared. In their place stood small, furry creatures who flicked whip-like tongues towards the girls. Sally tried to scream but she could do nothing except stare in dazed fascination at the hideous creatures.

"Don't show your fear, Sally," Paula ordered her, but she spoke softly. "He's like all bullies. He wants to dominate us with fear."

In the blink of an eye the creatures had disappeared and only the dolls remained. The island faded but in the depths of the mist they could see other faces, frightened pleading faces and arms outstretched in the darkness of jagged rocks. Sally could see herself and Paula. There were other faces she recognised: Jenny Dempsey and Stephen Bissett. Her friend Linda Jackson was there and other girls and boys that she knew from school and Merrick. The mist deepened and the shadows disappeared.

Solquest began a deep chant.

"O Isealina of the mist
Home of the all powerful Solquest
Who now stands in the shadow of decay
Wait wait for our return
We will come over the sea
Bearing the fruit of eternal youth.

O Isealina of the mist
Home of the all powerful Solquest
The shadow of decay is lifting
When the full moon comes
You will capture its silver heart
As I drink from the cup
Of eternal youth."

He lowered the two dolls, the one with the silver dress and flowing blonde hair, the other with the green dress and black hair piled on top of her head, into the pool of bubbling liquid. It hissed and foamed for a frantic moment then lay still like a mirror. The mist hanging over the pool began to fade and for an instant there was no sign of the dolls because they were completely submerged. Then, as the last wisp of mist was absorbed into the air, something or someone began to rise from the pool. The water flowed smoothly from a sleek blonde head. It was Paula.

Sally realised that Paula no longer held her hand. Her sister no longer stood beside her. The blonde doll stood in her place, a tiny creature with Paula's eyes, clear and unafraid, full of love for Sally. A voice came from the tiny mouth.

"Whatever happens you must not show your fear, Sally." The voice grew fainter. "I'm going, Sally. I'm going!"

Then she froze. The light faded from her eyes and they looked like the rest of her, blank and painted, smooth china.

Someone else was rising from the pool. Dark sleek hair that would spring into a mass of curls as it began to dry. Sally felt her own body grow cold and cramped. There was a rushing sound in her ears as if air was being pressed against them. She had been changed into the doll in the green dress. Her hair felt tight, pulled against her scalp, paining her as it did whenever her mother tried to gather her unruly curls into a ponytail. Only now her hair was piled high in a nest of ringlets.

She could see the figure rising from the pool to join the new Paula. She recognised her freckles across her nose, her round face, a bit on the chubby side, which looked ready to crinkle into giggles at the slightest opportunity. She felt a wave of sick anger rush through her. But, trapped in the body of the doll, there was nothing she could do except stare in frozen disbelief as she watched the new Paula shake herself like a dog who has just taken a bath.

Droplets of liquid sprayed the room. The girl's blonde hair swirled like a shampoo advertisement and settled over her shoulders. She peered out through a shaggy dog fringe. On her chin was a pimple which Paula had squeezed only that morning. Across her knee was the angry graze she had received when she fell on Merrick Heights. She had been rushing up the side of the heights, trying to keep up with Old Knees Up, Alan's grandfather.

The new Sally also shook droplets of liquid from her body. She walked slowly and languidly towards the real Sally. She stopped in front of her to give an insolent smile and shrug her shoulders. It was a Sally gesture to perfection, a gesture often practised on Paula, her mother and, if she was in a really daring mood, on her school teacher, Miss Holmes.

"If I ever escape from this nightmare I'll never, ever do that again," vowed the real Sally to herself.

No one could doubt the identity of the sisters unless they looked beyond the surface of their eyes, which were empty, without any warmth or feeling.

"Goodbye. Goodbye," the new Sally and Paula called mockingly to the dolls on the pedestals. They walked slowly from the hall and out of sight.

Solquest picked up the two dolls. Sally felt his bony hand grip her wrist. He straightened her legs, settled her dress into flounces and placed her on the pedestal. She was now able to see in a different dimension, to see beyond the wax, the china and wooden faces, to recognise many of the friends she had seen in the mist pictures.

"Do you recognise me now, Sally?" whispered the doll next to her. She was dressed in a deep pink crinoline dress with wide hoops, dipping bows and frills. Her hair was parted in the centre and covered by a flat lace bonnet. It was Michelle Woods who usually sat next to her in class.

"What happened to you, Michelle?" Sally whispered back. Her heart felt as if it would burst with anger as the door closed behind the two dolls, one of whom had taken away her body and her freedom.

Michelle described her visit to the exhibition, the excitement and crowds, the special Christmas treat. "As soon as I read the advertisement I had to go and see the exhibition. Then when I arrived at the hall I could feel nothing except this pull of ... of ... I can't describe it, Sally! It was like something inside my head pulling me towards the doll in a pink crinoline. Everywhere I moved her eyes followed me. I could not stop looking into them. Even if I managed to pull away I would be back again within a minute, staring at her all the time—staring at those awful eyes. Then I heard her voice. It had a deep sound as if it was far back in her throat and I saw the lump in her neck moving up and down. But I couldn't run away or call out. I just listened to her repeating 'Go to Solquest. Go to Solquest,' and when I tried to run up the hall, away from the sound, it seemed to push me into a room at the side of the exhibition. It was empty and ... " She gave a rippling sigh and tears ran down her cheeks. They were immediately absorbed into her skin. "Then the door banged behind me and when I turned around there was that awful Mr Hardbark with the doll in his hand. He created the pool of green liquid and transformed me."

The other dolls were nodding at her words.

"That's how it happened to me!" "And me!" Their whispers rose and fell in a resigned hum.

"He placed me on the pedestal," continued Michelle. "I watched my mother searching up and down the hall. She was so worried and she kept calling my name and I couldn't call out to warn her. When she saw me—or thought she did—she was so relieved. She was hugging me and at the same time scolding me for wandering off and I could hear the tears in her voice. Then she grew angry because she thought I was being rude to her. Those luvenders may look like us but they have no love in them. They only care for Solquest. Oh Sally, do you think anyone will ever realise what's happened? Do you think they'll find us?"

"Yes, they will!"

They heard Paula's voice. It was strong with determination. "We must not be afraid. That is the only way we can defeat him."

A gurgling sound came from the luvender dolls. "The magic of Solquest is all powerful. It will never be defeated. Never! Never! Never!" As they chanted the words the luvenders sprang into the air and settled on the empty pedestals. They looked no different from the human dolls and the collection was now complete, ready to be viewed by hundreds of children the following morning.

The close presence of the luvender dolls caused a silence to fall over the human dolls. Each child was busy with his or her own thoughts. Over the past two days fifty transformations had taken place. They had watched and quivered with sorrow as, one by one, their numbers grew. It had all been done so discreetly that their parents had not noticed the switch. The short period when they were searching for their children had distracted their attention from the empty pedestals. They had not seen Mr Hardbark quickly replace the dolls on them in the same instant that they had hugged their lost children and wondered at the cold chill that came from them and the sudden, faint smell of dried sea-weed, reminding them of desolate windswept coasts. Only the dolls, watching from tear-darkened eyes, knew the difference.

"Goodnight, my luvenders," Solquest crooned. The luvenders replied in a deep gibberish sound that bounced off the high ceiling. The children could no longer understand the words.

"We are not afraid of you!" Once more Paula spoke from the centre of the doll collection. "We have the power to defeat you!" Her voice rang with conviction and drowned out the sound of the luvenders.

But this time it was not Paula's voice that spoke the words. The sound was lilting and high-pitched. It was a stranger's voice but Sally was growing used to it now. This morning she had heard it in the kitchen when she had argued with Paula. She had heard it again when the doll in the silver dress wrapped fingers like tentacles around her sister's throat. It was the voice of a Merrick child. Sally had scoffed at her sister on that late sunny autumn afternoon when they hid in the den and Paula tried to make sense of the strange voice that had invaded her mind. Now this singsong voice spoke again, soothed them like a peaceful tune from a time long past. But as Solquest turned with a startled gasp of anger, the voice faded into a crackling buzz.

"What was that?" Solquest demanded. The dolls stared back at him and he could not find an answer in their vacant gaze. He switched off the lights and the hall was plunged into darkness.

Sally stared into the dark shadows. Would anyone suspect the difference? Would her mother or her father pause long enough to see beyond the relief at being reunited with their children? Would Simon sense anything through the Christmas excitement that filled every second of his day? And Robert? From early morning he would be over in Bradshaws' house, playing football or records with Alan.

Valerie! Sally's heart gave a faint flutter of hope. And then she thought of the two luvender girls who had walked from the hall. The likeness had been astonishing. No. Not even Valerie would be able to see beyond the deception. The whisper of hope died away and she heard the bullying and self-satisfied edge to Solquest's voice as he prepared to leave them.

"In three days we sail to Isealina. Then you will really understand the meaning of fear. Sleep well, my pretty dolls."

The door closed behind him. Only the moon outside relieved the darkness as it outlined the lonely shapes on the black velvet pedestals.

"Valerie. Please! Valerie." Sally was breathing the name like a prayer as silence decended over the toy exhibition.

7
The Safe Return

ince her arrival at her Aunt Jassy's house Valerie had sat in a stupor of misery. She could still see her cousins' faces, their panic-stricken expressions in Dunaway's, as if they were being carried away on a tidal wave.

The phone rang. Aunt Jassy, Valerie and Robert jumped with shock even though they had been willing it to ring for ages. Uncle David had taken his car into Merrick Town Centre in the hope of finding his daughters among the deserted buildings. The police had been notified and, two hours ago, a group of men from the estate had headed off, driving or walking in different directions to see if they could find any clue to the children's disappearance.

Alan Bradshaw had called in to keep Robert

company and had tried to make conversation with Valerie. For once he did not call her by her hated nickname and was actually polite to her. But she had cut him off sharply and left the room. It was not that he angered her, as he usually did. She simply had no interest in talking to anyone except Aunt Jassy, who was wandering around the house, lifting things up and putting them down again, rushing to the window to peer into the darkness, unable to sit and keep still for more than a few minutes at a time.

She trembled now as she lifted the phone. Valerie thought that her aunt had aged about ten years in a few hours. She heard her take a deep sighing breath as the tears flooded her eyes. They were the first tears Valerie had noticed since the girls disappeared. "How wonderful! Thank you. Thank you so much. Thank you. Thank you!" She replaced the receiver and stood for a few seconds with her shoulders bowed. Then she flung her arms around Valerie.

"They've been found. The police picked them up about ten minutes ago. They're fine. None the worse for wear. They'll be here in twenty minutes. Thank God. Oh thank God! What would I have done, Valerie?"

She was crying in wild relief and Valerie joined in with great gushing tears as they hugged each other. Then they pulled apart and began to laugh. Even Robert's eyes looked red-rimmed and Alan Bradshaw was loudly blowing his nose.

"What did I tell you? I knew they'd be all right." But Robert's voice was shaky and once again they all began to laugh in a nervous burst of sound.

Every few minutes Valerie ran to the front gate. Word had spread like wildfire around the estate. The men were returning from their search and car headlights blazed the night. Horns hooted in delight and there was a party-like atmosphere on Lower Merrick Green as people gathered by their gates to welcome the girls home.

At last their patience was rewarded. The blue revolving light of the police car was seen in the distance and the neighbours let out a spontaneous cheer. Valerie raced down the driveway but Aunt Jassy was there before her, hugging her daughters as if she would never let them go. Eventually they broke loose from her embrace.

"Oh, stop making such a fuss, mother," hissed Paula as she wiped her face which was wet from her mother's tears. "You're embarrassing us with all this hysteria."

Valerie saw her aunt step back as if she had been stung. "Paula, my darling girl. I've been out of my mind with worry. Isn't it natural to want to welcome you home?"

Valerie threw her arms around Sally. But her cousin drew away with a shrug of her shoulders. "Lay off, Valerie. You know I hate being hugged!" She looked pale and tired. As the neighbours crowded around in welcome, a flicker of fear sharpened her face and she seemed to shrink against her sister.

Spacer, Alan's dog, burrowed through a hole in the hedge which the children used as an entrance to each other's houses. He was a large black dog, soft as butter and as wild as a March hare. Alan's father had called him Spacer when Alan first brought him into his house two years before when he was just a four-week-old deserted pup.

In his first month he chewed the sheets off the clothes line, tore the leg off Stephen Bissett's trousers, ate Louise Melling's kite, dragged the huge creeper plant that covered Bradshaws' back wall to the ground and went to the toilet in every corner of the house.

Alan's father kept shouting, "Where's that

spacer of a dog? Wait till I get my hands on that spacer of a dog!"

Even after Alan brought him to obedience classes and he learned to behave with more dignity, he kept the name Spacer. He adored Paula and Sally who spoiled him disgracefully and brought him for a walk every evening.

Now, as he bounded towards them, his tongue was lolling in welcome and he yelped whimpers of delight. Then he stopped, as if struck by lightning, and his legs went rigid with tension. Deep down in his throat he began to growl. Saliva dripped from his mouth.

"That's typical of Hogs Bradshaw's dog," thought Valerie, as she saw Alan trying to drag the dog away.

Spacer dug his paws into the ground and resisted all efforts to dislodge him. The growling increased in volume as Paula approached the dog. There was a look of cold fury on her face. She placed two fingers on a spot between the dog's eyes. Instantly, as if his legs had turned to jelly, he sank to the ground and placed his head in his paws. The growls were reduced to a timid whimper.

Paula turned to Alan, whose mouth had fallen open in amazement. "You can take away that stupid dog now. He'll not bother us again."

The party atmosphere had died away. It was killed by the hard unfriendly glare that the girls turned on everyone. "We're so tired," said Sally. But she was not offering an apology. "Could you all please go and leave us alone?"

People nodded, eager to be off. "Poor things. Of course they must be absolutely exhausted. They look all in from their experience." They began to drift away.

It was obvious that Aunt Jassy was embarrassed. "They'll be fine in the morning," she called after her neighbours. "All they need is a good night's sleep. Thank you all for your help." As she reached the hall door, she looked back over the street that had suddenly become very quiet. "If only there was some way I could let your father know that you are safely home again." Her voice trailed away and Valerie knew that she was thinking of the anguish Uncle David was suffering as he drove through the deserted streets. Aunt Jassy shrugged, "There's nothing more we can do until he returns. I hope he won't be long."

She shepherded the children up the garden path and into the house. Under the kitchen light she anxiously examined them. "How pale and exhausted you both look. What on earth happened to you in Dunaway's?"

"The crowd pushed us away and we couldn't find you. Before we knew what had happened we were outside in the street. We wandered around till a police-car picked us up." Sally, who was a born storyteller, wildly exaggerating and embellishing every detail, now spoke in a repetitive voice. She did not gesticulate as she normally did and seemed completely uninterested in her surroundings. Apart from pushing Valerie away from her, she had completely ignored her cousin.

"I think the best place for you is bed," said Mrs Masterson when it became obvious that the girls had nothing else to add to their story. "We'll talk things over in the morning."

She bent to kiss them goodbye but they shied away from her.

"We're not babies, mother! I wish you'd just leave us alone and stop all this silly nonsense," snapped Paula. "Anyone would think we'd been missing for weeks the way you're carrying on."

Mrs Masterson pressed her hands against her cheeks. Valerie noticed how pale her face had become. "You'd better go upstairs quickly before I lose my temper with you." She was only holding on to her patience with a great effort.

Valerie thought of the worry and the dreadful fears they had been unable to put into words while they waited for news of the girls. She could feel her own anger rising. "You're not the only one who's been upset, Paula. *We've* all been dreadfully worried as well. Why are you being so horrible?"

The two girls stood close together and an atmosphere surrounded them, a "hands off" feeling that Valerie could almost touch. She had already seen them exchange a look of frustration as their mother fussed around them and they had raised their eyes in exasperation.

"No one asked for your opinion, Valerie," Paula replied and put her arm around her sister. "We're going to bed now and we don't want anyone to disturb us."

She looked boldly at Valerie as she said this. Valerie always spent about an hour in her cousins' room, and normally had to be ordered out by Aunt Jassy at least half a dozen times, before they all eventually settled down to sleep.

"But can't I just come in for a few minutes to talk to you?" she asked, already regretting the words she had spoken in anger. But her two cousins shook their heads.

"If we want you we'll ask you. But don't hold your breath while you wait. OK?" Sally giggled. There was a deliberate note of cruelty in the sound and she stared at Valerie as if she had just crawled out from underneath a stone.

"Girls! What's got into you? Don't quarrel with your cousin. The sooner the two of you get up to bed and sleep off the effects of today, the better it will be for everyone."

Pretending not to hear their mother's words the two girls left the kitchen without saying goodnight to anyone.

"Never mind them." Aunt Jassy gave Valerie a sympathetic hug. "They'll be as right as rain in the morning. You'll see."

Aunt Jassy waited about ten minutes before going up to say goodnight to the girls. Robert was watching television, slouched in his chair and glowering. "They give me a pain! Why should they go on like that—even if they have been lost for hours?"

"They're just upset. Aunt Jassy's right. They'll be fine tomorrow." Valerie switched off the television and squashed up in the armchair beside him.

"I hope so." He refused to be cheered up. "Can you imagine the kind of Christmas we'll have if they keep up that mood?"

"Don't say that, Robert. I couldn't stand it."

"I'm telling you, Valerie ... something ... I don't know what it is, but there's something really weird about them. Did you see what

Paula did to the dog?"

"Yes! That was weird all right. She looked as if she really hated Spacer."

For a few minutes they tried to make sense of their cousins' behaviour until Aunt Jassy's return put an end to the conversation.

"They really were exhausted." She poured herself a drink and filled glasses of lemonade for the two children. "Let's cheer up. The girls are sleeping like statues. I've never seen them in such a deep sleep." She sipped her drink. "What a difficult day it's been. Everything seemed to go wrong since this morning. I wonder what happened to those dolls?"

She left the question hanging in mid-air and hurried from the room as they heard their Uncle David's car pull into the driveway. He looked haggard with grief as the hall light fell on his face. "It's all right, David, they've been found." She ran towards him.

He gathered his wife in his arms, burying his face in her shoulder as she murmured, "Everything's all right, my darling. Don't cry. Everything's fine, just fine."

8
Practical Jokers

ext morning Valerie woke to bright winter sunshine. It pierced the frost on the windows and tiny beams of dust danced in a white glare. It was the perfect day for walking along Merrick Heights and clambering over the huge mounds of earth that rose starkly against the eastern Merrick skyline. The Heights were a monument to the old village that had, many years ago, been buried in a mud slide. They now served as a local paradise for bikers or for climbers and the view from the top was breathtaking. Just the perfect day for climbing. The sun strummed her energy as she jumped from her bed. The evening before was like a bad dream, washed away in the freshness of the morning.

There was no sound from the girls next door.

Better not disturb them yet. Valerie pulled on her jeans and a sweater. The freedom from her school uniform was terrific. In the kitchen Robert was also up and eating his breakfast.

"Want some toast?" he asked, taking bread from the bread bin.

"Two slices please, I'm ravenous!"

"You look a lot happier this morning." He pressed the switch on the toaster.

"I am. It's better to forget last night. I'm going to go to Merrick Heights and let it all blow away. What will you do today?"

He spread their toast lavishly with marmalade from the pot. At school they had to use flat, little plastic containers. They held such a small amount of marmalade that it had to be spread in a thin miserly line on limp soft toast. But at the Mastersons' the toast was thick and crisp and Robert sank greedy teeth into it.

"I'm going into Merrick Town Centre with Alan. We have some Christmas presents to get."

"Yuck!!" She made an exaggerated gesture as she leaned over the kitchen sink. "You'll make me sick before breakfast if you even mention his name."

"Oh shut it off, Valerie," he replied automatically. "You're always going on about him.

He *is* my best friend."

"That only goes to show what appallingly bad taste you have."

"No I haven't. He's great fun."

"So are pigs. But that doesn't make them my best friends."

"You're just mad 'cause of those tricks he plays on you. Anyway, you're worse than him. Look at what you did to him last October!"

"It warms my heart just to think about it!"

"Don't be such a smugface," he warned her. "I'd say he's working out something really gross for you this time and you deserve it."

They both began to laugh.

"Oh yeah!! Watch me shake all over." She gave a convulsive shudder then dipped her hand into a basin and sprinkled droplets of soapy water over him. He ducked, grabbed the kitchen sponge and threw it at her. Uncle David entered the kitchen and the sponge scored a bull's eye, right in the middle of his face.

"I might have known," he moaned dramatically as he wiped his cheeks. "The terrible two have arrived to haunt Merrick Green. I suppose the peace has gone for the next fortnight."

He had a booming voice which filled the kitchen but he was in a good humour as he took the towel from Valerie. Tiredness from the previous night was still in his eyes but his face was relaxed. "Nice toast, Robert. Why don't you save yourself a lot of trouble and just deep fry it next time?" He looked apprehensively at the buttery oozy toast that Robert placed before him.

"What a smashing idea," Robert agreed and Valerie groaned.

"The girls are still sleeping like logs." Their uncle poured himself a cup of coffee. "I looked in on them before coming down but I couldn't get a move out of either of them. They certainly caused a lot of excitement last night. Jassy told me they were very upset after they came home." He looked at Valerie as he spoke and his eyebrows lifted into a question.

"They'll be fine, Uncle David," she reassured him. "We're going to Merrick Heights today."

"It's a fine day for it. But watch yourself on the Heights. You don't want to sprain an ankle so near to Christmas." He took a last quick gulp of coffee as he glanced at his watch.

"The time! Where does it fly? See you this evening, kids."

When he left, the kitchen seemed to expand again, as if released from the great energy of his voice.

Alan Bradshaw rapped on the back door and

at the same instant pushed it open. "Morning, Ginger Nut!" he grinned at her.

How Valerie hated him. She had thick red hair that sprang in unmanageable curls about her face and down her back. Once, to her absolute mortification, he had walked into the kitchen when she was bent over the ironing board. Her hair was spread over the surface of the board. She was blindly feeling it with her hand and pressing the iron down on it. He had chortled loudly and immediately nicknamed her Ginger Nut.

"Hello, Hogs," she now replied. His hair was spiked and it reminded her of a hedgehog. And that was very appropriate, she told him, because, since he also reminded her of a two-legged pig, the name "Hogs" served both purposes.

No one could understand why she hated Hogs Bradshaw. Aunt Jassy sometimes teased her about it. "He's really quite a nice boy, Valerie. I bet if you even gave yourself half a chance you might get to like him."

Valerie was amazed at her aunt, who was normally a very sensible woman. Once Uncle David asked Alan what he intended doing when he left school and he had replied, "I'll continue to be a genius." The others had laughed at this but Valerie had simply notched up another point against him. Bigheaded, obnoxious, rude and ill-mannered—she could fill two copybooks with suitable and hideous adjectives to describe him.

He invented things. Six months previously, when a tube of something weird and foul-smelling exploded over the pine table in his kitchen and left its surface with the appearance of blistered sunburn, his mother had threatened to run away from home.

"He's either trying to kill me with rock music or inventing some unmentionable substance," she once told Valerie. "I live with a time bomb. It has to stop or I'm leaving. I've no intention of hanging around to pick up the pieces when the roof comes off the house." Mrs Bradshaw pointed upwards towards her son's room. "I never know what he's concocting up there! And I never know whether he's blowing himself up or it's a new tune he's just composed!"

Valerie knew. She had experienced the effects of some of those inventions and she shuddered every time she remembered. To persuade his mother not to run away from home, Alan, with the help of his father and Robert, spent the next week-end building a wooden shed at the bottom of the Bradshaws' back garden and this became his new laboratory. And still the hideous inventions continued.

War had broken out between Valerie and Alan a year ago. Until then Alan had been part of the gang who played in the Mastersons' garden. But things began to change after his thirteenth birthday. He spiked his hair, painted slogans on his jacket and his shoulders swayed as he walked past Valerie.

"You really think you're so cool," she said. For some reason that she was unable to understand he had started to annoy her intensely. He sensed this and never missed an opportunity to tease her.

But it was last Christmas before it all came out into the open and war was fully declared. He had given her a present, a gift-wrapped bar of soap in the shape of a lemon and with the same lingering scent. That night she soaked in a bath. The water turned a peculiar colour as she soaped herself, yellow, like saffron-rice water. When she wiped the steam from the full length mirror and saw herself she gave a scream. She was bright lemon all over. It only lasted ten minutes but they were the most agonising ten minutes of her life. Alan was severely punished by his father but he looked totally unrepentant when next she saw him and his swaying walk was even more pronounced.

Apart from his inventions and his music his other passion was football. When Robert was on holidays from Cloverdale they always went football training together. Three evenings after the soap incident, Alan called into the Mastersons' to see if Robert would go down to the training centre for a kickaround. He had left his sports bag in the hall and Valerie moved quickly as she took out his jersey and training shorts. She replaced them with a pair of frilly panties with red bows and Aunt Jassy's black lacy bra. His football boots were exchanged for dainty heel-less bedroom slippers with wisps of pink fur across the front. For the first time since her lemon experience, Valerie allowed herself to smile.

When Robert returned from the kickaround he was torn between fury and helpless laughter. At first he refused to tell her anything but, eventually, it was too much for him and he described how Alan had unrolled his towel containing his gear and how the bra and panties had fallen on the floor, right at the feet of the coach.

"How could you do such a thing?" Robert demanded and bent over in a loud rocking laugh at the memory. "When he pulled out his football boots … !" He wiped his eyes. "They're now calling him Elaine! I'm warning you, Valerie. You'd better stay under cover until this dies down."

It seemed to die down. Apart from glowering at her and hissing "Just you wait," Alan ignored her and it was on her next mid-term break, as she snuggled down into her bed one night, that she felt something damp and slithery crawling over her toes. Her screams brought the entire household running to her room. Uncle David burrowed under the bedclothes and uncovered a rubber snake that curled and writhed convulsively, once it was touched. Around its neck was pinned a note: A PRESENT FROM ELAINE.

Valerie unclasped her arms from around Aunt Jassy's neck and wiped her eyes. "I'm coming to get you, Hogs," she breathed.

Her revenge came one day when she overheard Alan telling the Shanahan brothers that he hated girls. The Shanahan brothers were one of Merrick's mysteries, quadruplets, four identical boys as difficult to tell apart as eggs in a bowl. They were square-faced and tough, with thick blonde hair cut into a flat-topped scrubbing brush look. They had small eyes that saw everything and the four of them hung around the Green shouting remarks at anyone who passed who was under fifteen years of age. The "Quados," as they were called, were not a popular bunch as they strutted in their black leather jackets with silver studs on the back spelling out the message QUADO POWER FOREVER. So, knowing how the unfortunates who had to pass them by often wished, passionately, for a cloak of invisibility, Valerie, when she returned to boarding school, spent some of her precious pocket money on scented note paper, peach coloured and with roses climbing over the envelopes. She wrote a short note and sealed the envelope by planting a deep red lipstick kiss on its flap. She also wrote S.W.A.L.K. and, in case anyone would not understand, wrote underneath (SEALED WITH A LOVING KISS). She addressed it to DARLING ALAN BRADSHAW but, instead of writing 25 Lower Merrick Green she wrote the number 45. That was the home of the Quados and her lips curled into a triumphant smile of satisfaction as she dropped the letter into the post box.

As she suspected the brothers were delighted. They carefully opened the envelope and read the letter.

My Sweetest Ally Wally,
How I miss you my darling Ally Wally.
Your sweet rubber lips invade my dreams
each night. I feel your honeyed breath on
my lips and your eyes, like frog spawn in a
deep pond, fill my heart with everlasting
adoration.
Your wonderful magnificent adorable
SNAKE CHARMER.

The envelope and letter went like wildfire around the school before they were was finally handed over to the mortified Alan. He had been unable to figure out why everyone was collapsing into hysterical laughter every time he appeared. But he held his patience until the summer before striking back again.

It was Paula's twelfth birthday. She was having her first mixed party, six boys and six girls and they were refusing to mix together. They were self-consciously ignoring each other as the boys hung around the stereo, shoving each other and telling the most dreadful jokes. Each joke, no matter how awful, was greeted by uproarious laughter.

At the other end of the room the girls sipped soft drinks and muttered "How pathetic," as the sound of the boys' laughter swept over them.

Sometimes, encouraged by Sally, they burst into fits of uncontrollable giggles and Paula was disgusted with them. "Time Lost in Tears" were playing on the stereo.

"Come on," Paula implored her cousin. "Let's dance to this. I love it."

"O.K. It beats standing around." Valerie moved in to the centre of the room and the cousins moved together, heads bobbing rhythmically, until Valerie became aware of a high squeaking sound coming from her shoes. It grew louder. Everyone began to listen and, apart from the squeak, a silence fell over the room. Valerie tried to dance on her tip-toes but the sound increased in volume.

One of the girls laughed. It was quickly hushed but more laughter began to break out. Valerie's cheeks flamed with colour. "I'd better sit down," she hissed at Paula and, trying to look unconcerned, she flung herself into a deep soft cushioned chair.

At once a high wailing sound came from underneath her. Every head turned in amazement to look. She longed for a hole to appear in the centre of the floor and swallow her. Alan Bradshaw looked at her. He was the only one who was not laughing as the sound rose once more from the soft cushions beneath her. Instead there was a slight, private gleam in his eyes which, they both knew, spelled triumph.

The evening passed in an agony of mortification for Valerie. If she sipped lemonade, loud belching and slurps came from her mouth. To sit down was unthinkable and, every time she walked, it sounded like a mouse squeaking through a loudspeaker.

"What have you done?" she whispered once as Alan walked past.

He began to dance beside her, his body stiff and in the one position except for his head which he flung wildly about.

"Who? Me?"

"Yes you! You'll pay for this. Oh yes. You'll pay! You ... you ... hog!"

He stopped dancing and carefully examined his nails. "I really don't know what you're talking about, Ginger Nut. If you would only look into my frogspawn eyes you would see that I am telling you the truth."

There was nothing for Valerie to do but go to her room and sulk in a fury. She answered the soft knock on her door but there was nobody outside and nothing to see except a brown paper parcel with the initials S.W.A.L.K. scrawled on the front. Inside there was a small clumsy

9
A Visit to the Toy Exhibition

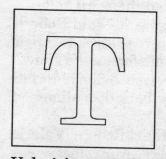

hat was two months ago. It was now time for Alan to strike back again and Valerie's stomach gave a flicker of anticipation. Spacer had also come into the kitchen. As usual his tongue was lolling in excitement and he placed his front paws on her lap as he licked her face.

"Get off, you big oaf!" She pushed him down and he immediately turned over on his back with his paws kicking the air. She tickled his belly and he made whimpering noises of delight. For such a big dog he had absolutely no dignity, she decided.

"What happened to Spacer last night?" asked Robert. "I thought he was going to attack the girls."

"I don't know," Alan looked embarrassed.

"He never behaved like that before."

"He's just a weirdo—like his master!" she said.

"Look who's talking about weird!" Alan glared at her. "She invented the word."

"Will you two put a gag on it!" said Robert, pulling on his anorak. "You're the greatest pair of bores I've ever had the misfortune to know."

"But you love us all the same." She blew her brother a kiss and then the back door slammed behind the two boys.

Left on her own in the kitchen, Valerie decided to wake the sisters. Aunt Jassy was having a lie-on after yesterday's excitement and there was no sign of Simon, as yet. She wanted to hear all about the girls' adventure and, without knocking on their bedroom door, she opened it. "Wake up, you sleepy-heads. It's time to get out of bed."

But the sisters were already up. Paula was sitting in front of the dressing-table mirror. Her head was bent forward as she brushed her hair over her face. Her neck looked long and slender like the stem of a flower and, for an instant, something tugged at Valerie's mind but was gone again before she could capture the thought.

Paula straightened. She flung her hair back

over her shoulders. A trick of winter sunlight created a white glare on the mirror and that was the reason, Valerie decided, that she could not see the reflection of her cousin's face in it.

Paula walked towards her. "How dare you enter our room without knocking!" She appeared agitated and Valerie noticed that there were no longer any purple shadows ringing her eyes.

"We told you last night." Sally was dressed in a skirt and jumper. She looked neat and tidy, yet she hated that outfit. Valerie remembered Aunt Jassy buying it and Sally going, "Yuck! It's hideous. I'd sooner die than wear it." Aunt Jassy wanted to encourage Sally to wear something else besides her jeans but she had to be bullied into wearing it on each occasion. Now she smoothed down the skirt and fixed the collar of her jumper. There was an air of self-satisfaction about her and memory of the previous night rushed back over Valerie.

"I didn't mean to disturb you," she apologised. "But you've never told me to knock on your door before. What's wrong?"

"What's wrong is that you have no manners. You may think that you own this house but you're only a visitor and that is all you'll ever be!" said Paula.

Valerie could not believe the words that flowed so spitefully from her cousin's mouth. She wanted to run from the room, away from the rank unfriendly atmosphere that seemed to surround the girls. She felt that if she touched them their skin would be damp and cold. "There is something wrong. Something happened last night. I know it did. You've been acting really awful since you returned. Her voice was high and accusing.

The sisters exchanged a look and she sensed almost a ripple of alarm pass between them. Then, with a rapid switch of expression, they smiled. It was like a brush going across their faces and painting on a smile that had no warmth or meaning.

"We're sorry," said Sally. "But last night did upset us more than we pretended. We still don't know what we're saying or doing. It was terrible."

"Then tell me about it." Valerie sat on Sally's bed, noting its neatness, almost as if she had not slept there at all. It was most unlike Sally, who normally left her clothes in a heap in the centre of her bed until her mother ordered her upstairs, for the tenth time, to make it. For a while it seemed like old times. The cousins gave a brief account of their adventure and it did not sound very exciting. Then they talked about their school friends and the records they hoped to get for Christmas. But Valerie soon realised that she was carrying the conversation. If she stopped talking there was a lull between them and the sisters continued to answer her questions in such an expressionless voice that soon her own enjoyment died away.

"Are you coming downstairs?" she asked. "I'd hoped we might go climbing on Merrick Heights today."

"No!" Paula shook her head. "We've something much better planned for you."

The sisters smiled at each other and turned to look at her. Valerie drew back a little from the intensity of their gaze.

"Come on downstairs, Valerie. We've something to show you," continued Paula.

The morning edition of the *Merrick Herald* had already been slipped through the letter box. Paula picked it up and leafed through the pages. She pointed to a large centre-page advertisement. "Read this," she ordered.

The words danced before Valerie's eyes in a shimmer of black print and filled her mind with a deep bubbling excitement.

"Oh yes! I'd love to go," she sighed.

Her cousins were smiling at her from a great

distance. She was surrounded by red and purple rays of sunshine and she wanted to bury herself deeply in their warmth. Then a blast of cold air shattered her concentration as the back door opened and Robert rushed in. He looked cross and harassed.

"I forgot my money. I'm going to miss the bus," He ran past the group without greeting anyone and they heard his footsteps on the stairs.

When he returned to the kitchen, Paula stood in front of him. "Look, Robert! Why don't you visit this exhibition while you're in the town centre?"

He glanced quickly at the advertisement and gave a snort of laughter. "I've gone a bit beyond looking at toy exhibitions, Paula."

"No, read this!" Paula spoke in a deep intense voice, forcing the pages before his eyes.

Robert took the paper from her with an impatient swipe. "I haven't time for this rubbish. I'll be late." His voice stopped with an abrupt snap and he gave a gasp of excitement. "Yes. Yes ... I'll have to go there." All the energy and drive had left his body. His shoulders slumped. He could not take his eyes from the paper.

"Come on! What's keeping you?" Alan

crashed open the back door, his face red with annoyance. "If we miss this bus we won't get one for another hour. Hurry!"

He snatched the paper from Robert's hands and, without glancing at it, threw it on the table. "Come on, for goodness sake. You look as though you're sleep walking." His hand firmly gripped Robert's elbow as he pulled him from the kitchen. "See ya later, girls." He slammed the back door behind him.

"Before I come into this kitchen I want to see a smile on each person's face," warned a voice from the hall. Aunt Jassy entered the kitchen and looked enquiringly at her daughters. They both kissed her on the cheek.

"We're sorry about last night, Mother," said Sally.

"I should think so indeed," replied Aunt Jassy as she switched on the kettle. "And how come I now have the honour of being called 'Mother?' Did 'Muv' get lost as well?"

Her two daughters looked at her. Their expressions, caught off guard, were completely bewildered. Valerie felt a signal flash between the girls and then their faces cleared as if they understood some important message.

"Muv!" Sally threw the name out with a dismissive shrug. "That's a stupid name and we've carried it on long enough."

"It's time we stopped behaving like children," agreed Paula.

Her mother gave a resigned sigh. "If that's what you want, girls, that's fine with me." She looked at her daughters as she pushed Paula's fringe back from her eyes. "Remind me to cut that fringe before Christmas," she muttered automatically and Valerie saw her cousin cringe as if her mother had suggested cutting through her skin. But as breakfast progressed Valerie noticed that Paula and Sally were becoming more relaxed. It was strange, almost as if they were playing a role and growing more used to it by degrees. It reminded her of the time she had played the lead part in the end of term play and by the time she was ready to go on stage she had almost taken on the personality of the character she was playing.

"Stop imagining things," she ordered herself, but her brain was like a catherine wheel, scattering thoughts in all directions. She even found it strange the way her cousins ate their cereal, holding their spoons in clumsy fingers that trembled with the effort of lifting them to their lips. What had happened to them last night?

"We're going to the Toy Exhibition," Paula

announced.

Aunt Jassy looked amazed. "That's a very sudden change of mind. Yesterday you refused, point blank, to have anything to do with it."

"I've changed my mind. Please will you take us, please!" Paula was unable to sit still with excitement.

"I can't. I really haven't the time today. There's still a lot of Christmas shopping to be done."

Valerie felt a sick sense of disappointment.

"But I'll tell you what I will do," Aunt Jassy promised. "I'll drive you into the exhibition and collect you afterwards."

"Terrific!" The sisters jumped up from their chairs in excitement. They hugged Valerie.

"You'll love it, Valerie. Just wait and see."

Sally giggled loudly, a deep gulping sound, far back in her throat. The sound made Valerie shiver. And just for a second she caught it, the faint whiff of dead sea-weed, rotting on a deserted beach.

* * *

"Come on, you lot. Hurry up!" Aunt Jassy beeped the horn as they came spilling out of the hall door. "Make sure the door is properly closed," she called to Sally as she started the engine.

Spacer put his front paws on the garden wall and barked furiously. But he did not leap the wall as he normally did, nor did he burrow through the hedge. As soon as Paula looked at him he dropped down and they saw him slinking up the front path with his tail between his legs and his eyes glancing, warily, towards them.

"What on earth did you do to Spacer last night?" Aunt Jassy asked Paula. "I've never seen him so subdued before."

"He's a disgusting dog. I showed him who had the power." Paula spoke in a boastful voice.

"What strange things you say, Paula." Aunt Jassy reversed the car out of the driveway as an uneasy silence settled over the group.

Even Simon sat quietly, removed from his sisters and making no effort to approach them.

"Let's have a sing-song," said Valerie to lighten the atmosphere.

"Sing, song, sing, song," demanded Simon who was fed up with not getting any attention. "Sing me the cluck cluck song, Sally!" He clapped his hands, his face crumpled, ready to cry instantly if he was refused.

"Belt up, squirt!" Sally snapped at him. ""I'm

not singing that stupid song." She sighed loudly and slumped in her seat.

"Sing song!" yelled Simon who was not used to being disobeyed. "Yes, yes, cluck, cluck."

Their voices rose in temper as Sally continued to refuse. Suddenly she reached out and slapped her brother across his mouth. He began to scream, struggling to get out of his safety car seat. Their mother indicated and pulled the car into the edge of the road. When she turned around her face was white with anger.

"Don't blame me," Sally's voice was a shrill whine. "He's just a spoiled rotten brat."

Valerie noticed how her cousin's face was twitching with disgust. There was no sign of fear as she stared back at her mother.

"You're getting very fond of slapping people across their faces. Oh, you needn't pretend. I know now why Paula's nose bled yesterday. Well, yesterday was yesterday and this time I have no intention of overlooking your behaviour. I'm bringing you straight home. There's no exhibition for you today."

Her words dropped like icicles into the frozen atmosphere of the car. Sally and Paula seemed dazed. Again Valerie was reminded of actors playing a role only this time they had lost their lines. She rushed to their defence. She had no idea why except that the urge to get to the exhibition was growing into a tangible force that was pushing her onwards.

"*Please,* Aunt Jassy. She didn't mean to do that. She's still shocked over what happened yesterday. Please don't spoil the first day of my holidays." Tears were running down her cheeks and all the time she was thinking, "I'm only acting. I'm telling lies to Aunt Jassy. And I don't care. I just want to get to the dolls. I must get to the dolls!"

Sally *had* meant to hurt Simon. Valerie had seen her expression, cruel like a weasel, as she lifted her hand. Yet she continued to plead with her aunt who was beginning to mellow slightly as she wiped Simon's tears away.

"I don't know why I should but, as Valerie is so upset, I'll forget about it for this occasion. But I'm warning you, Sally. If I ever catch you doing anything like that again you'll be punished— and very severely so. Is that understood?"

Sally nodded. "I'm sorry," but her words were automatic, without any feeling that Valerie could sense.

"The least you can do is to sing Simon that song." Her mother started the car again. "Anyone would think you couldn't sing the way you're carrying on."

Valerie only had to listen to Sally's mimicking voice and she could imagine herself down on the farm with the animals kicking up a great barrel of sounds.

"Oh all right," Sally slumped ever further into her seat and started the familiar song. But she sang with no expression in her voice and when she did the animal imitations there was no similarity to the marvellous sounds she usually made. Nobody laughed. Even Simon refused to clap when she finished.

"There! I sang it. Are you happy now?" she demanded.

Aunt Jassy said nothing but Valerie noticed her hands on the steering wheel. They were clenched, her knuckles white and her shoulders were stiff with tension as she stared out the driver's window.

"Give me patience," she was muttering as she drove along. "Just give me patience!"

10
The Red-Haired Doll

re you sure you'll be all right?" Aunt Jassy asked as she handed them their entrance money.

"Of course we will. We're not babies." Paula sounded bored.

"Make sure you stay together and don't go and get lost again." Aunt Jassy would be back for them in two hours.

There were children everywhere as the queue circled the building. The sisters were now quivering with excitement and Valerie too was caught up in the festive atmosphere that was all around them. They were anxious to get inside and the queue moved quickly.

Soon they had reached the main door where a fat man sat behind a table with a cash box open in front of him. "That's Mr Hardbark. He's the organiser of the exhibition." Sally gave her peculiar giggle.

Her lips looked full and moist and her face seemed slimmer, sharp, with impatient lines around eyes that normally crinkled in laughter. Paula looked paler than usual and there was a waxen tinge to her skin. Her eyes, as they peered from beneath her fringe, stared towards the fat man. She gripped Valerie's elbow as she gently but firmly pushed her in front of Mr Hardbark.

"Hello, my pretty one," he said. He patted Valerie's cheek and she shrank back from the moist feel of his hand.

"Yes, yes. Perfect." He nodded at Paula.

Colour flooded her cheeks. She gave the first spontaneous smile of pleasure Valerie had seen since the sisters returned home last night.

"You are welcome to my exhibition." He handed them their tickets. "I'm sure you will not be disappointed."

They passed into the main hall which was filled with the most amazing display of toys. Valerie caught her breath in delight as she saw the centrepiece of the display. Mounted on high pedestals and lit by discreetly placed spotlights were one hundred dolls, exquisitely dressed. Their skin glowed. She could almost imagine that they were breathing, these dolls with regal faces and long flowing robes. There were boy dolls too, a prince in a purple robe trimmed with white fur, a farmer doll with a white cotton shirt and baggy trousers, a blacksmith with a leather apron and a tiny horseshoe in his hand.

"Valerie! Valerie!"

She looked around. Someone had called her name but her cousins were nowhere to be seen.

"Valerie! Valerie!"

It was insistent, like a whispering breeze, and drew her eyes towards the doll with the flaming red hair. She had wide-spaced brown eyes that stared, unblinkingly, yet for a fleeting second Valerie imagined the eyes gleam and the fingers of the doll beckon her.

Then suddenly her cousins stood on either side of her. They did not touch her but she felt them nudge her forward. There was danger here. With every instinct she could sense it and it came in great waves from either side of her and from the front where the red-haired doll smiled. Yes, smiled! Valerie raised her hands to her eyes and rubbed them.

"Come here, Valerie!" Was the whispering voice inside her head? She wanted to obey it. She wanted to touch the doll with the red hair, to move towards her, to catch the soft, insistent voice. The doll's face grew larger.

"Pull back! Pull back!" her mind ordered, but she drew nearer still until the frozen features of the doll were floating in a melting haze of colour around her.

"Hey, Ginger Nut! Is that what Santa's going to put in your Christmas stocking?" The voice was loud and rude. It snapped through Valerie's concentration, as if a thread had been broken, a thread between herself and the doll. She looked around in bewilderment. For an instant the speaker looked like a dark shadow. Then, as her vision cleared, she could make out the cheeky grin of Alan Bradshaw.

"Help me, Hogs! Help me!" She would have fallen if he had not stepped quickly forward and steadied her.

"What's the matter with you, Ginger Nut? Have you been drinking again?" But there was a note of concern behind his flippant words.

"I ... I ... What happened?" she appealed to him.

"Don't ask me." He shrugged his shoulders but kept his arm around her waist. It tightened as she leaned against him, her eyes closed. The floor beneath her swooped gently up and down.

"Do you want me to get you a drink of water?"

"No," she whispered. "Just tell me what you

saw."

"There was nothing to see. Just you with that really weird look on your face. You were really spaced out. I thought you were going to faint."

"What about you, Sally? Did you see anything strange?" She turned to her cousin but there was no one there.

"Where are they?"

"Who?"

"Sally and Paula. They were standing beside me."

"There was no one beside you, Ginger Nut. You were standing on your own."

"No, I wasn't. No. That's not true."

"Don't be such a prat. Why should I tell you a stupid lie?"

Why indeed! Already the image of the red-haired doll with the beckoning fingers was leaving her mind. She looked towards the doll, only a tiny figure made of wax with blind, glass eyes and a painted smile. Again she tried to remember the feeling of terror, but it was like the fading strands of a dream. And there was Alan Bradshaw with his arm around her, standing in full view of everyone in the middle of a public exhibition. Heat rushed to her cheeks and her heart gave a jittery little lurch. The worst thing of all was that it felt rather nice. How utterly disgusting!

She wriggled free of him and he immediately plunged his hands into the pocket of his anorak. He scowled at her. "You should go home, Ginger Nut. You look awful."

"Thanks a lot for nothing. No, I'll stay here. I have to find Paula and Sally." She looked closely at him. "What are you doing here anyway? I would have thought you are a little bit too old to be playing with dolls. Or have I just uncovered the secret vice of Hogs Bradshaw?"

"Very funny, I don't think. It was your brother who dragged me here. I don't know what got into him. He wouldn't stop going on about this stupid exhibition. Who wants to look at a load of old toys?"

"Where is he now?"

"That's the crazy thing. He disappeared as soon as we got here. I've been all over the place looking for him."

They scanned the crowds who continued to pour into the hall.

"There he is !"

"Where?"

"Look! Over there—and Paula and Sally are with him."

"Great! I want to get out of this place. It gives me the creeps."

He followed the direction of her pointing finger and saw his three friends.

"Hi, Robert," he yelled. "Over here!"

Robert looked up at the sound of his name but gave no sign of recognition. Alan began to push towards them but Valerie hung back.

"No, Hogs. I want to be on my own for a while. Tell the girls I'll meet up with them later."

"Are you sure?"

She nodded.

"OK!" Still he hesitated. "You look a lot better now."

"Thanks. And ... thanks for helping me out earlier on."

"Think nothing of it." He made a sweeping bow. "It just goes to show that hogs are good for something!"

Valerie watched Alan walk towards his friends. Robert and the two girls were still speaking together as Alan approached, their heads bent close in a secretive circle. They pulled away from each other as Alan gave his friend a playful punch on his arm. They were forever wrestling and punching and throwing each other on the ground. Valerie could never understand how they always managed to make such a meal out of a simple greeting. But this time she saw her brother stiffen and draw away from his friend. He said something and Alan moved back as if he had been struck.

For some reason she was reminded of the chill withdrawal that her cousins had shown to her since last night and she turned her gaze away from them.

She stood in front of another exhibit, a doll in a silver dress. The silken rope served as a barrier but she felt a strong desire to reach out her hands and touch the doll. The silver dress was covered in minute sequins and the material fell in a straight flowing line from the doll's shoulders to her toes. How beautiful she was. Yet there was something forlorn about her, unlike the red-haired doll who seemed to pulse with life. She wanted to lift this doll and hold her close in her arms.

Valerie felt this same rush of emotion when she stood in front of another doll, one with a luminous green dress. She examined every detail of the two exhibits and returned to see them on three separate occasions. Each time she moved away to look at something else she would find herself retracing her footsteps to stand before them again.

It was their expressions, lost and sad, as if they were trying to pass on some deep secret to the children who crowded so eagerly around them. Valerie became aware of a buzzing sound inside her head. She had been vaguely aware of it for some time but suddenly realised that it only started whenever she returned to stand in the same spot—right in front of the silver-dressed doll.

She moved away. The buzz faded. When she returned again the sound increased in volume. As if to flick away an irritating fly she shook her head but it made no difference. Nor did it help when she placed both hands to the sides of her ears and pressed, tightly.

The noise began to break, and grew more echo-ey as if trying to form a pattern of sounds. She wondered if she was going to faint. It had happened to her once when she was singing in the school choir and she had felt the same buzzing sensation, far far back in her mind. It had grown louder until everything in front of her began to swirl in a black, descending cloud and she remembered nothing more until she opened her eyes to find herself lying on the floor of the choir room with her school friends pressing around her.

This sensation was similar yet it was different. No clammy feeling at the back of her neck, no sweat on her forehead—just a persistent buzz ... a voice.

Yes! It was a voice. She had no knowledge of when it had changed from being an indistinct buzz to a voice but it had happened and she hunched her shoulders, leaning forward as if listening to words she found difficult to understand. They were lilting words in a singsong voice, in a Merrick accent, just like the accents of the river community.

"Get out, Valerie. There's danger all around you. Leave now. Please, Valerie, leave now before it's too late."

The words became more distorted, finally collapsing into a buzz. She saw the broad figure of Mr Hardbark approaching. The words had come from the doll in the silver dress—she was sure of that. There was a sticky feeling of sweat on her forehead. Her limbs were heavy and she felt that if she moved she would look like the slow motion replay pictures on television. She could not stop looking at the doll. There was something about that pale china face, something sweetly familiar caught in that lost expression. She wanted so much to touch her.

Her hand reached out. She felt the arm of the doll. How smooth and cold! The tiny fingers seemed to quiver as if reaching towards her in a gesture of thanks.

"Take your hands away from that doll—at

once!" roared a voice. Mr Hardbark quivered with anger. "How dare you touch those priceless objects!"

Valerie jerked her hand away as the collar of her jacket was grabbed by Mr Hardbark. His hand was rough and his grip tightened as she jerked away from him. With his free hand he pointed to a DO NOT TOUCH THE EXHIBITS sign and demanded, "Can't you read?"

"I'm sorry, sir. I'm really sorry!"

Would she ever be able to stop trembling? She was aware of curious faces staring and people whispering as they nodded in her direction.

"Sorry is not enough!" The folds of skin beneath his chin wobbled and saliva sprayed across her face,

"What's the matter, Mr Hardbark?" Her cousins were beside her.

"Was she trying to steal that doll?" asked Paula.

It was a statement rather than a question and Paula did not look surprised as Mr Hardbark nodded. "I do believe she was." The fat man twisted Valerie's collar and she was finding it difficult to breathe.

"Thieves must be punished, so come with me, my pretty one. We'll sort this out in my office."

Through the mass of curious faces she saw Robert. He pushed through the crowd and stood in front of her.

Robert was her friend as well as her brother. Whenever they returned to their boarding school and the excitement of meeting their school friends after the holidays had faded to the dull routine of class timetables, study periods and missing their father, they had a special bond of closeness that supported them through the lonely times. Even though they boarded in separate school blocks they always met on their half days and rang each other on the school public telephones every day. Once they returned to Merrick, Robert would disappear off somewhere with Alan Bradshaw and she would see little of him during their school holidays but it did not matter. She knew, just as he knew, that if something was wrong they were there to support each other.

"Oh Robert!" she said. "They're saying I was trying to steal that doll. Tell them I wouldn't do anything like that."

Robert's lips twisted into a smile. His tongue was like a moist slug emerging from its shell as he slowly licked his upper lip. His eyes narrowed into slits as he gazed, speculatively, at her. "But you are a thief, Valerie. I saw you.

You tried to lift that doll from its pedestal!"

She had no breath left to speak, could only stare, in hopeless fascination, at the strange faces around her. Her cousins and her brother were strangers who had no feelings for her. Mr Hardbark's hand was firm on her neck as he guided her away from the doll in the silver dress. The warning!

She must get away. The buzzing sound started up again but no words could break through it and it faded as she was led towards the red-haired doll who waited with that special smile of knowledge.

"Valerie! Valerie!" The voice of the red-haired doll was loud and commanding.

Once more the faces were melting around her. She was being swallowed up in that soft, insidious sound. "Help me! Somebody help me! Pull me loose!" Her own thoughts began to swirl away from her, spinning madly towards the doll with the hateful smile.

There was a crash and everything stopped. The silence was instant and, for Valerie, thick with relief as, once again, there was a sensation of a thread snapping. Her mind, slowly, as if waking from a deep nightmare, began to clear. Mr Hardbark relaxed the pressure on her neck and she heard Paula give a sharp hiss of annoyance. The doll in the silver dress lay on the floor. A jagged crack had appeared on her forehead and the glass eyes looked bright and alive with pain.

Valerie broke free from Mr Hardbark, free from the pressure of her cousins and her brother. Robert stretched out his hands to restrain her and she beat him away. The fat man had bent to pick up the doll and, with a great heave of strength, Valerie pushed him aside and he toppled over. For an instant she was reminded of the fat man in Dunaway's but there was no time even for the memory to register. She bent down and scooped the doll into her arms.

She was up and running like a frantic hare, running towards the exit door at the end of the hall. There was a pulse beating beneath her middle finger like the mad beat of her own heart and, as the blonde hair of the doll swung to one side, she saw a tiny black beauty spot just below her left ear. It throbbed frantically as if trying to release some desperate signal.

"Come back at once with that doll! Stop thief!"

She could hear their footsteps gaining on her and she ran as if possessed by some force over which she had no control.

"Hogs! Hogs, please help me!" She spotted the black, spiked head of hair and grabbed his arm.

"Hogs! You've got to help me! Don't let them catch me!" She had hidden the doll inside her jacket and she could feel the rapid pulse beating against her chest.

"What are you going on about? What's up, Valerie? Will you slow down!" But he had become caught up in her hysteria and was running along beside her.

"I just want to get out of here and they're trying to stop me." The exit sign began to waver as tears and perspiration ran into her eyes.

"Please, Hogs. Don't let them touch me. They'll kill me!"

She was gasping out the words and people pulled away from the running figures. But the footsteps of Mr Hardbark drummed in her mind and she could imagine the chill fat fingers on her neck. Robert caught up with them, grabbed at Alan's anorak and spun him around.

"Let her alone!" Although Alan stumbled he regained his balance and spread his hands as a barrier between her and Robert.

"Out of my way, Bradshaw!" Valerie saw her brother glaring at his friend.

Both boys were panting and pinpricks of red

light gleamed deep in Robert's eyes. His fingers were clenching and unclenching. He looked as if he wanted to hit out blindly in front of him and Alan drew back in shock from the hatred on his best friend's face.

"I said let her alone, Robert. I don't know what kind of game you're playing but I don't like it very much."

"Do you think I give a damn what you think, creep. Get out of my way or you'll be sorry!"

The cousins had caught up with them.

"You tell him, Robert!" Paula tried to push past Alan and almost knocked him over.

Alan tried to hold them back but they broke through. But by then Valerie was out past the EXIT sign, running along the corridor to the open main door which seemed like an eternity away.

"Good Heavens, Valerie! Where's the fire?"

Valerie screamed as strong arms encircled her, then collapsed, sobbing in relief, against her Aunt Jassy's shoulder.

"What on earth happened to her?" Mrs Masterson looked towards her daughters who had stopped running and were leaning against the corridor wall, sucking in their breath with gulping sighs.

"Valerie's a thief! She stole one of the dolls

from the exhibition." The two girls spoke in unison and Sally pointed an accusing finger at her cousin.

"I don't believe you. That's nonsense!" Aunt Jassy tilted back her niece's chin and looked into her eyes. "Tell me that's not true, Valerie."

"I'm afraid it is true, dear lady." Mr Hardbark moved lightly for such a heavy man and did not appear to be out of breath. "We all saw it happen and there really is no sense in pretending otherwise."

"Alan Bradshaw was her accomplice," shouted Robert. "He tried to stop us catching her."

"That's a load of rubbish," Alan, too, raised his voice. "She wouldn't steal anything. You frightened her, all of you, like a pack of mad bullies chasing after her."

"Be quiet, everyone." Aunt Jassy clapped her hands for silence as everyone began shouting at once. Accusation and counter-accusation died down.

"There has to be some sensible explanation," she said. "I know Valerie too well to believe that she would do such a thing."

"I agree," Alan nodded and Valerie was amazed at the confidence in his voice. She wished the ground would open and swallow her in one great gulp.

"There's only one way to settle it then," said the fat man to Valerie. "Open your jacket at once!"

"No!" She clutched her lapels and held her jacket closely against her. The protectiveness she felt towards the doll overwhelmed everything else.

"Please, Valerie. Do as you're told!" For the first time a worried tremble was apparent in Aunt Jassy's voice. "What are you hiding under there?"

"Nothing! Go away! Leave me alone!" She stepped back and could feel the wall behind her.

She wondered if this was how a fox felt as it backed into its corner of confusion and the hounds surrounded it for the kill. Everywhere she looked, accusing eyes. Paula had a smirk of triumph on her lifeless, pale lips. Sally was giggling silently as a thick lump in her throat rose and fell. And there was Robert licking his lips with a nervous flick of excitement. These were the people she loved. These were her enemies. The realisation brought no sense of shock, only a dull despair as Mr Hardbark stretched stubby fingers towards her and removed the doll from inside her jacket.

Alan, who had been braced beside her like a

defensive watchdog, stepped back with a gasp of disbelief. Aunt Jassy raised a bewildered hand to her forehead.

"I can't believe it! I just can't believe you would do such a thing, Valerie."

There was a cold feeling of loss against her chest where she had cradled the doll and she knew that, somehow, she had failed to protect her.

Aunt Jassy gave a cry of recognition. "Why, that's the doll from the Santa cave!"

Paula stepped in front of her. "No, she isn't! She's nothing like the doll in the cave. Is she, Sally?"

Sally shook her head. "She's not in the least bit like her!"

"Perhaps not ... but just for an instant ... " Aunt Jassy looked with deep sadness on her favourite niece. "Well, Valerie, after all that, don't you think you owe us an explanation?"

11
Grounded

The journey home in the car was the most miserable Valerie had ever experienced. She sat in the front seat with Aunt Jassy while the others crowded in behind. Alan had refused to travel with them.

"I've to get some things in the town centre. Are you coming, Robert?"

But he asked the question without enthusiasm. Their friendship, spanning the years since Robert's first visit to the Mastersons' when he was only one year old, had been severed, as if it had never happened.

"No thanks, Bradshaw. I've better things to do. Why not ask Valerie? You'd make a great shoplifting team."

Aunt Jassy was strapping Simon into his car seat and did not hear the furious exchange of insults between the two boys. Valerie stared at the ground. Every time she relived her experience she felt as if she was being drenched in buckets of hot water. She was so ashamed. Alan had not looked at her since the discovery of the doll and now he gave a shrug of bravado.

"What a sick family. I'm better off without any of you."

"Listen, creep," snarled Robert, his eyes narrowing into slits as he looked at Alan. "You've been a danger to my health for years and you would have killed me with boredom long ago except for my strong constitution. So no one's going to cry any tears if we don't see you for the next ten thousand years."

Paula and Sally were giggling, quietly, their hands covering their mouths, eyes narrowed into the same sly and speculative gaze as they watched Alan, who, without another word, turned and walked away. Valerie looked up and thought that, despite his swagger, he looked as lonely and bewildered as she did.

When they arrived home, Aunt Jassy handed Simon over to her daughters with instructions to prepare some food for him. "Valerie and I have some talking to do," she said, leading her niece from the kitchen. "We'll use your bedroom."

She sat on the edge of the bed and Valerie sat beside her.

"I don't want you to be frightened, Valerie. I just want to try and understand what happened. I know you are not a thief but what you did today looked very much like stealing—and you took an extremely valuable antique. It is very fortunate that Mr Hardbark was kind enough not to press charges; otherwise you could be facing a court case. That would not be a very nice Christmas present for your father."

Valerie shivered. Tears stung her eyes and the pink bedroom carpet began to blur. A lavender scent, the perfume her aunt always used, hung heavy in the air. "I don't know what to say, Aunt Jassy. I did take the doll and I did run away with it. That makes me a thief, yet I was not trying to steal it."

"If there is a distinction there, Valerie, I fail to see it. What exactly were you trying to do with it?"

She tried to explain but could already feel her words trapped in a net of disbelief. Whatever direction she started from the words became jumbled and could not filter free. How could she explain the sense of danger that had vibrated around her? What would Aunt Jassy say if she told her about the buzzing sound with its cry of alarm, real words calling out to her and coming from the mouth of a doll?

Then there was the face of the red-haired doll that floated into view every time she closed her eyes. Was it her fear of that face that had caused her to snatch the tiny exhibit and run, with the terrifying feeling that she was being chased by a pack of baying, weird creatures? These strange creatures were her cousins, her brother. She knew them better than she knew anyone else. Yet they had changed in some frightening way that she could not understand. If she tried explaining any of this to her aunt she could well imagine her incredulity. And who could blame her? No, there was nothing she could do to close the gap of disbelief.

Aunt Jassy finally stood up with a sigh of exasperation. "I'm still no wiser as to what happened. I'll have to talk seriously to your father about this. I'm sorry to do this but until he arrives on Christmas Eve you are not to go outside the house. You've left me with no option but to ground you."

On her own at last Valerie sat on her bed, a small stooped figure of concentration. Next door, in Robert's room, she could hear laughter and the sound of voices. They were playing records. She could imagine them lolling on the bean bag, talking and teasing each other. Paula would nod her head the way she always did when she wanted to make a point and the curtain of blonde hair would fall forward over her face.

That was it! The image that had teased her mind when she burst into her cousins' bedroom this morning came back to her. Blonde hair falling forward over a slim, bent neck. No beauty spot. She remembered the day in the bushes when Paula had shown it to both her and Sally. It had moved underneath her fingers like a faint pulse. Now Valerie found it was impossible to control the trembling sensation that quivered all over her body. Today she had felt that pulse again as she tried to run towards freedom, clasping the doll. Rocking back and forth on her bed she tried to make sense out of the impossible, out of something that was growing more nonsensical by the moment. And the buzzing voice? Did it come from the mind of the blonde doll? Her thoughts were like the jumbled pieces of a jigsaw puzzle that refused to knit together.

Late that night when the house had settled into sleep, her aunt brought her in some supper and found her still in the same position. "For goodness sake, Valerie! What are you doing sitting there in the dark? You should be in bed ages ago."

She raised dazed eyes and allowed Aunt Jassy to remove her clothes. There was no feeling of emotion, no energy to respond as she felt her aunt's lips caress her cheek in a goodnight kiss.

Dreams haunted her sleep. The red-haired doll beckoned and stretched her lips in a toothless grin. Mr Hardbark chased her with fingers that stretched beyond his fat hands and tangled like tree twigs in her hair. Paula and Sally danced with Robert. They circled her, taunting her with cries and pushing her back into the centre whenever she broke free.

"Join us. Join us. Join us," they laughed and she covered her eyes with her hands.

In her dream the confused image of the red-haired doll became clear. She saw her face vividly, heard her own name being called and felt her feet moving forward. Once she woke with a startled whimper and realised that it was her pillow and not the fat man that was smothering her. She switched on the bedside lamp and scribbled down the memory of her dream on a note pad which she kept, for this purpose, on her bedside locker.

It was a habit she had started last year. Her

dreams, always vivid, slipped so easily away in the mornings and were gone completely by midday. So whenever she could manage to wake herself from sleep during the dawn hours she would write down her dream. Sometimes, the following morning, she could hardly read her writing, but she was able to conjure up the image from the fragmented scribbles.

But later on, this morning, this time, when she did wake up, heavy-eyed and still exhausted, she was unable to distinguish between her dream and reality. The notebook was nowhere to be seen. Yesterday with its horrors was like a crazy nightmare. Although Aunt Jassy had not confined her to her room she was too embarrassed to leave it. She wondered if her cousins and Robert would call in and try to offer some explanation that would make sense out of everything that had happened. But by 11am she knew they were not coming. When her door finally opened she turned around to see her aunt's worried face.

"Where are they?" Valerie asked. "I was hoping they would come in and see me. I wanted to talk to them about yesterday."

Aunt Jassy looked embarrassed. "They've gone to Merrick Heights. Robert's gone with them."

"Why didn't they come in and see me first?"

"I'm sure they intended to. But they were in such a rush out ... Oh come on, Valerie, don't look like that!"

"Don't try and pretend, Aunt Jassy. They hate me and I don't know what I've done to them."

"Now Valerie! That's not true. You know very well what happened yesterday and they're still upset over it. We're all upset. But they'll be in to see you when they return, I'm sure of it. And I don't want you spending the whole day in your room. You must come down and help me with the Christmas baking. I've loads of mince pies to make and I was hoping you'd do them for me. You know how much your father loves them. And what about that recipe for sugar paste? You were so enthusiastic about it in your last letter."

"I don't want to leave my room, Aunt Jassy. Please don't ask me to go downstairs and pretend everything is normal. I just want to stay here until Daddy comes home."

"All right, Valerie. If that's what you want to do I'm not going to argue with you. But I must insist on your eating something. You didn't have any dinner or supper last night."

The smell of crispy bacon floated up from the

kitchen and Valerie felt her stomach turn. When Aunt Jassy returned with a breakfast tray of juice, cereal, toast and bacon she was unable to touch any of it.

As soon as Aunt Jassy had gone back downstairs she tiptoed into the bathroom and emptied her cereal and juice into the toilet and flushed the contents away. When she returned to her room she leaned out the window and called in a low voice, "Spacer! Spacer!"

The dog wriggled through the hedge dividing the gardens and leaped towards her window like a frisky spring lamb on a pogo stick, trying to gain greater height and reach her with each jump. "Oh, Spacer. You mad mongrel!" Valerie almost laughed at the antics of the black dog who, as soon as the toast and bacon landed beside him, dived on them and scurried off out of sight to enjoy his unexpected feast in private. She drew back behind the curtain when she heard Robert's voice. He and the two girls were returning from the Heights, flushed and excited. Valerie thought that they must have had a wonderful time to bring such a glow to their cheeks.

"A good morning's work!" Robert gave a deep chuckle of satisfaction. "Only ten more to go and we'll be finished."

"Valerie has proved to be the most difficult ..." Paula's voice died away as she glanced up and saw her cousin looking out at them from the open window.

She nudged Robert and pointed upwards. "The sneak thief is watching us." Her words carried clearly and Valerie drew back behind the curtain.

"Why don't you leave her alone?" She recognised Alan's voice and could not resist peeping out again.

He was in his own garden, staring out over the low hedge and holding firmly to Spacer's collar. The dog growled as he wrenched himself away from Alan's hold and dived through the hedge. The good humour and energy he had shown a few minutes previously when Valerie had called him were missing. His tail was upright and rigid. He growled deep in his throat as he circled the three children. But he was afraid to venture too close to them and this time it was Robert who approached him. He placed his fingers between the dog's eyes. Valerie saw Spacer's tail slink between his hind legs, his head sink in submission as he lay down.

"How did you do that?" Alan asked, his anger giving way to amazement.

"If you have the power you can do anything,

Bradshaw. And I'm warning you only once; keep that dog out of our way if you don't want to lose him."

Alan leaped across the hedge and squared up to Robert. "Don't you threaten me or my dog or you'll be sorry. I don't know what happened since yesterday but I don't like it very much. First you drag me off to that stupid exhibition, then you disappear and then, when I'm sick looking for you, you turn up again and behave like a real pain in the bum!"

"Look who's talking. The biggest creep this side of Merrick." Their chins were jutting, their eyes glaring. Valerie could almost touch the antagonism between the two boys.

"Go on, Robert! Beat him, beat him up. Tear him apart. Go on! Show him!" The two sisters skipped around Alan in circles of excitement.

"Come on, you lot. I want some help around the house." Aunt Jassy opened the back door and there was a commanding note in her voice as she briskly waved them into the kitchen.

"We'll see you later, Alan." She closed the door with a sharp bang and in the silence that followed Alan looked up towards the bedroom window. "I know you're watching, Ginger Nut," he hissed up at Valerie. "I hope you're satisfied at what you've done. It's all your fault. You made a fool out of me yesterday and I'm never going to forget that."

She turned from the window and flung herself across her bed, away from his accusing voice and from the hurt that she could hear beneath his angry words. For the rest of the day she watched the shed at the bottom of the Bradshaws' garden. She had been inside it once and could visualise the long bench stretching along one wall, the rows of bookshelves and the cubby holes stuffed with jars containing all sorts of mysterious and foul-smelling mixtures. Now and then she caught a glimpse of Alan outlined against the shed window and, once, he went outside and stood for a moment, just looking towards her room.

No one came near her apart from Aunt Jassy with her meals. She picked lightly at her food while her aunt was in the room and as soon as she left called Spacer, who was delighted to help dispose of all surplus foods. When Uncle David came home from work there was no festive atmosphere about him, although he had just started his Christmas holiday. His booming voice, which should have been ringing with good humour, was gentle as he questioned her about the incident at the exhibition and she sensed that he, like Aunt Jassy, was just as confused about why it had happened.

On one occasion, as she was crossing the landing to go to the bathroom, she heard Aunt Jassy giving out to the others. "You might at least call in and speak to her. She is suffering enough shame as it is without knowing that you have all turned against her."

"But she's a thief, Mother. Surely you don't want us to associate with someone who steals."

Valerie slammed the bathroom door on Paula's words.

At last there was silence in the houses. Bedroom lights clicked off and still she was wide awake. Aunt Jassy opened the door. She was in her dressing gown and her face shone with night moisturising cream. "All this fighting and carrying on," she muttered glumly. "I don't know what's happening to Christmas this year." She handed Valerie a cup of hot chocolate. "This will do you good. Drink up."

As Valerie went to put the cup on the bedside locker, her aunt firmly placed it back in her hands. "I'm not leaving this room until you finish it. I can't have my favourite niece fading away while Spacer becomes the fattest dog in Merrick."

"Oh, Aunt Jassy!" Valerie felt her cheeks burn. "Is there anything that you don't know?"

"Very little." Aunt Jassy patted her cheek. "Go on. Drink up."

Valerie began to sip the steaming liquid. "They never even came in once to see me. Do they really hate me so much?" she appealed to her aunt.

"I've told you before, pet. Of course they don't hate you. But you young people can be very cruel at times. You have your own set of black and white rules and when one of you breaks them it take the others a long time to forgive. The fact that you ran away from them when they only wanted to help you to replace the doll upset them very much."

"Is that what they told you?"

Aunt Jassy nodded. "Although I cannot excuse what you did, Valerie, I can understand you being attracted to that little doll." Aunt Jassy twirled a chunk of hair around her index finger, a gesture she always made when she was thinking deeply about something. "It reminded me so much of the doll Paula received by mistake from the Aqua Santa."

"What doll?"

"Don't you remember? No, of course you didn't see it. She only opened it when you were in the Seven Stars kitchen. But did she not show it to you afterwards?"

The cup of hot chocolate was burning Valerie's hands but she did not notice.

"I don't know what you're talking about, Aunt Jassy. Tell me exactly what happened." She hardly dared breathe as Aunt Jassy recounted the story of the electrical failure in the Santa cave right through to the minute when the girls had disappeared.

"What did ..." Valerie took a deep breath before she could continue. "What did Sally's doll look like?" and knew the answer before her aunt replied.

"She had a flouncy deep green dress."

"What happened to the dolls?"

"Valerie! Watch what you're doing. You're spilling your drink!" Aunt Jassy dabbed at the sheet with a tissue. "Are you cold, pet? You're trembling so much."

"Please, Aunt Jassy, what happened?"

"When I asked the girls they told me that they left the two dolls with the policewoman who found them. She said that she would return them to Dunaway's. I rang them a few times today to check it out but, for some reason, their phones are not answering. I'll try again after Christmas. Now finish your drink and settle down to sleep. You look absolutely shattered."

But she was unable to settle. She caught her

aunt's hand. "Where did the police find Sally and Paula?"

"It's funny you should ask that. Not far from where your troubles started yesterday. Just down the road from the Town Hall."

"Where the dolls are on exhibition?"

"The very place. OK! Now that's enough questions for one night. Go to sleep now. And remember! No throwing your food out to Spacer tomorrow. Nor do we want or need to bring in any plumbers over Christmas. As you said, your Aunt Jassy knows everything."

"No you don't, Aunt Jassy," Valerie thought as her aunt left the room. "Not everything!"

All of Lower Merrick Green was in darkness except for a lone light in Alan's shed. She opened her window cautiously. The kitchen extension roof stretched below her but it was still a long jump. Lack of food had left her weak and she was sorry now that she had not made more of an effort to keep up her strength. She was going to need it, every bit of it.

A deep breath gave her the courage to jump and she landed with a soft thud on the roof. Like a wary cat she crouched in the darkness, then lowered herself down the drainpipe, skinning her knees and knuckles but not noticing the pain.

Since her last visit Alan had painted the walls of his shed completely black and the red ceiling had a jagged white line slashed across its centre. Posters of "Cold Command Charlie" lined the walls and he had painted a mural of wild-looking space invaders on the door. She looked around in amazement.

"Oh wow. Crazy!" she said. "Who let you loose with a paint brush?"

He was still recovering from the fright he had received when she knocked on the door.

"Funny, funny. Anyway, what are you doing here? I thought you were grounded?"

"I am. But I needed to talk to you. First of all I want to say I'm sorry about yesterday. But you'll understand everything when I tell you my story. It's really crazy!"

"Go on, then. I'm all ears." He perched on the edge of his workbench and she sat down on a stool.

She began at the beginning, back to the late summer afternoon when Paula had told her and Sally about the mysterious voice and showed them the spot just below her ear. The words spilled out, fragmented images, her sentences unfinished as she hopped from one incident to the next. Her voice began to falter as she saw the growing disbelief on his face. Still she continued. She told him about the tiny blonde doll and her finger resting on the pulsing beauty spot. "It was sending out a signal, Hogs. I know it was. Something terrible has happened to the girls and Robert."

"I suppose you'll tell me next that they've been invaded by creatures from outer space. The Martians jumped right out of Hogs Bradshaw's mural and are on a Christmas visit to Lower Merrick Green. Or is that not crazy enough for my friend, Ginger Nut? I suppose you want me to believe that they've turned into dolls!"

She had never seen him look so angry. "Please, Hogs. You promised to listen."

"And I'm breaking that promise right now." He began to pace up and down the shed. "It's just another one of your tricks." He swung around and pointed his finger at her. "Just another of those sick jokes."

"It's not, Hogs. Honest it's not."

Was she really pleading with Hogs Bradshaw? But if she was he was not letting it get through to him. He slammed his fist against the wall.

"First of all you make a fool of me in front of everyone. Of course you're very good at that. You've had a lot of practice. Then you break up my friendship with Robert."

"No, I didn't. That's not fair." She was also getting angry. "Your tricks are much much worse than mine. And I didn't break up your stupid friendship with Robert. I saw how rude he was to you when you found him at the exhibition."

"How do you know?" He thrust his face close to hers. "You don't know anything. But you like to pretend you know everything."

She drew back from his anger.

"I thought this Christmas might be different. I hoped this stupid fighting was over. And all the time you were just planning another crazy trick and this is the most stupid one of all." He opened the shed door. "Go on, get out!" He pushed her and she stumbled in the darkness. "Go back to your own place and your stupid brother and cousins. See if I give a damn. I don't need any of you. Go on, get out!"

When she had finally climbed back into her room she nursed her knuckles and her misery. She wouldn't cry. Alan Bradshaw—no, call him by his proper name, Hogs Bradshaw—had never made her cry and he was not going to begin now.

"Hog by name and hog by nature," she repeated over and over again in the darkness as she licked the salt tears from her lips.

12
Alan's Discovery

lan Bradshaw was furious. He lay in bed and listened to his parents preparing to go into Merrick Town centre. They had tried to persuade him to go with them, especially his mother who was worried about his continuing bad humour.

"Staying up in that shed until all hours of night. It can't be good for you!"

"It's not a shed, it's a laboratory!" He could never make them understand the difference. "It's where I carry out my experiments."

"Don't talk to me about those experiments!" Mrs Bradshaw thought, protectively, about her new kitchen table. "What happened between you and Robert?" she coaxed. "I've never known the two of you to fight before." He was an only child and she knew how much he valued his friends.

He turned his face into his pillow. "I don't want to talk about it."

Ginger Nut Collins and her stupid jokes! What was most unforgivable was that he was entitled to play the next trick. That was their unspoken agreement and he had been unable to think up anything awful enough to make up for her last trick with the photograph. He still broke out in waves of mortification whenever he thought of it. But sometimes he found himself smiling in admiration. It had been vile, absolutely vile. He had tried inventing itching dust that he could shake into her hair but it had given him red-rimmed eyes and a fit of sneezing. Over Christmas he had planned to put a fur rat into one of her boots and he had purchased one in GOTCHA, the local joke shop. But these tricks all seemed childish compared to the photograph.

Then, when he had seen her on the first day of the holiday, watched her run to greet her cousins as the police car drew up outside the Mastersons' and she had drawn back as if they had slapped her face, he had felt something strange twist inside him. He had not tried to understand why he should suddenly feel so protective towards her but somehow, after that, it had seemed silly to continue fighting with her.

She must have been laughing up her sleeve at him all the time. It made him even angrier to think that he had actually bought her a present on that day in town just before Robert had persuaded him to go to that weird exhibition. Her present was hidden in his laboratory, a lamp in the shape of a framed picture and the light, when it was switched on, would shine through a drawing of her favourite group, Cold Command Charlie.

He had even thought of asking her into his house over Christmas to listen to his LP of the same group who also happened to be his favourite. Her present could go the same way as her brother's—into the rubbish bin.

He heard his grandfather stamping about downstairs. Better get up and keep him company.

"Ah! The young have risen at last! Is it not a fine bracing day?" The elderly man had white hair, grizzled like a well-used sweeping brush, and a white fuzzy beard around his face. He was a fresh-air fanatic and, despite the wind blowing through the kitchen, he had the windows wide open.

"You need fresh air," the old man continued

as Alan, with a shudder, slammed them closed. "We're going to hit Merrick Heights today! You're moping about far too much in that shed of yours."

"It's my laboratory, Grandad, and I'm working on an important experiment."

"Sure you are." His grandfather did not believe a word of it.

"And today you're working at keeping fit. As I always say ... !

"Exercise is the disinfectant of the mind and scouring wire for the soul," Alan finished.

"Excellent! I'm glad to see you're catching on."

"Well, I'm not going. I don't feel like climbing those Heights today." But despite the determination in his words Alan knew that he was fighting a losing battle. His grandfather was famous throughout the district. Whenever he found a group of young people hanging around the corners of the Merrick estates he would march up to them in his rigid army style and shout, "Exercise is the disinfectant of the mind and scouring wire for the soul." Often, before any of them had a chance to protest or escape, they would find themselves climbing the sheer sides of Merrick Heights with Alan's grandfather bringing up the rear and encouraging them with rapid fire commands.

"That's it. Lift those knees! Get those arms swinging. Breathe deeply. Feel that fresh air. It's free! Take all you need."

He was not the most popular man in Merrick and normally when the young people gathered together they would post a look-out who would tell them when Old Knees Up was coming their way. As the grandson of Old Knees Up, Alan knew that his grandfather never heard the voice of disagreement—and this morning proved no different.

"That's agreed then. It'll save you hanging around the garden and fighting with those young people next door."

Alan opened his mouth to contradict him but looked away from the keen and knowing eyes of the old man.

On Merrick Heights the wind hit their faces like stinging needles. "There's rain coming," his grandfather sniffed the air. "It'll be here by this evening." They had reached the cliff-walk, a high embankment of land overlooking Merrick.

"Isn't it wonderful!" He expanded his chest like a strutting pigeon.

Alan gritted his teeth but had no breath left to reply. Eventually the wind grew so strong that even his grandfather had to pause. They found a hollow and sat into it. The scutch grass had been flattened and they were protected from the wind that screamed around them. The old man held out a packet of hard-boiled mints and Alan accepted one. His grandfather always kept a packet in his pocket for such excursions.

"My grandfather remembered how the Heights came about." The old man embraced Merrick Heights with a wave of his hand. It was a wild area, with jagged peaks, hidden hollows and unkempt grass. "Can you imagine that a village lies underneath this mountain of clay?"

Alan nodded, only half listening to the reminiscing voice beside him. No matter what he did he could not get the image of Valerie out of his mind. He remembered her face at the window yesterday during his argument with Robert. He had never seen her looking so sad. Even when she was returning to boarding school and bidding goodbye to her cousins she was able to make a joke about it. But Robert had told him once, in secret, that sometimes she cried all the way back on the train.

Then last night she had come to him with this weird and fantastic story, her whole body trembling as if she had seen a ghost in her mirror. How could she have expected him to believe such a crazy thing? She'd been putting it on, he knew she had. It was just one of her rubbishy tricks. But could she have pretended the fear in her eyes and the desperation that made her cling to his arm, just for an instant, as he pushed her away? His thoughts twisted in his mind like jumbled spaghetti so that his grandfather's voice floated far above his head.

"And if it hadn't been for Elsie Constance the whole village, men, women and children, would have lost their lives." The old man finished his story on a note of satisfaction.

He was a born storyteller but, today, his audience of one was very absent-minded. He jabbed his grandson sharply on the shoulder.

"Am I just handing out my stories to the wind for free?" he demanded.

Alan gave a jerk, dragging his mind away from Valerie.

"Yes indeed!" his grandfather leaned closer. "If it hadn't been for that young girl of thirteen the whole village would have been lost in the mud slide. Like I always say, kids had far more stamina in those days."

Alan tried to pick up the remnants of the old man's conversation.

"How did she do that, Grandad?"

"I knew you weren't listening," his grandfather sighed but it was really a deep purr of satisfaction. He was delighted with the opportunity to repeat his story.

"It was the time of the great flood. You never saw such rain in all your life and neither did I. But even though it happened hundreds of years ago there were still stories told about it when I was a lad of your age. Solid sheets of rain that lashed against the diggings and building that were going on at Merrick Quays. They were only building the quays in those days and until then the whole area had been nothing but miles and miles of flat empty space with the river running through it. Then a man called Colin Merrick decided to develop a port and bring his fleet of ships up river into a safe harbour. He was a very wealthy man with lots of vision and a will of iron once he decided to do something.

"So the building began and the back-breaking work of dredging the river. Mountains of earth piled up over the months. Cottages, nothing more than shacks really, were built for the workers and a village began to grow. It was nothing much to look at, mind you, but it had the roots of a community."

He shook his thick mop of white hair. "Those were poor times and the people were paid very little for the endless work that was necessary to fulfil Colin Merrick's vision. It was all a far cry from these modern times, I can tell you.

"Anyway, on the fourth day of the storm Elsie, whose father worked on the docklands, pushed aside her mother who tried to hold her back and ran outside. It was said that she was a strange child who could read people's darkest thoughts and so she spent most of her life alone, a solitary little skinny thing from all reports, and not very well liked because of her powers. Out she ran from her house and didn't stop running until she reached the river, you know, the part of it that flows through Merrick Town Centre.

"The level of water had risen and the river was about to overflow its banks. Elsie could see how the downpour had loosened the huge mounds of earth. A mud slide was beginning and she began to run back towards the houses, screaming a warning. But the poor child slipped before she reached the village. Yet—this is the strange part of the story—her voice was still heard clearly by everyone. Some said she screamed the word 'zentyre' over and over again but others said it was 'centre,' that the centre where the cottages stood would be covered in mud. That's probably what she was shouting all right but it doesn't really matter because she was buried under the mud as it rolled over the village.

"By then everyone else had escaped and they never found her body, poor child, only thirteen and so brave. Later, as they continued to dredge the river for miles along its course the villagers moved the mud to where their ruined village had once stood and, over the years, as the mounds grew higher, Merrick Heights was born. There were other changes too. The docks brought industry and ships to the village and it spread out into a very prosperous town. And the families whose homes had been destroyed built their new cottages by the dockside and became known as the river people."

Alan's grandfather rotated his shoulders as he stood up. "Come on and I'll show you the spot where they erected a gravestone for Elsie." They walked down the side of the embankment and, in a little crevice where the grass seemed to bend in a caressing movement, his grandfather parted it and showed him the tombstone, weathered and moss-covered. The old man traced a gentle finger along the rough surface and read the inscription.

"Here lie the remains of brave Elsie Constance whose courage saved the lives of the people of Merrick. She is always in our

*thoughts. May she rest peacefully in the
arms of angels."*

At any other time Alan would have been
fascinated by the story. Today he only wanted to
get back to Lower Merrick Green.

"Strange the way stories grow." His grandfather was unaware of Alan's restlessness. "My
grandfather once told me that Elsie Constance
used to visit people in Merrick whenever
danger threatened. I remember one old woman
who claimed to have been touched by Elsie's
ghost when she was only a child. She was told
that a fire was coming to Merrick but no one
paid her any attention until after the fire that
burned down half the warehouses along West
Merrick Quay."

"What do you mean, ghost?" Alan had
stopped walking. "What was she like, that
ghost?"

"You'd pass for one this minute!" His
grandfather looked closely at him. He began to
suspect that, for the first time since the start of
his story, Alan was finally paying attention. His
grandson reminded him of a hound who had
caught the scent of something very important
and had stiffened every part of his body in an
effort to absorb the information.

"It was said that her voice could be heard

calling a warning and that the person who heard that voice would find a little black mole somewhere on her body. It was always a girl who had the apparition, you see, and the mark would appear on her forehead—no, that's not right ... where was it now? ... ah yes, her neck. That was it—a little black mole on her neck that would disappear along with the voice as soon as the danger had passed. How those stories grow in the telling. Can you imagine kids today believing anything as fantastic? What's the matter, Alan? You're shaking like a leaf. Come on, don't let such a silly story upset you so much. Where are you off to? Alan! Come back at once!"

The old man's words were tossed away by the wind and did not follow Alan as he plunged down the steep sides of Merrick Heights. He ran as if there was fire in his blood and Valerie's name kept hammering inside his head. From the top of the heights his grandfather watched him move. That boy could certainly run, as swift and as sure as a hound who knew there was only one direction in which to go. A few more sessions on Merrick Heights and his grandson might one day manage to be as fit as his grandfather, Old Knees Up.

13
Bells Ring Out for Christmas

f Aunt Jassy noticed how pale her niece looked when she came into her room next morning she made no comment.

"Up you get, Valerie," she was using a brisk no nonsense tone. "I am about to make one exception to your grounding. You're coming to the carol service in Merrick Cathedral with us this afternoon. Come on, out of bed. Get your hair washed and let me see a bit of colour in those cheeks."

Valerie could see that her aunt was worried and when she saw her reflection in the mirror, she could understand why. How awful she looked, her face white and scared, and her eyes felt gritty from tiredness. She had not slept at all after returning from Alan's laboratory and that, combined with a lack of food, left her feeling very weak. She resolved to eat a large breakfast but the thought of food made her feel ill. Apart from Aunt Jassy who looked anxiously at her and Simon, stretching welcoming arms towards her, no one paid any attention as she hesitated by the kitchen door.

Paula was taking milk off the cooker and pouring it into a jug. "Do you want some hot milk for your cereal, Sally," she asked her sister.

"Yes please," Sally took the jug from her and the steam from the hot milk swirled around her. Just for a fleeting second there was an impression of a dark furry shape lurking behind it. Valerie closed her eyes. When she opened them again there was only Sally with her cheeky grin that looked as if it had been painted on. The milk had cooled and formed a skin in the jug. As Sally poured it out the thick skin fell into her cereal bowl. Valerie waited for her younger cousin to start moaning. Sally had once declared that she would rather have her toe nails pulled out by red hot pincers than swallow the skin of cooled milk. But she had obviously changed her mind and ate with a fast gulping motion, rather like the way Spacer ate his food, swallowing without making any effort to chew it.

Robert and Paula were eating in the same way and Valerie turned from them, feeling the uneasiness grow in the pit of her stomach. Aunt Jassy went to answer the phone which was ringing in the hall.

"What are you going to steal today, Valerie?" asked Robert.

Paula and Sally giggled.

"You shut up, all of you," Valerie snapped. "I'll discuss this with Dad when he returns. And I'll tell him how you've been behaving. I'm going to tell him everything."

"Oh really. And what, may we ask, is everything?" There was a glitter in Paula's smile and her teeth looked sharp as they nibbled her bottom lip.

Valerie realised that the three of them constantly licked or nibbled their lips as if they were uneasy about something. "I will tell him that there are very strange things going on in this house." She tried to keep her voice steady. "I'm going to tell him how you have all changed over the past few days. I don't understand it but I'm sure he'll know what to do."

"Will you indeed?" Robert grabbed both her arms and pinned them against the wall. There was a mysterious smile lurking about his lips. "You never know what tomorrow will bring, dear sister."

She pulled away from him and ran into the hall. It was warm with the presence of Aunt Jassy, safe from her brother and the strange but compelling red lights that danced in the pupils of his eyes.

By two o'clock they were ready to leave. Simon was strapped into the car seat and the others crowded in around him. Without a word Valerie sat in the front seat with her aunt. As the car reversed out of the driveway she saw Alan Bradshaw running up the road. He sprinted even faster when he saw the car but she refused to look in his direction. There was just a fleeting blur of his hand waving the air and his white face.

"Valerie! Valerie!" She thought she heard him calling after her, but she knew it was her imagination.

Crowds were beginning to gather in the cathedral as they stepped out of the car. The bells were chiming in a joyous salute to Christmas. As always the sound made Valerie's heart swell as the clear notes etched the memories of other happier Christmases.

"Paula, what's the matter?" she gasped as her cousin began to sway and draw her shoulders up high around her ears in a gesture of pain. Sally had also cupped her hands around her ears. Her face was pale, drawn tight with tension as if she wanted to shrink away from the sound of the bells. Robert's lips were curled back from his teeth and he was making low, panting sounds. The bells stopped as suddenly as they had started. By now Aunt Jassy had noticed the pale faces around her but their movements had grown quieter, fidgeting gestures of uneasiness as if a faint electrical current was flowing through their veins.

"We can't go in there!" Paula pointed towards the cathedral which was filling, rapidly. She continued to shiver as she gazed at the stained glass windows and the solid front door.

"Are you ill?" her mother examined her forehead. "The three of you look awful. Was it something you had to eat at lunch time?"

"I think it was, Mother. I feel absolutely dreadful." Sally sank back into the car seat. "Can't we just sit here and rest? We'll follow you in as soon as we feel better."

"I think I'd better take you home." Their mother was uncertain as she looked from one to the other. Simon was pulling against her, eager to join the music which was now swelling from the cathedral.

By the time Aunt Jassy allowed herself to be

persuaded to leave them the carol service was under way. She hurried towards the entrance. "That's all I need," she confided in Valerie. "Next thing we know they'll all be sick for Christmas."

The voice of the choir swelled in a magnificent burst of sound as the congregation joined in.

"How beautiful it sounds." Aunt Jassy paused for a moment and the lines of worry, which had not disappeared since the evening in Dunaway's, softened on her face. "It never changes," she sighed in resignation. "If only I could say the same for children."

Throughout the carol service Valerie watched in vain for Robert and the girls to appear. But there was no sign of them. When the last notes had fallen into an appreciative silence, the congregation broke out into a loud round of applause and then began to pour from the cathedral. When Aunt Jassy located the car in the growing darkness of the car park the three children were still sitting in it.

"We're feeling much better now," Sally assured her mother. The colour had returned to her cheeks. Paula had the same bloom about her and she smiled constantly, as if hugging a wonderful secret to herself.

Aunt Jassy had some shopping to do in the local supermarket and later she brought them all to the Merrick Burger Express for their evening meal. After they returned home Paula and Sally went immediately to Robert's room. Valerie could hear the murmur of their voices and their laughter had an excited throb to it.

The shed was empty. No late light burning tonight. She wondered how Alan had spent his day and, for the first time, allowed herself to remember the anxiety on his face as he sprinted after the car. Not that she was remotely interested in how Hogs Bradshaw looked. How she hated him. She felt her anger clench inside her every time she remembered stumbling in the darkness and his rough hands pushing her out of his silly shed.

It was impossible to sleep. Her body shook with fear whenever she heard the voices next door. Yet she could not name her fear. It was like being in a nightmare where everything was completely àbnormal but everyone was behaving normally. The memory of her visit to the Toy Exhibition had become even more confused since her conversation with Alan. No wonder he had refused to believe her.

She thumped her pillow, lifting it up and shaking it, straightening her sheets, anything to make her bed more comfortable and allow her to sleep. Her hand touched something between the head board and the wall. It was the notebook with its jumbled scribble. Caught tight against the wall, it had not slipped to the floor. As she read the last entry her thoughts gave a final scattered explosion and the catherine wheel which had tossed them about since her arrival at the Mastersons' ceased to swirl.

Last night Alan had taunted her, "I suppose you want me to believe that they've been turned into dolls!" and she had understood his disbelief. But now the crazy idea that had flashed into her mind took shape and formed into a frightening conviction. She never understood how she arrived at the decision to go back to the Town Hall but she knew that it was the only course of action left open to her. The answer to the mystery lay somewhere in the midst of those lost and beautiful dolls.

It had been raining for some time. Raindrops drummed against the window pane and the wind whistled angrily behind it. An extra loud splatter of raindrops caused her to look towards the window and in the rising wind she heard something else. She pulled aside the curtains. Down below she could only make out a vague shape but she recognised the voice. He was preparing to throw some more pebbles at her window but stopped, arm raised.

"What are you doing, Hogs?" she hissed. "Leave me alone!"

"Come on down, Valerie." The pleading note in his voice carried up to her. "Please come on down until I talk to you. I've so much to tell you."

14
A Journey Through the Rain

lan tried to shelter from the rain in the shadow of the Mastersons' boiler house but his spiked hair was plastered to his forehead and drops of rain dripped from his chin. He was soaked and shivering as he waited for Valerie to join him.

His mind flashed back to earlier in the day when, dazed from his discovery on Merrick Heights, he had raced home in the hope of meeting Valerie. A minute earlier and he would have made it. What an angry look she gave him as the car flashed past, her face thin and pale, her eyes red-rimmed as if she had not slept for a long time.

Not that he blamed her. He must have been the only person she could confide in. And he had let her down so badly. As the car drew out of sight, he had decided to visit the Toy Exhibition.

He had joined the queue of children. Mr Hardbark had not glanced up as Alan handed over his entrance fee. Once inside, he made his way towards the doll collection. How sad the dolls looked. Yet there was one exception. The doll with the red hair. She had a high bow around her neck, a lace bonnet and a blue crinoline dress. This doll was enchanted. He knew that Valerie was right. Two days ago she had stood where he was standing now and had stared at that doll, her eyes wide and strained, her body swaying, unaware of everyone around her.

What a fright she had given him when he saw her. He had thought she was going to faint right into his arms. Then she had pulled herself together, pushed him away as if she was ashamed to be seen with him. That made him embarrassed and, when next he saw her, she was running like a wild hare across the hall with the blonde doll hidden under her jacket.

The blonde doll was back on her pedestal. He noticed the crack on her forehead. Its rough edge marred the smooth china face and the eyes seemed full of pain.

"Stop it!" he ordered himself. "When you

start imagining that dolls are real then you've gone ab-sol-ute-ly nuts!"

Yet they looked so real. He wondered at the doll makers who had created them. Although he would rather die than be caught admiring a doll, there was still something about this collection that fascinated him.He looked back at the blonde doll in the silver dress. She had eyes that followed him everywhere. There was something, a sound which distracted his thoughts. Valerie had mentioned a buzzing noise and he found himself, instinctively, shaking his head as if a bluebottle had lodged there.

His heart began to beat faster and he fought against the desire to turn and run from the hall. Something had happened to Robert at the Toy Exhibition. It was in his voice and his eyes. It was in the chill damp atmosphere that surrounded him and killed off any attempts of friendliness. The same feeling had vibrated from Sally and Paula when they returned home in the police car and it had not left them since that night.

Alan moved away from the blonde doll and the sound died away. A woman hurried past. She was a small woman with anxious shoulders and her eyes darted about like a mouse, sensing danger.

"Have you seen a boy in a denim jacket?" she asked Alan. "About this height." Her hands made shapes in the air.

"I'm sorry. I haven't. How long have you been searching for him?"

"I've been over the exhibition hall three times but I can't find him anywhere." She rubbed her hands nervously together. "He's never gone wandering off like that before." She hurried on, stopping people who all shook their heads.

"Get the organiser to make an announcement," suggested another woman and, just at that moment, Mr Hardbark passed them by.

He was carrying a boy doll, dressed in a wide overcoat with loud check pattern and leather buttons. He wore a peaked cap of the same material.

"It's a motoring doll," said a girl, clapping her hands with excitement as Mr Hardbark placed the doll on a pedestal beside a shiny black old-fashioned motor car.

The fat man beamed widely at his appreciative audience. "Are they not the most wonderful dolls you have ever seen?" he asked a group of children.

They nodded their heads in agreement.

"Is this your last day here, mister?" asked a young boy.

"It is indeed!" Mr Hardbark glanced over his collection. "Tonight I pack up these wonderful creatures and say goodbye to Merrick Town." He doubled over with laughter. Tears of merriment glistened in his droopy eyes.

As the fat man walked away with his heavy swagger Alan heard the noise again. He looked straight at the blonde doll. "Are you trying to give me a message?" he whispered. What a fool he felt! He glanced around quickly to see if anyone was watching him. No one paid him any attention. The buzz became more distinct, like sound coming through on a radio when it is properly tuned.

"Alan, it's Paula!"

He jumped back as if someone had punched him in the stomach.

"There's no time. We're in danger. Tonight we go to Isealina. Valerie too. You must help." The voice with its singsong plea was breaking apart. It disintegrated back into a buzz and he could almost feel the blonde doll stiffening in fear. He glanced over his shoulder and immediately slipped out of sight behind the high pedestal. Sally, Robert and Paula were walking up the hall with Mr Hardbark.

He could not make out what they were saying but Robert gestured and flicked his tongue over his top lip in a greedy, sucking gesture. Alan watched and was filled with revulsion. Who were these strange creatures masquerading as his friends? He had to get out of there. Get back to Lower Merrick Green and warn Valerie.

"I'll be back, Paula," he whispered to the blonde doll. "Be brave. Hold on to the courage of Elsie Constance." Down the long corridor he ran and out into the chill of a December evening. The clouds hung grey and low in the sky. It would be dark soon. His bicycle was locked in a parking block and, in his haste to open the lock, he dropped his keys. At any second he expected to hear voices. His breath rasped in his chest as footsteps approached the main door. There was no time to escape and he dived behind a large bush as Mr Hardbark appeared at the entrance.

The fat man's face was smooth and satisfied as he placed his arms around the shoulders of Robert and Sally. Paula walked close beside them as they approached the bush. "We'll sail tonight on the midnight tide," said Mr Hardbark.

Alan could see the lower part of their bodies. The three children were shuffling their feet restlessly.

"Oh, to see the shore of Isealina again," sighed Sally. "Our days in Merrick have been long and dangerous."

"But they are almost over, my luvenders. The red-haired doll does not wait in vain. The great sacrifice will be complete before we sail. You have served me well," replied Mr Hardbark.

"We will not fail you tonight." Alan could hardly recognise Robert's voice with its deep gulping rhythm.

"I will admit that there were moments of anxiety and I sense that there is still danger around us." There was a flicker of hesitation in the fat man's voice. "Even though we have transformed ninety-nine of these children since our arrival we cannot rest yet until the great sacrifice numbers one hundred. I will call you when I am ready and the great reunion will take place. Go now, my luvenders. Go swiftly back to the cathedral before human suspicions are aroused."

"Farewell, Solquest. Farewell, oh great zentyre. Tonight is the reunion of hope." Alan crouched deeper in the undergrowth. Pins and needles of dread rose on his scalp as the voices faded and the shuffling feet moved out of sight.

At last he felt safe enough to come out from

cover. As he unlocked his bike the woman who had been searching for her child walked past. She looked angry and was scolding a sullen ten year old boy who dragged his heels and slouched into a denim jacket that was covered in badges.

"I found him at last!" The woman stopped to talk to Alan. "One hour spent searching that exhibition hall and he hasn't even got the manners to say he's sorry for causing me all that worry!"

The boy scowled at Alan. His eyes looked remote, as if they were viewing something from a great distance. He moved away into the face of the wind, his shoulders hunched against it as Alan stared after him and felt a clinging mist, caught the smell of the tide on the turn, the stench of dead seaweed rotting on a rock-strewn shore.

How vividly he remembered it now as the rain danced on the surface of puddles and cascading rivulets of water overflowed from the gutters above him. The back door opened, noiselessly. The Mastersons' kitchen light was still on and, for an instant, he saw her framed against the brightness. Relief made him release his breath in a sighing exhalation. He had imagined so many different scenes, each one more horrific than the one before, as he waited for her to return from the cathedral.

Valerie felt the wind hit her face with a shrieking glee.Then Alan quickly drew her into the darkness of the boiler house. "I thought you'd never get back from the cathedral. What on earth kept you? I've been out of my mind with worry!"

"What's up, Hogs?"

She had forgotten about the anger of last night. Although she could not see his face, everything about him told her that something very important had happened. He kept glancing upwards to where a spill of light from Robert's room lit the darkness.

"I was at the Town Hall this afternoon." He was trembling and she caught his hand, squeezing it tightly.

"What happened, Hogs? Tell me what happened?"

He told her everything, his whispered words tripping over each other as hers had done on the previous evening. He pointed towards Robert's room as he finished the story.

"He called them his luvenders. I was hiding right beside them and I heard him. Something has happened to my friends. He is a zentyre. That's what they called him at the exhibition!

Do you remember the zentyre stories?" he asked her.

She remembered the leaping shadows on their faces last Hallowe'en as they sat around the bonfire telling ghost stories and Alan put the ice pack down her back just as Robert had reached the part of his story about the icy zentyre fingers. Wordlessly, she nodded her head.

"Valerie, I don't understand any of this! I keep thinking it's all a dream and I'll wake up and it'll be all over."

She could feel his hand tremble and he pulled it away from her, pressing it across his eyes as if he was trying to block out some dreadful vision. "Do you think I'm mad?"

"No, I don't," she whispered back to him "It just feels so good to have someone who understands."

"I'm sorry about last night." He spoke with gruff abruptness and Valerie thought about Aunt Jassy's favourite saying, "In any language sorry is always the hardest word to say."

"Forget it, Hogs." She accepted his apology. "We've got to get to the Town Hall."

"I know. That's just what I've been thinking. You take Paula's bike. I have mine outside the gate."

The rain ran from her hair. It blinded her eyes and dripped from her nose. She had never known such rain. They were now past the estates and heading towards the city. The last twinkling Christmas tree lights had been left behind and they were cycling past the industrial estate with its stark buildings, closed and shuttered. It was ten o'clock on the night before Christmas Eve and, apart from the Merrick pubs and restaurants, everywhere was closed for the holidays.

15
Solquest Waits and Remembers

olquest was weary. He was weary of the sight of people, of queues of impatient, noisy children, weary of being Mr Hardbark and carrying his heavy bloated figure, of looking at the world through droopy eyes. For five days he had pined for the isolation and seclusion of Isealina. How he longed to feel the damp protection of his mist surrounding him once more. Now his job was almost complete.

The wind howled outside the windows, reminding him of the night of the big storm and how it had attacked his island. It had shredded his grey mist of protection and then, as the wind died into a whisper, he had seen nature's cruel revenge as it swept away his precious green stones. He knew it was revenge, revenge that had waited for three hundred years, ever since he had lifted his hands towards the tiny hamlet of Merrick and destroyed it.

Nature had warned him when he, Solquest, the most powerful zentyre of all, had commanded the rain to fall for four days until the mud began to ooze and run free like the wriggling bodies of a thousand snakes. "Only I can command the elements, Solquest. I will return for my revenge," nature had told him and he had heard the message clearly in the wind that blew around him as he watched the mud begin to move on its slow deadly passage.

He had not wanted human beings living so near his Island of Isealina. Power to practice his zentyre magic came from the vast emptiness of the earth. He had found it in the desolate plains that had existed before Merrick was born. He had found it in the river that wound its way home to the sea surrounding Isealina. His green stones of eternal youth lay on the bed of that river and, on a special night each year when the moon was full and shone down on him with the frowning features of an old woman, he would leave his island and come to the dark loneliness that was once Merrick. He would lower his body into the icy depths of water and his youth would be renewed.

Then the people came, led by a man called Merrick, a man with vision and plans, to disturb his solitude. There was danger in the river which was being dredged. His stones could be lost forever. In the miles of docklands which would scar the green landscape, he foresaw tall ships and warehouses, the quiet emptiness of fields disappearing, forever, beneath the demands of humans.

He had trapped the village under the sliding mud and in his pleasure had imagined the last desperate gasps of those buried underneath. But she had seen him, Elsie Constance, that child with the bird voice and the mind like the bottomless mystery of a well. Yet although she had known his thoughts, she had paid for that knowledge with her life. The fat man frowned as he remembered that time so many years ago when a small girl of only thirteen years had beaten the magic of Solquest by throwing her voice against his power, by defying him for sixty seconds and saving the lives of the villagers.

And so the building had continued. His green stones had been taken at dead of night from the bed of the river and brought to Isealina. With his magic he had created a fissure on the surface of his island. As the water poured through the deep crack that now ran the length of Isealina it became a smooth flowing river and the new resting place for his precious stones.

But nature had not forgotten the threat made on that wild night so long ago. Four months before, when the revenge was finally enacted, he had watched his stones disappear, tossed high on the cascading waves to disappear into the heart of the sea. Nature's revenge had forced him from the seclusion of his home and every moment of those five days since he came to Merrick Town he had longed to feel the safety of his mist surrounding him once more. Soon it would happen and the great sacrifice could take place. Only one pedestal remained to be filled. He exchanged a smile of triumph with the red-haired doll.

When the moment came he would call his faithful luvenders. They would come, leaving empty beds and heart-breaking memories behind them. He smiled at the thought. In his mind he heard the cries of grief that would ring out over Merrick when parents discovered their missing children. "Too late. Far too late," he gloated. Already he could feel the swaying deck beneath his feet, could smell the sea-weed lining the coast of his beautiful Isealina.

She was coming. Through the wind and the rain she was coming, his last chosen child. She would have been his by now if the blonde doll had not interfered. He frowned as he looked towards the blonde doll. He could control the other children and loved to see them cringe beneath his power. But she had remained aloof from him. It was as if she had some secret source of strength and he was unable to fathom it. It did not worry him. As the hours towards departure drew nearer he had seen her composure break. Like the other dolls she had begun to sob silently as his preparations continued. The strength with which she had held the dolls together in the days since her capture was disappearing. She knew that Solquest, the great zentyre, had almost accomplished his mission.

Small rows of boxes lined the floor as he prepared to pack the dolls. "Don't fret, Robert," he pointed to the boy doll in the peasant costume. "You won't be lonely for long. Soon your sister will be with you."

16
The Sacrifice is Complete

re you scared, Hogs?"

"Not one little bit. And stop calling me by that stupid name!"

"OK, Hogs!"

"I'm warning you!"

"OK then! What will I call you? Ally Wally? Or maybe you'd prefer Elaine?"

"Ha ha ha! Very funny. I'm falling off my bike from laughing!"

"Em ... Alan. Are you really not scared?"

"Why should I be? This is a terrific adventure."

"Liar!"

"All right! Of course I'm scared. If I stop pedalling I really will fall right off this bicycle. What about you?"

"This is no bother to me. I'm used to trauma

with you around. In fact I'm as calm as the day you made all those rude noises with the sound box at Paula's party." Valerie heard him chuckle in the darkness.

"What about the time you put those panties in my training bag?"

It was her turn to laugh. They had discovered that throwing breathless remarks back and forth to each other in the darkness kept them calm.

"Alan? Do you hear a panting sound behind us?"

"It's just the wind."

"That's what I thought but it's getting nearer."

"You're imagining things."

"I'm not, Alan. It's getting closer!"

"Oh cripes! You're right. Pedal faster. Come on!!"

"Oh no! I can still hear it."

The harsh sound was growing nearer. The wind had eased a little and no longer threatened to fling them from their bikes. A dark shape hurled itself out of the night and there was a flash of white teeth. Valerie screamed and tumbled from her bike, catching Alan's wheel and bringing him down on top of her.

As he struggled to his feet, Alan was muttering frantic words which she knew had never been printed in any dictionary. He was trying to fight off the heavy body that slashed at his face with a hot damp tongue.

Valerie, not noticing her grazed knee, was lying in a puddle of water, laughing helplessly.

"Oh Spacer! You stupid dog! You big fat stupid prat of a weird wonderful dog."

Alan was trying to decide whether he should place a well-deserved kick on the dog's behind or hug him in relief. They disentangled their bikes which were none the worse for the tumble and set off again. This time Spacer, who totally refused to heed Alan's firm HOME BOY commands, loped alongside them with his ears flapping in excitement.

The magnificent doors of the Town Hall were open. There was a van parked outside with HARDBARK'S TOY EXHIBITION printed in gold lettering on its side. They left their bikes around the corner from the gates and, silently, tiptoed to the side wall of the building, keeping out of sight between the overgrown hedges.

The side windows were low with wide overhanging ledges and gave them a clear view into the exhibition hall. Empty boxes were stacked in a corner and Mr Hardbark was lifting dolls from their pedestals. There was a mournful sighing sound, like a lament, rising to the ceiling and Valerie's skin rippled when she realised it came from the mouths of the dolls. She felt Alan's arm around her shoulders, pulling her close against him, but she could feel him quivering with shock. "That's Paula!" he whispered pointing into the hall.

A soundless scream died on her lips as she followed the direction of his finger and found herself looking at the doll in the silver dress.

"Oh Alan!" She buried her face in his shoulder, her body shaking with sobs. "I still can't believe it!"

"Shhhh! … listen," he whispered.

She could hear no sound but her doll cousin's lips were moving.

The fat man began to gesticulate, shaking his fist at the doll but the mouths of the other dolls began to open and, through the glass, Alan and Valerie began to make out the combined sound of ninety-nine tiny voices chanting, "We'll defeat you … we'll defeat you … we'll defeat you."

"I'm going to try and open this." Valerie placed her hands beneath the wooden surround of the window and lifted it. It was an old-fashioned window with a well-oiled frame and it slid silently upwards.

The sound became clearer and Valerie realised that although her doll cousin, Paula, was leading the chant, her voice, rising high above the others, sounded different, singsong and lilting like the river people.

"It's the voice of Elsie Constance," whispered Alan. Despite the defiant words, they noticed the tears glistening on the cheeks of the blonde doll with the jagged cut on her forehead.

Only the red-haired doll was silent and she stared at the others with smouldering eyes. The fat man crashed his fist down on the pedestal. He lifted Paula in his hand and squeezed her slender waist. She gasped with pain but her eyes continued to stare at him.

"You defy me until the end. You think you are stronger than Solquest. But tonight we sail for Isealina. Our ship waits at Merrick Docks. We will reach my island home as the morning sun rises above the mist. The last of my chosen ones has arrived and our mission will soon be complete."

As Paula stopped her singsong chant the voices of the other dolls fell silent, as if some great source of energy had been removed from them. The wind seemed to whisper Valerie's name as it wrapped itself around the building.

She imagined the bedrooms in her Aunt Jassy's house, the luvenders sleeping there. They were sleeping in so many bedrooms throughout Merrick, the parents unaware of the danger that lurked everywhere around them.

Why had she not noticed the likeness to her cousins when she saw the dolls at the exhibition? There was a peasant doll in an embroidered shirt with billowing sleeves. She was positive that it was Robert and whispered her opinion to Alan.

He looked closely, narrowing his eyes in concentration. Then he nodded. Now that their minds had made the enormous leap and had accepted the fact that these dolls were real live children they began to look beyond the smooth faces, the costumes and the hairstyles. They began to recognise other faces. Alan began to whisper names, young people from his school and football team.

"It's incredible!" She heard the desperation in his voice.

"What can we do?" A sense of helplessness rooted Valerie to the spot. She could only stare in fascination at the scene within. The red-haired doll was staring at the window as if she knew that Valerie was there. But she *couldn't* know. In the darkness Valerie crouched deeper, trying to drown out the feeling that was pulling her towards the hall, the wind that gently and persistently caressed her name.

"If I could only get inside I could hit him over the head with this," Alan had picked up a large stone from a rockery of flowers. He shoved it into the pocket of his anorak.

"I'm going to climb that tree and see if the top window is open." Alan removed his arm from her shoulder.

"I'm going with you," she insisted.

"No! Stay here. If I'm caught you'll still be free and you can go for help."

"No one will believe me."

"You must make them believe you, Valerie. That's the only chance we'll have left."

"Good luck, Alan," she breathed as he slipped into the shadows of the overhanging branches.

Spacer growled deep in his throat as Alan disappeared. He lifted himself on to his hind legs, placed his front paws on the window ledge and peered through. Valerie put her hand under his neck, scratching his thick fur, a gesture which normally made him roll over and wave his legs in the air with delight.

But now he ignored her. He dropped down from the window ledge and, still growling, moved into the bushes. His black fur was invisible against the night but she could sense his furious burst of energy as he lifted his body and dived, head first, through the open window.

"Oh, Spacer," she shuddered as she heard him barking from inside the hall, a rapid staccato sound which he always made when welcoming those he loved.

She raised her head, cautiously, above the level of the window ledge. Spacer was doing his lamb-like jump in front of the dolls in the green and silver dresses.

"You stupid mad mongrel," raged Valerie as she saw Mr Hardbark approach him.

"Get away from here, you crazy animal," he roared.

In an instant Spacer changed from a quivering softie of a dog into a killer. His lips twitched and drew back from his teeth, his face crinkled in fury. He crouched, ready to spring.

With an indifferent wave of his hand Mr Hardbark froze him to the spot with the words:

Through the rain on a bicycle
Came a girl with hair like sunset's flame
Whose blood must turn to icicles
To complete my ageless claim!

Spacer froze and Mr Hardbark turned

towards the open window. "Come, Valerie! Your time is up. We have waited long enough for you."

He was staring directly at her, magnetic eyes pulling her forward. The voice in the wind, which belonged to the red-haired doll, rose to a high wailing scream of glee. Those magnetic eyes and the bewitching voice drew her away from the window, towards the open entrance door with its welcoming pool of light.

17

A Recipe for Eternal Youth

 he could hear the sound of the dolls as she came into the hall. A pool of green liquid had appeared in the centre of the floor and Mr Hardbark ordered her to sit beside it. She had no power to refuse him.

"Now that you are finally all together it is time to satisfy your curiosity, my pretty ones."

The dolls became silent.

"I have decided that the time is right to tell you of my mission and why I came to Merrick. Then you will understand the important part you have been chosen to play in the rejuvenation of the great Solquest."

The silence of the dolls was like a bottomless well of misery. Valerie's bones felt like mercury, rolling over and over on top of each other and she only just managed to lift her head to stare at her cousins and her brother. Their love for her shone from their eyes and floated, like a multicoloured aura, around them.

Mr Hardbark was changing. A mist had arisen from the pool and as they looked into it the pudgy man who wobbled when he walked was disappearing. In his place stood a tall thin white-clad figure with a black beard who spoke in a grating voice of command.

"I am youth, my pretty ones. The flame of eternal youth flows through my veins. For a brief moment in the span of eternity its power was taken from me. So I came to Merrick, my pretty ones. I came to you, my one hundred chosen children. You are my means of recovering my precious legacy. And now let me list for you the ingredients of eternal youth.

"First I need the hearts of one hundred young people and these will be simmered over a fire of ice for five hours."

"That's impossible," gasped Valerie. She wanted to drown out the murmuring cry which was beginning to rise again from the throats of the dolls. "There is no such thing as fire of ice!"

"Do you doubt the magic of Solquest?" he snapped. His eyes flashed and an arrow of angry light pierced the floor in front of her. Immediately a block of ice appeared. She could feel its cold air sweeping around her. Then it burst into flames. Leaping, shuddering flames roared from its surface, flickering wickedly near her feet. One instant she was engulfed in hellish heat, the next she shuddered, convulsively, from the cold.

Suddenly the burning ice disappeared. Not even a damp spot marked the floor where it had burned.

"Now do you doubt my words?" he demanded and smiled as she shook her head. "I am stronger than Nature," he ground the words between his teeth. "The great Solquest can control and the elements will obey him."

Valerie had no words to defeat his pride.

"Now let us continue without any more interruptions. We will return to the beginning of my recipe for eternal youth:

The hearts of one hundred young people to be simmered for five hours over a fire of ice. They will become the joy of my youth.

The brains of one hundred young people will be sieved through a golden cobweb until only the cunning, the lies and deceit remain. They will become the understanding of my youth.

The blood of one hundred young people

will be stored in a copper barrel. When it has captured the heat of the noonday sun it will become the growth of my youth.

The muscles of one hundred young people will be pickled in salt from the sea of Isealina and will form the strength of my youth.

The laughter from one hundred young throats will be trapped for five hours between the echoing rocks of Isealina where the waves dash their strength and die. I will harness that laughter and it will become the energy of my youth.

And, finally, the bones of one hundred young people will be fed to my faithful luvenders."

The red-haired doll gave a gulp of pleasure and slid a slimy red tongue over her lips.

"Tonight when we sail for Isealina we will be joined by these faithful luvenders whom you have already had the pleasure of meeting. How clever they have been at keeping the suspicion of your parents at bay. But soon they must rise from your beds and tomorrow morning only the imprint of their bodies will remain on the sheets. What lamentation there will be. What hopeless searching will follow. One hundred young people have disappeared. How the mystery will linger over Merrick. Isealina will fold us in the protection of its mist and the great sacrifice to youth will take place."

"Do not show your fear!" It was Paula's singsong voice rising above the terror that clawed the air around them and for a moment Solquest stiffened, his head tilted towards the sound as if trying to place a memory.

"Be silent!" he commanded. "Nothing can defeat the magic of Solquest."

He lifted the red-haired doll in his arms and walked towards the pool, which had begun to bubble. The doll disappeared beneath its surface. There was only a long moment for Valerie to see the glaze of helplessness cloud the faces of her cousins. Then there was nothing. Just a stiff empty feeling flowing through her body and a head of red hair was rising from the pool which now lay still, like a sinister shining mirror. The mist disappeared and a fat man who hummed a satisfied tune was visible once again.

"Sweet success!" he breathed. Valerie felt her tiny body collapse. She had joined the doll collection.

18
The Voice of Elsie Constance

lan groped his way along a dark corridor. Light from a window at the top of the staircase showed him the beginning of deep marble steps and he put one foot, cautiously, in front of the other as he started to descend. He stopped, suddenly, his body going into a spasm of shock, as he heard Spacer barking.

"Spacer!" he breathed. "What on earth have you done now?"

He was trembling so much that he could not move for a moment. The barking ceased as abruptly as it had started and, realising that his legs were not going to collapse around him, Alan continued on down the stairs.

He heard voices, among them Mr Hardbark's commanding tone. He hurried towards the sound. He was now approaching the exhibition hall from the opposite end to its main entrance and he took a chance on opening a side door. It led into the hall and he could see the antique toys and, beyond them, the dolls on their pedestals. But the spotlights were dimmed and some of the dolls already packed into wooden boxes. Spacer, his paws raised and a ferocious look on his face, was poised in a springing position. He had become a statue of stone.

Mr Hardbark had his back to Alan who, as he hesitated in the doorway, saw Valerie emerge from behind one of the pedestals. His heart gave a skip of relief.

"Valerie, over here," he hissed but the distance between them was too great and she did not respond. How frightened she must be. Fear gave her a stiff-legged walk as if she was holding herself together by a great effort of will. He wondered if she realised how near she was to Mr Hardbark.

A quick sprint brought him into the shelter of a pedestal. For the first time he noticed a pool of green liquid and stopped, just in time, from stepping into it. A doll lay at the edge of the pool. For an instant he thought it was a crumpled rag but when he looked closer he made out the fiery red hair. He recognised the doll with the arrogant expression that had tried to hypnotise Valerie. But now the doll looked different, her face sad, softer, as if she was crying invisible tears.

Valerie came into view again. He looked from the doll to the stiff-legged girl. Perspiration trickled under his arms as an impossible question leaped into his mind.

The red-haired girl glanced into the pool as she passed it. A startled gasp came from her and her eyelids fluttered wildly, as if she were shocked by some revelation. Alan followed the direction of her gaze and realised that she was looking at her own reflection which was fearsome enough to frighten anyone, and had obviously frightened her. It showed a grey furry face, two prong-like teeth, a mouth that dripped saliva ... He could watch no more and the question in his mind was answered.

Valerie had been transformed. Like his best friends she had become a victim of zentyre magic. Her body had been taken over by this vile creature who looked her image except for her tell-tale reflection.

"We must hurry, luvender," called Mr Hardbark. "The tide will not wait for us."

"Yes, my master," replied the girl. Her face gleamed with triumph as she began to lift the dolls from their pedestals.

Alan could not take his eyes from the limp doll who lay at the edge of the pool. In all his life he had never felt so alone. He wanted to reach out and touch the doll that was Valerie, to let her know that he was there and that, somehow, he would protect her. If he moved from behind the pedestal he would be seen; so, with a snake-like movement, he lay on the ground and wriggled his body towards her. His fingers stretched and touched the fine fabric of her dress.

"Be careful with those boxes. I don't want any breakages." Mr Hardbark's command startled him and, from his vantage point on the floor, he saw the legs of the red-haired girl as she walked towards the door. It closed behind her with a loud bang. The sound jangled against his nerves which were almost at breaking point. His hand jerked and the doll slipped from his fingers. She disappeared under the oily liquid which immediately began to boil and froth.

"What have I done?" he moaned. He could feel his heart thudding against the cold floor.

Through the churning liquid a figure emerged. Red hair, normally so unruly but now smoothly plastered to her scalp with water, frightened brown eyes that began to melt with relief as she saw him.

There was no mistaking Valerie. He wriggled back behind the pedestal and they hugged each other with relief.

"It was awful." She could not stop shaking. "We've got to stop him. He's planning to do the most awful things." Her voice faded away as Mr Hardbark raised his head and looked suspiciously towards the pedestal.

"Cease your murmuring," he shouted at the dolls and bent towards his packing once more.

"If I am me again then what has the luvender become?" Valerie asked.

Alan, remembering the hideous grey head that he had seen reflected in the pool, thought that he knew the answer. "It will come back as a luvender," he said.

"Then Mr Hardbark will know that something has happened! We have to do something, Alan."

He agreed with her but his mind was jammed with tension and he could not think straight. But a glimmering of an idea dawned as he looked into the transformation pool. "What would happen if we pushed him into the pool?"

"Do you think he would turn into a doll?" Valerie grasped his idea immediately.

"I don't know. But something will happen to

him. If only we can entice him across."

"How? If we make any noise he'll sense us immediately and hypnotise us."

Suddenly she began to root in the back pocket of her jeans.

"Look!" she pulled out a small gadget. "Do you remember this?"

"I sure do." But there was no time for laughter or to remember Paula's birthday party when she had cringed in mortification at the awful sounds emanating from Alan's sound gadget trick.

"I hope the transformation pool hasn't destroyed it," she said, and pressed a button.

A rude belch erupted from the centre of the pool. Mr Hardbark swung around. "Who is there?" he demanded, pointing his right index finger towards the pool. As Alan and Valerie watched his finger began to extend into a stiff wand. They could feel its power. It whistled past them like a chilled mist but they were outside its control and it did not sense them.

"Come out at once!" Mr Hardbark sounded puzzled when nothing except a series of wailing, belching and squeaking sounds arose from the depths of the pool.

The fat man stretched both hands rigidly in front of him and waves of power, like a billowing chimney of red smoke, flowed from them. Thick mist began to rise from the surface of the pool.

"O mist of Isealina, reveal your secrets!" shouted Mr Hardbark.

But the mist hung like a sheet. There was nothing to reveal.

Once again Valerie pressed a button and Alan drew in his breath at the explosion of sound. "I really am a genius," he felt compelled to murmur before giving way, again, to his terror.

"Silence!" screamed the zentyre and ran to the edge of the pool.

His cheeks wobbled in temper as he stooped and bent over the edge to stare, with puzzled suspicion, into the liquid which lay still and calm.

Valerie and Alan wasted no time. In a flash they were out of hiding and, with a whoop of joy, pushed Mr Hardbark's fat bottom as hard as they could. For an instant he hovered, flailing the air with his hands before falling with a monstrous splash into the pool.

"Well done! Well done!" Dancing in excitement they shook hands and slapped each other on their backs as the furious body ceased to struggle and grew smaller, smaller, smaller, until only a small figure in a long white robe remained floating on the surface.

Valerie ran towards the two dolls that were her cousins and hugged them fiercely. "Where's Robert?" She could not see the peasant doll anywhere.

"There is no time to waste, Valerie." The singsong voice came from Paula's mouth and it was sharp with anxiety. "The struggle is not yet over. Although my voice can now flow free from the dominance of Solquest's power there is still much zentyre magic left in him."

"Are you the voice of Elsie Constance?" Alan took the blonde doll from Valerie and spoke gently to her. "Are you the voice that warns Merrick people when a great danger is coming?"

"Yes," answered the voice. He could see the small beauty spot beating frantically at the side of the doll's neck.

"But this time it was too difficult. When Solquest was near, his magic flooded the air and my energy kept drowning in it. My voice would become a buzz. But inside Paula's head it was clear and all I could do was to encourage her to be brave and tell her that this courage would defeat the most cruel zentyre of all."

"Hush!" said Valerie.

In the distance they could hear the pad of hurrying furry paws and knew that the red-haired doll had become a luvender again.

"Hurry, Valerie, and lock the main door. We have no time to waste. All the dolls must be dipped in the transformation pool before Solquest has time to recall his magic," said the blonde doll.

Even as she spoke the doll-like figure of Solquest pulled himself out of the liquid and was gesticulating furiously at them.

"It is too late." Solquest spoke with harsh authority. "Do you think you can defeat me so easily? My power may be diminished but it is still superior to yours." Arrows of hate shot from his eyes as he surveyed the two young people. He began to chant. "Come my luvenders. Hurry. Hurry. Enemies seek to destroy your master. Come, come through the darkness. Come faster than the sound of speed."

Valerie could imagine the soft footsteps of the luvenders who had lived in the Mastersons' for four days. Their feet would make no sound as they moved down the stairs and along the hall. Her aunt and uncle would be watching television and, like so many parents in Merrick, would be unaware of the empty beds upstairs and of the sorrow that would soon descend on the town. She could almost imagine the sound of feet running through the darkness. No! It was not her imagination. The luvenders were already surrounding the Town Hall. In her arms she felt the blonde doll quiver.

"Cease! Cease your running! Tonight you will obey only me." The sound was defiant and confident. It came from Paula's mouth, a high-pitched command that caused a scatter of confusion in the beat of running feet.

"Silence! No one can defy Solquest. Come my luvenders, come!"

"No! You will obey only me. Cease your journeying. Your usefulness is now at an end. Your circle of time is complete."

Again the footsteps hesitated.

Solquest's voice boomed. It reverberated through the high-ceilinged hall, filling every corner, rattling the windows and tearing the fine paintings from the walls.

"Come, my luvenders. My power conquers everything!"

A glad murmur of triumph escaped from one hundred throats. They pressed against the windows all around the hall, familiar faces from school, the youth club and the playgrounds. One lone furry luvender stared, with fixed menace, at Valerie who felt her stomach churn at the sight of the hatred in those eyes.

The singsong voice echoed throughout the

hall. It too had gained in power. "Cease! I command you to obey only me! Your circle of time is finished. In sixty seconds it will be complete."

The faces drew back in confusion and a gabble of sound rose in the night air.

"You! I remember you!" screamed Solquest. "Elsie Constance! But you will not win this time. Go back to the earth where you belong."

"Never. Not as long as Solquest the zentyre lives. I have the power of nature to defeat you. And tonight I will defeat you again!"

Like a great crashing of waves the two voices rose and flung their commands against the minds of the luvenders. Seconds ticked past in an agony of waiting. Outside the wind began to howl and scream like some demented orchestra. It added to the fury in the voice of Elsie Constance and muffled the roars of the zentyre. In his hand Alan felt the shudders of the blonde doll. Surely she would die from the voice that seemed to torture her tiny body.

But still her voice demanded obedience and held the luvenders still for sixty seconds. Her voice grew quiet then, settled peacefully, in tune with the wind, as Solquest gave a groan of terror.

"The circle of time is now complete," she

announced and there was a flash, like a thousand fireworks spinning stars into the darkness of night.

"Solquest's magic is now defeated." The blonde doll closed her eyes and crumpled in Alan's arms.

Solquest also lay still. His face was masked in a stiff coating, his stick-like limbs were rigid and a glaze swept across his eyes.

The green liquid bubbled and rose in a mighty tidal wave that threatened to overwhelm everything in its path. It poised, swaying for an instant, in a dance of death. Then, with a deafening hiss, it evaporated in a cloud of steam and joined the hanging mist. Through the hall it floated, enveloping everything it touched in a warm stream of moisture.

It passed over the toys and the dolls and they disappeared. The hall looked huge and empty except for the doll figure of Solquest which lay on his back, eyes fixed, in frozen disbelief, on the ceiling.

Valerie heard Alan breathing deeply beside her. Beads of perspiration ran down his forehead as he looked at the spot where Spacer had stood. Even his dog had disappeared.

"What do you think happened to them all?"

He was still whispering as if the zentyre could hear.

They blinked bewildered eyes, knowing they had touched the heart of zentyre magic.

Out through the main entrance floated the mist, floating towards the luvenders who shrank back from its touch and froze into beautiful dolls. They fell to the ground and broke into chipped fragments, then disintegrated into fine white powder.

But the bushes rustled in the night wind and the leaves rasped as if they had been touched by silent wriggling bodies of fur. The mist hovered over the van with its stacked boxes and its gold lettering. When it passed, only the hammering rain swept the pavements. It moved towards the distant screech of sea gulls and the sturdy ship that rocked on the waiting tide. In the blink of an eye there was nothing but the ripple of raindrops disturbing the surface of the water.

19
The Homecoming

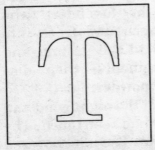he lights were on in every room. Dr Armstrong's car was parked outside the house. They had spoken little on the return journey home. Neither had noticed the other's appearance, their wet clothes, their gaunt faces. The knees of Alan's jeans were shredded as a result of his fall from his bike and Valerie had a gash on her cheek.

As they hesitated in the hall doorway Aunt Jassy came down the stairs, running her hands distractedly through her hair. She gave a little screech of alarm as she saw their sodden figures standing there.

"What on earth have you two been up to?" she asked. "Look at the state of you!"

"Where are the girls and Robert?" Valerie cut across her aunt's indignation.

"Dr Armstrong is with them. Paula has just recovered consciousness. Sally and Robert seem to be all right although Dr Armstrong claims they are both suffering from total exhaustion. I can't imagine what's happened to them. It must be something to do with that turn they had yesterday at the cathedral. I don't know what to think, I really don't!"

Aunt Jassy was on the verge of tears.

"What happened to them, Mrs Masterson? Why did you have to call Dr Armstrong?" Alan tried to speak naturally.

"It was very strange the way that happened." Again she pushed her hair back from her face in a tired gesture.

"I heard a crash and when I went into the girls' bedroom Sally was bending over Paula, who had fainted. Robert was slumped in a chair and they all looked as if they were suffering from some form of paralysis. They seemed dazed and could only move in a stiff jerky way. Well, I needn't tell you I got such a fright that I rang Dr Armstrong immediately but his wife said that he was already out on call and that she would contact him.

"The strangest thing of all, according to Mrs Armstrong, was that all the calls coming through for the doctor were complaining of the same symptoms. Merrick Hospital has been put on emergency alert and there are fears that some form of unknown virus is spreading."

Uncle David came down the stairs, accompanied by Dr Armstrong. The doctor sounded puzzled. "It's the same in every house," he said. "Everything is in order, their blood pressure, pulse, their chests are clear. I've taken a blood and urine sample from each of them and will ring you with the results later."

The adults accompanied Dr Armstrong to the door while Alan and Valerie raced up the stairs. In Robert's room she hugged her brother, then, leaving him with Alan, swung open the door of her cousins' room without fear of rejection.

"Valerie!" Sally sprang up in bed and threw her arms around her cousin. Already she was moving more freely and her own spontaneous personality was immediately evident. "Do you think Paula is going to be all right?" she looked anxiously towards her sister.

Paula lay still upon her bed and her thin body hardly stirred the bedclothes. The shadows beneath her eyes were faint but still obvious and, as she stretched her arms towards Valerie, they both began to weep, silently, their faces pressed together. Very gently Valerie moved aside the blonde hair and saw the little black circle pulsing slowly. Even as she watched, it gave a final beat and ceased. It faded until there was nothing left to mark the smoothness of Paula's neck.

Her cousin gave a sudden cry. "The voice is going. Elsie is saying goodbye." Then her face relaxed and the listening tension which she had carried on her shoulders disappeared.

"She's gone now that the danger is over. She had known since the night of the big storm that the zentyre would come to Merrick but she had not known in what guise he would appear. It was only when she saw the Toy Exhibition and sensed its magnetic drawing power that she understood his intentions. But it was such a struggle for her to make her voice heard. Poor little Elsie Constance, she is part of nature's energy now—always calling from beyond her grave and warning of dangers. She never had a second chance in life."

Paula snuggled into her bed and gave an enormous yawn. "I feel so sleepy now. I think I will sleep for weeks."

Aunt Jassy came into their room. She saw the two older girls, their faces close together, and gave a sigh of relief. Sally was sitting up in her bed and demanding beans, toast and popcorn. She was shouting for Alan Bradshaw to come in and see her. Robert was not the only invalid in the house and he'd better come in quick or he'd know all about it on Christmas morning. Then she fell back against her pillow, gave a grin of sheer delight and immediately fell into a deep sleep.

"They're going to be fine, Aunt Jassy." Valerie led her aunt from the room, feeling a hundred years older than the worried woman who was still trying to make sense out of her children's strange behaviour.

When they reached the kitchen Aunt Jassy turned to face Valerie. She had ordered Alan out of Robert's room and the bedraggled pair now stood in front of her. "Right, you two! I want an explanation and it had better be a good one. What were you up to sneaking out on a night like tonight?"

"We were ... er ... er ... um," explained Alan.

"That makes things blindingly clear," snapped Aunt Jassy, tapping her foot and waiting for a better answer.

"Em ... yes ... well ... Aunt Jassy ... I was ... em ... playing a trick on Alan."

"I thought as much." Her aunt rolled her eyes towards the heavens. "As if I haven't enough to worry me. When are you two going to grow up?"

They shuffled their feet and looked at the floor. He nudged her toe. She stood on his foot. Aunt Jassy scolded with great energy, the words drifting above the two bent heads.

"Sneaking out into the night and it lashing out of the heavens and coming back looking like you've been dragged upside down and inside out through a hedge and ... oh I give up! It's Christmas time. I insist that you two try and become friends during this season of peace. I'm not moving from this spot until you both shake hands."

"Oh all right!" Alan gave a exaggerated sigh and gripped Valerie's hand. The handshake was firm and Aunt Jassy did not see her favourite niece stick her tongue out at Alan Bradshaw as he tickled the palm of her hand.

"That's a start at least," sighed Aunt Jassy. "If you two try hard enough you might even get to like each other."

"I suppose it's possible," sighed Valerie.

"One can never tell," sighed Alan. "Stranger things have happened in Merrick Town."

They both smiled as they heard the familiar sound of Spacer barking. Aunt Jassy opened the front door and let him in.

Epilogue

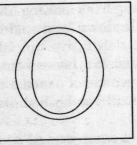

ssie Shanks had to work a half day on Christmas Eve. As caretaker of Merrick Town Hall he had to leave everything in order for the holidays. He looked in amazement around the main hall. What on earth had that strange fellow, Mr Hardbark, been up to?

Condensation everywhere, pictures and plaques all tilted and hanging from the walls as if a great storm had blown through the building. There were little mounds of white dust on the ground outside beneath the side windows and the bushes looked as though a pack of mad dogs had spent the night rampaging through them.

On the floor of the main hall where the dolls had formed such a magnificent centrepiece he found a doll. What a strange-looking thing. A finely chiselled face and a soft black beard that looked so real. It wore a long white robe and its eyes carried a strange foreboding glare. It was not one bit like any of the dolls that had been on display over the past five days.

He carried it into the lost property office. He would try and contact Mr Hardbark after Christmas. His address must be somewhere in the office files. What kind of material had been used to make this doll, he wondered. Whatever it was it had the ability to make the doll vibrate as if it was drawing ragged frantic breaths. But this was Christmas Eve and there was no time to dwell on puzzled thoughts.

He whistled as he locked the lost property office door and wondered what on earth had caused the white dust. No time to dwell on that either. Better just get the whole lot swept up and into the incinerator.

* * *

Two days after Christmas the Downings held their annual party. The main topic of conversation among the adults was the strange virus that had swept through Merrick. So many parents complained about their children acting in an unfriendly manner for a few days and then collapsing in a state of total exhaustion followed by a period of hallucinations, images of dolls and zentyres and furry creatures called luvenders. Thankfully all the symptoms had passed as abruptly as they had appeared and everything was back to normal again.

"It's the water supply I blame," said one mother. "You never know what you're drinking nowadays."

Another woman insisted it was the smog. "Did you notice how heavy it was on the night before Christmas Eve?"

Everyone nodded.

"That's utter nonsense," said Mr Bissett who always insisted on being right about everything. "It was just a case of far too much excitement. Today's children get too much for Christmas. In my young days ... " Everyone yawned, discreetly, behind their hands.

"Do you think there might have been something in those strange stories they told in their sleep?" asked Jassy Masterson.

A chorus of laughter greeted her remark.

"Nonsense, Jassy! Is the whiskey going to your head?" shouted Mr Bissett, guffawing like a deranged donkey. "It's just as I said. Too much plum pudding, too much money spent on them, too much television, too much attention to their every whim!"

Jassy shrugged. What a big-mouthed bore. She felt happy and relaxed as if a great weight had been lifted from her mind.

"I don't think I've ever seen the children enjoy Christmas so much." She turned to Don Collins, Valerie's father, who was standing beside her. The excitement which greeted his arrival on Christmas Eve had still not faded.

He nodded in agreement. "And it's nice to see Valerie making friends with that boy next door. I was getting a bit worried what with those dreadful names they were calling each other and those tricks." Valerie's father began to chuckle.

"I know." Jassy joined in his laughter. "Life will be a lot quieter now that they've called a truce." There was just the faintest hint of regret in her voice. "I never knew what to expect from them next." A slight frown wrinkled her forehead. There was something she had to discuss with Don, something that had happened during those strange upsetting days before Christmas, something to do with Valerie. No, it just would not come to her. Whenever she was on the verge of remembering, a little singsong voice inside her head pushed it away again. Oh well, it couldn't be that important or she would remember.

Mr Bissett's voice droned on. "What the children of today need is a bit of good old-fashioned discipline. In my young day ... "

People began to drift to the other end of the room.

"Exercise is the disinfectant of the body and scouring wire for the soul," boomed Old Knees Up, determined not to be left out of the conversation.

"Mmmmm ... yes!" Mr Bissett was disgusted at the interruption. "If you ask my opinion, children nowadays have absolutely no control over their imaginations. It all stems from too much television, too much pocket money, too much of everything except good old-fashioned discipline."

"Merrick Heights, that's the answer," yelled Old Knees Up. "First thing tomorrow morning I'll be at your door and we'll climb those Heights. We'll show those young things what discipline is all about."

Mr Bissett spluttered in dispair as Old Knees Up slapped his back and said, "We'll show those young people that there's more to life than imagination. There's nothing like good old-fashioned fresh air for getting rid of all that nonsense. Lift those knees. Breathe that air.

It's free. Take all you like!"

* * *

It was three days after Christmas before Ossie Shanks returned to Merrick Town Hall. One of the first things to do was to send that doll off to Mr Hardbark. Strange, he could not find a forwarding address anywhere. As soon as he entered the lost property office he noticed that the doll had disappeared. Something squelched beneath his feet. Disgusting! What on earth was it? A green foul-smelling lump of jelly.

As he walked through the main hall to fetch a mop and bucket its silence depressed him. He had enjoyed listening to the sounds of children during the Toy Exhibition.

"We should have more exhibitions like that in Merrick," he thought, as he began to mop the floor.

He wrinkled his nose. It was most disgusting, that jelly, whatever it was. Ah yes, he returned to his thoughts. Youth was a wonderful thing. All that energy and exuberance.

He sighed and rested his arms on the handle of his mop.

"What I wouldn't give to have those young

years back again."

But he was an old man who would only be young in his dreams and he worked slowly. He gave the floor a final swipe, lifting the lump of jelly onto his shovel. With a quivering sluggish plop it disappeared into his bucket.

Grey fur merged against the walls of the Town Hall. Eyes, pinpoints of angry light, watched as the old man emptied his bucket into the sink and its contents flowed smoothly through the drains of Merrick Town.

Children's POOLBEG

Irish Sagas and Folk Tales

by Eileen O'Faoláin

Here is a classic collection of tales from the folklore of Ireland

POOLBEG

The Poolbeg Book of
Children's Verse

Edited by Sean McMahon

A sparkling miscellany of poems for the
young and everybody else.

"Already a classic,"
RTE Guide

POOLBEG

The Turf Cutter's Donkey

and

Brogeen Follows the Magic Tune

by Patricia Lynch

"Classics of Irish Children's Literature"

Irish Independent

Children's
POOLBEG